초콜릿
하트
드래곤

The Dragon
with a
Chocolate Heart

VERITAS

초콜릿 하트 드래곤

—
2019년 9월 4일 초판 1쇄 발행
2019년 9월 27일 초판 4쇄 발행
—
지은이 스테파니 버지스
옮긴이 김지현
펴낸이 이종주
—
총괄 김정수
책임편집 유형일
마케팅 배진경, 임혜솔, 송지유
—
펴낸곳 (주)로크미디어
출판등록 2003년 3월 24일
주소 서울시 마포구 성암로 330 DMC첨단산업센터 318호
전화 번호 02-3273-5135
팩스 번호 02-3273-5134
편집 070-7863-0333
홈페이지 http://rokmedia.com
이메일 rokmedia@empas.com
—
값 14,800원
ISBN 979-11-354-4394-7 (03840)
—
베리타스는 로크미디어의 픽션 도서 브랜드입니다.

차례

1
장

솔직히 말하자면, 나는 인간이 되면 어떤 느낌일지 궁금해했던 적이 없다. 그러나 할아버지가 늘 하시는 말마따나 "음식과는 대화하지 않는 편이 안전"하니까. 모든 드래곤이 알다시피 인간은 세상에서 가장 위험한 종류의 음식이다.

물론 어린 드래곤인 내가 접한 인간 세상이라고는 그들이 만든 보석과 책이 전부였다. 보석은 아주 마음에 들었지만 책은 짜증스럽기만 했다. 그게 웬 잉크 낭비람! 꼬불꼬불한 글씨들이 빡빡이 들어찬 그 책들은 아무리 눈을 가늘게 뜨고 열심히 들여다봐도 처음 몇 문단 이상을 넘길 수가 없었다. 마지막으로 책 읽기를 시도했을 때는 너무 답답한 나머지 입에서 불을 뿜어 세 권을 통째로 살라 버렸다.

"너는 고상한 생각이라고는 할 줄을 모르니?"

내가 벌인 짓을 본 오빠가 따져 물었다. 철학자가 되고 싶어서 늘 냉철하게 굴려고 애쓰는 재스퍼 오빠였지만, 내 앞에서 연기를 무럭무럭 피워 올리는 잿더미를 보더니 벌써부터 눈을 부라리며 꼬리를 주체 못하고 있었다. 오빠가 과격하게 휘둘러 대는 꼬리가 우리 동굴 바닥에 쌓인 금화들을 자꾸만 후려쳐서 여기저기로 흩날렸다.

"생각을 해 봐. 두뇌가 네 앞발의 절반 크기밖에 안 되는 생명체들이 그 책들 한 권 한 권을 다 썼단 말이야. 그런데 너는 그런 생명체들보다도 인내심이 부족한 모양이다!"

"오, 그래?"

나는 저 고상한 재스퍼 오빠를 약 올려서 길길이 날뛰게 만들기를 무척 좋아했다. 종이로 된 쪼그만 적들은 다 초토화했으니 이제는 오빠를 상대로 재미를 볼 시간이었다. 은밀한 기쁨이 차올라 비늘이 바르르 물결쳤다. 나는 마음을 단단히 다져 먹고서 이렇게 말했다.

"글쎄, 내 생각엔, 이런 개미 같은 글씨를 읽는 데 시간을 들이고 싶어 할 존재는 오로지 개미만 한 두뇌의 소유자들밖에 없을 것 같은데."

"으아아아악!"

오빠가 너무나 듣기 좋은 포효를 내지르며 나를 향해 펄쩍 뛰어올랐다. 그 순간 나는 아슬아슬하게 몸을 피했다. 하마터면 수북이 쌓인 다이아몬드와 에메랄드 위에 처박혀 아직 덜 자란 내 연약한 비늘들이 온통 멍들 뻔했지만, 다행히도 오빠의 움직임은 내가 예상한 그대로였다. 나는 나 대신 그 자리에 스스로 처박혀 버린 오빠의 등 위에 올라타 깡충깡충 신나게 발을 구르며 오빠의 주둥이를 보석 더미에다 실컷 문질러 주었다.

"애들아!"

어머니가 앞발 위에 묻고 있던 고개를 치켜들더니 도저히 못 참겠다는 듯 콧바람을 내뿜었다. 그 바람에 동굴 안에 쌓인 금화들이 또 한 움큼 불려 날아갔다.

"잠 좀 자자꾸나, 밖에서 사냥하느라 한참 고생하고 온 어른들도 있잖니!"

나는 오빠의 위에서 뛰어내리며 말했다.

"어머니가 허락만 해 주셨으면 저도 사냥을 도왔을……."

"너는 비늘이 아직 물러서 안 돼. 늑대 한 마리에만 물려도 못 당해 낸다니까."

어머니가 거대한 머리를 도로 수그려 반짝이는 푸른빛과 금빛 발 위에 괴었다. 그리고 지친 음성으로 덧붙였다.

"하물며 총알이나 마법은 어떻겠니? 30년쯤 지나고 나면 또 모르겠다. 그때면 너도 어느 정도 자라서 날아오를 수도 있을 테니……."

"30년을 어떻게 더 기다려요!"

나는 버럭 소리쳤다. 내 고함이 동굴 안을 쩌렁쩌렁 울리는 바람에 저 안쪽 깊은 곳에서 잠들어 있던 할아버지와 이모 두 분까지 모두 깨어나 노성을 터뜨리셨다. 하지만 나는 들은 척도 하지 않았다.

"언제까지고 이 산에 틀어박혀서 아무 데도 못 가고, 아무것도 안 하고 살 수는 없……."

"재스퍼는 조용히 철학 공부를 하면서 이 시기를 잘만 활용하고 있잖니."

피로감에 잠겨 있던 어머니의 목소리가 어느새 다이아몬드처럼 차갑고 단단하게 변했다. 어머니의 목은 내 위로 점점 더 높이 뻗어 올라갔고, 눈꺼풀이 반쯤 감기며 위협적인 기운을 풍겼다. 그 가느다란 눈꺼풀 틈새로 드러난 거대한 황금빛 눈동자는 바로 나, 반항적인 딸을 똑바로 꿰뚫어 보고 있었다.

"또 다른 드래곤 아이들은 문학, 역사, 수학에 열중하고 있다. 어벤추린, 말해 보렴. 너는 아직도 네 사명을 찾지 못했니?"

나는 이를 갈면서 발밑에 쌓인 황금 더미를 오른쪽 앞발로 할퀴었다.

"수업은 따분하단 말이에요. 나는 탐험을 하고 싶고……."

"하지만 탐험 중에 맞닥뜨릴 생명체들과는 정확히 어떻게 소통할 계획이냐?"

어머니가 나긋나긋이 물었다.

"아니면, 나 모르는 사이에 외국어 실력을 많이 쌓기라도 한 모양이지?"

내 뒤에서 재스퍼 오빠가 숨죽여 킬킬 웃었다. 나는 몸을 휙 돌려 오빠에게 연기를 한 차례 내뿜었다. 연기구름은 오빠의 얼굴에 부딪혀 공기 중에 맥없이 흩어졌고, 그 너머로 오빠의 두 눈이 의기양양한 빛을 번뜩였다.

"저는 벌써 여섯 가지 언어로 말할 수 있다고요."

나는 웅얼거리며 어머니에게로 다시 몸을 돌렸다. 하지만 차마 고개를 들고 어머니의 눈길을 마주할 수는 없었다.

"네 언니가 너만 한 나이였을 때는 스무 가지 언어로 말도 하고 글도 쓸 수 있었다."

"흐으음."

감히 어머니에게까지 콧방귀를 뀔 수는 없었다. 만약 시트린 언니가 우리와 같이 이 동굴에 처박혀 있었다면 언니에게라도 콧방귀를 뀌고 싶었지만, 시트린 언니는 여기서 한참 멀리 떨어진 곳에서 살고 있었다. 엄청나게 으리으리하고 특별한, 드래곤이 살 만한 규모의 궁전에서. 언니가 쓴 서사시들은 뭇 드래곤들의 경탄을 자아냈고, 언니를 마주친 생명체들은 누구든지 언니를 여왕처럼 숭배했다.

시트린 언니에게 필적하는 존재는 '아무도' 없었다. 그렇게 되려고 노력하는 것조차 헛수고였다.

나를 보는 어머니의 시선이 더더욱 예리해지는 것이 느껴졌다. 내 생각을 훤히 읽어 내시는 것만 같았다.

"언어는 드래곤이 가진 가장 강력한 무기다. 이빨과 발톱보다 훨씬 더 멀리까지 뻗어 나가는 무기란 말이다."

어머니의 말은 재스퍼 오빠가 가장 좋아하는 철학자의 책에 나오는 구절이었다.

"알아요."

나는 중얼거렸다.

"정말로 아느냐, 어벤추린?"

어머니가 기다란 목을 구부려 머리를 낮추고 나와 눈을 맞추었다.

"용기와 무모함은 전혀 다른 것이다. 너는 네가 맹수라고 생각할지 모르겠지만, 실은 이 산 밖으로 나가서는 단 하루도 살아남지 못할 존재에 불과해. 그러니 웃어른들과 현명한 친척들이 너를 보살펴 주는 것을 고마워할 줄 알아야지."

그 말을 끝으로 겨우 2분 뒤에 어머니는 곤히 곯아떨어지셨다. 어머니에게서 규칙적으로 새어 나오는 깊고도 차분한 숨소리가 동굴을 울리기 시작했다. 그 소리만 들으면 여기서 말다툼이라곤 벌어진 적도 없는 것 같았다.

"하루도 못 살아남는다고?"

어머니가 확실히 잠들었다 싶었을 때 오빠가 나지막이 빈정거렸다. 그러고는 등에 들러붙은 보석들을 다 떨어내더니 나를 향해 이를 다 내보이며 벙긋 웃었다.

"하루는커녕 단 한 시간도 못 버티겠지. 너 하는 짓을 보면 끽해야 30분이나 갈까 싶다."

나는 양 날개를 펼치고 오빠를 노려보았다.

"내 앞가림쯤은 충분히 할 수 있어. 이 산악 지대에서 나보다 더 크고 강력한 동물은 없다고."

오빠가 코웃음을 쳤다.

"하지만 너보다 영리한 동물은? 하다못해 늑대들도 너보다는 철학 토론을 더 잘하겠다는 데에 이 동굴 안에 있는 금화 전부를 걸겠어. 그뿐이게, 늑대들은 질 때마다 무작정 불을 질러 대지도 않겠지!"

"으으으!"

나는 빙빙 돌면서 꼬리를 휘둘렀다. 하지만 벗어날 곳이 없었다. 동굴은 너무 좁았고 시시각각 더 좁아지기만 하는 듯 느껴졌다. 동굴 벽이 자꾸만 나를 향해 거리를 좁혀 와서 숨이 막혔다.

그런데 이 산 속에 갇혀서 앞으로 30년이나 더 보내야 한단 말인가? 내가 지루해한다는 이유로 어른들의 꾸지람까지 들어가면서?

어림도 없지.

바로 그때 나는 내가 정확히 뭘 해야 하는지 깨달았다.

하지만 누가 어떻게 생각하든 나는 바보가 아니었다. 그래서 일단은 기다렸다. 마침내 오빠가 나를 놀리기를 멈추고, 새로 구한 인간계 책 한 권을 가지고 한쪽 구석에 편안히 몸을 웅크렸다. 그건 내가 아직 불태우지 않은 철학 서적이었다. 이제 나는 안전했다.

"동굴 산책이나 좀 다녀올게."

오빠의 발톱이 책장을 다섯 번 넘겼을 때 나는 그렇게 말을 꺼냈다. 오빠는 고개도 들지 않았다.

"으음, 어벤추린, 이 얘기 좀 들어 봐. 이 사람은 고기를 먹는 게 도덕적으로 잘못됐다고 생각한대. 생선도 안 되고! 살아 숨 쉬는 동물은 무엇이든 해치지 않으려고 오로지 식물만 먹는다는 거야. 흥미롭지 않아?"

"흥미롭다니? 그러다간 굶어 죽어!"

나는 기겁해서 두 귀를 젖혔다.

"인간들이란 하여간 머릿속에 뇌가 아니라 자갈이 들었다니까!"

하지만 오빠는 내 말이 들리지도 않는 눈치였다. 조그마한 책을 눈에 바싹 가져다 대고서는, 흐뭇해서 그르렁거리며 콧구멍으로 긴 연기를 내뿜기까지 하는 것이었다.

나는 오빠의 꼬리 너머로 발을 내디뎠다. 한 발씩 한 발씩, 자유를 향해 걸음을 옮겼다.

긴 동굴 저편에 그레나 할아버지, 투르말린 이모, 에메로드 이모가 잠들어 있는 곳에서 코 고는 소리가 울려 퍼졌다. 해가 중천에 뜬 이 시간에 모두가 이렇게 깊이 잠들어 있으니 운이 좋았다. 산자락에서 무언가 와스스 하는 소리가 몇 번 들리는 정도에는 아무도 깨지 않을 것이다. 나는 몸을 낮추고서 재작년에 발견하고 기억해 두었던 샛길 같은 굴속으로 기어들어 갔다. 어른들의 덩치로는 통과할 수 없을 만큼 작은 굴이었다. 그 굴의 맨 끝은 내 머리만 한 바윗덩어리로 가로막혀서 외부에서는 알아볼 수 없게 되어 있었는데, 그것이 지상으로 통하는 비밀의 출입구 노릇을 했다. 내가 세상에서 가장 좋아하는 장소였다.

당연히 재스퍼 오빠에게도 진작 보여 주었지만, 오빠는 내가 억지로 끌고 갈 때를 제외하면 그곳을 거의 찾지 않았다. 오빠는 동굴 속에 들어앉아 책을 읽거나, 발톱 하나를 잉크에 담가서 길고 장황한 논문을 써 내려가며 시간을 보내는 편을 더 좋아했기 때문이다.

반면 나는 그 비밀 출입구의 바윗덩어리 문을 밀어내고 구멍 밖으로 주둥이를 내밀고서 바깥의 신선하고 싸한 공기를 한껏 들이마시고, 머리 위 하늘을 떠다니는 구름들을 구경하는 것이 무척 즐거웠다. 그 이상 멀리 나가 본 적은 없었다. 가끔 그 자리에 그렇게 몇 시간이고 누워, 언젠가 날개를 펴고 무한한 하늘을 날 수 있을 날을 꿈꾸었을 뿐이다.

하지만 오늘은 단지 꿈만 꾸는 데에서 멈추지 않을 작정이었다.

재스퍼 오빠에게도, 어머니에게도, 내가 내 앞가림을 얼마나 잘할 수 있는지 보여 줄 것이다. 그러면 어른들이 나를 숨겨 둘 명분도 없어질 것이다.

희열이 북받쳐 올랐다. 나는 양 날개를 옆구리에 단단히 붙이고서 바깥세상과 자유를 향해 돌진했다.

그런데 구멍 밖으로 몸을 빼내기가 생각보다 힘들었다. 끼인 어깨를 억지로 밀어 올리려고 안간힘을 쓰다 보니 하마터면 포효를 내뱉을 뻔했다. 나는 이를 악물고 목구멍 속에서 요란하게 터져 나오려는 연기를 꾹 눌러 삼켰다. 그리고 마침내, 드디어, '펑!' 하고 무언가 터지는 듯한 소리와 함께 내 몸이 구멍 밖으로 빠져나갔다. 그러나 그 뒤에는 곧바로 땅바닥에 호되게 처박혀 나동그라지고 말았다. 신음이 절로 나올 만큼 아팠다. 거칠고 삐죽빼죽한 바위들의 모서리에 날개가 심하게 긁히는 바람에 은색과 진홍색 비늘들이 여기저기 찢어져 버렸다.

그러게 어머니가 뭐라고 했던가?

"너는 비늘이 아직 물러서 안 돼. 늑대 한 마리에만 물려도 못 당해 낸다니까⋯⋯."

나는 이를 뿌득 갈고 몸을 일으켜 네 발로 버티고 섰다. 그리고 날개를 반쯤 접어 조심스럽게 가누었다. 산들바람 한 줄기만 불어도 상처가 쓰라려서 몸이 움츠러들었지만, 나는 으르렁거리며 고통을 삭였다.

이래서야 오늘 당장 첫 비행을 할 수는 없을 듯했다. 뭐, 상관없다. 굳이 하늘을 날지 않아도 먹이쯤은 잡을 수 있으니까.

그래도 생애 처음으로 나는 둥글게 펼쳐진 푸른 하늘 아래서 있었다. 하늘은 내 주위에 온통 자유롭게 흘러넘쳤고 나 역시 자유로웠다. 내 뒤에는 뾰족한 산봉우리들이 솟아 있었고 저 아래로는 나무가 우거진 골짜기가 보였다. 그리고 그 사이에 뻗어 있는, 굽이굽이 물결치는 산등성이들 그리고 짐승과 인간들이 낸 조그마한 오솔길 저 어딘가에…….

나는 먹잇감의 냄새를 좇아 산비탈을 내려갔다.

2
장

사냥은 결코 내 생각처럼 쉽지가 않았다.

산을 내려가는 길이 울퉁불퉁한 흙바닥으로 되어 있어서 발을 디딜 때마다 자갈이며 모래 덩어리가 와르르 떨어져 내렸다. 아무리 천천히 조심조심 발을 놀려도, 고약한 돌멩이들이 마치 내 습격을 미리 경고하는 첩자들처럼 앞으로 튀어 나가는 것을 막을 순 없었다. 그렇게 꼬박 두 시간을 돌아다니고 나니 그냥 산을 통째로 불태워 버리고 싶은 충동이 치밀었다. 너무 배가 고픈 나머지 내 입에서 나오는 으르렁 소리보다 배에서 나는 꾸르륵 소리가 더 클 지경이었다.

새들이 내게 제발 먹어 달라고 애원이라도 하는 듯 지저귀는 소리가 자꾸만 들렸다.

한번은 겨우 몇 발짝 너머에서 슬금슬금 걸어 다니는, 뜨끈한 피가 흐르는 동물들의 맛깔스러운 냄새가 물씬 풍겨 오기도

15

했다. 바로 코앞이었다! 나는 녀석들이 눈치채지 못하는 사이에 낚아채려고 전속력으로 내달렸다. 하지만 발밑에서 구르던 자갈들이 세찬 물살처럼 쏟아져 내리는 바람에, 나는 균형을 잃고 미끄러져 저 아래의 삐죽삐죽한 소나무들 위에 곤두박질 치고 말았다……. 그 동물들이 모여 있던 곳으로 간신히 돌아가 보니 녀석들은 이미 줄행랑을 친 지 오래였다.

너무 분해서 견딜 수가 없었다. 나는 목을 뒤로 젖히고 머리를 마구 흔들어 댔다. 행여나 가족들에게 들킬까 봐 고함 한번 시원하게 내지를 수도 없었다.

지금쯤이면 다들 잠에서 깼을 것이다. 그래도 당장 나를 찾아 나설 생각은 하지 않을 터였다. 원래도 나는 종종 동굴 안을 탐험하고 다니느라 자리를 비우곤 했으니까. 하지만 시간이 지나도 내가 돌아오지 않으면 다들 걱정할 테고…… 이대로 먹이 하나도 잡지 못한 채로 어른들에게 발각당한다면 나는 두 번 다시 동굴 밖으로 나오지 못할 것이다.

발톱에 아무것도 쥐지 않은 채로 돌아갈 수는 없었다. 뭐든 잡아야 했다!

그때 내 아래에서 누군가가 노래를 흥얼거리는 소리가 나직이 들려왔다. 수컷 목소리였다.

인간일 게 틀림없었다.

콧구멍이 벌름거려졌다. 따끈하고 맛 좋은 포유동물의 냄새 앞에서 내 모든 감각이 선명하게 깨어났다. 게다가 더더욱 기쁘게도 그 사이에 소나무 타는 냄새까지 섞여 있었다.

저 인간이 모닥불을 피운 것이다. 그러면 한 자리에 가만히 앉아 있을 거라는 뜻이었다.

그뿐만이 아니었다. 노래도 부르고 있지 않은가. 내 기척을 절대로 듣지 못할 것이다!

나는 웅크린 채로 자세를 낮췄다. 준비 태세를 갖추자 근육이 팽팽하게 긴장되었다. 하지만 무턱대고 뛰어오르지는 않았다. 아무리 나라도 그렇게까지 무모하지는 않았다.

비록 재스퍼 오빠처럼 인간 책을 좋아하지는 않아도, 할아버지가 내게 해 주신 이야기들은 하나하나 전부 귀 담아 들어 둔 나였다. 그러니 이런 의문 정도는 떠올릴 수 있었다.

'저 인간이 총을 가지고 있으면 어떡하나? 아니면 검이라든지?'

드래곤에게 인간은 가장 위험한 사냥감이었다. 어머니조차도 인간 사냥은 자주 하지 않았다. 할아버지는 우리 모두에게 혼자 있을 때는 절대로 인간에게 접근하지 말고 더 안전하고 확실한 먹잇감을 찾아야 한다고 일렀다. 할아버지의 비늘은 그 어떤 칼날이나 총알도 튕길 수 있을 정도로 단단한데도.

나는 내 날개에 새겨진 쓰라린 상처들을 내려다보고는 긴 신음을 흘렸다. 내가 익히 아는 상식이 바윗덩어리처럼 무겁게 마음을 내리누르는 것 같았다.

하지만…….

17

아아, 짜릿한 상상에 비늘이 바르르 떨려 왔다. 만약 내가 인간의 몸뚱이를 가지고 동굴로 돌아간다면 어떨까? 내가 직접, 내 힘으로 잡은 인간을! 그 앞에서 오빠가 어떤 표정을 지을까?

그러면 어머니도 내가 바깥세상에서 충분히 내 몸을 건사할 수 있다는 것을 인정할 수밖에 없을 것이다. 이건 내 능력을 증명할 절호의 기회였다. 놓칠 순 없다!

나는 심호흡을 하고 바닥에 바싹 엎드렸다. 그리고 모래와 돌멩이들을 배로 깔고 문지르면서 앞으로 기어갔다. 그러는 동안 인간의 노랫소리는 한순간도 끊이지 않았고, 점점 가까워질수록 노랫말도 귀에 들어왔다. 내가 아는 언어였다.

"……구불구불 이어지는 길, 오! 길이여, 가도 가도 끝이 없다네……."

참, 나! 길이라는 건 당연히 어디선가는 끝나게 되어 있는 것 아닌가? 이러니까 내가 오빠에게 인간들의 머리통에는 자갈만 들어 있다고 했던 것이다!

마침내 사냥감이 시야에 잡혔다. 그는 바위와 무성한 소나무 숲으로 둘러싸인 아늑한 빈터에 자리를 잡고 있었다. 한가운데에 모닥불을 피워 놓고, 나를 등진 위치에 앉아서 불 앞에 몸을 웅크린 모습이었다. 나는 숨을 죽인 채로 나무들 틈으로 그를 훔쳐보면서 입을 꼭 다물었다. 너무 흥분한 나머지 자칫 입 밖으로 후끈한 연기가 새어 나오면 그가 알아차릴지도 모르니까.

그는 검도, 총도 들고 있지 않았다. 천만다행이었다. 인간들이 쓰는 무기 중에서도 가장 교활한 것은 마법이지만, 저 인간은 딱 보니 마법도 쓸 줄 모르는 것 같았다. 그런 술수를 부릴 줄 아는 소수의 위험한 인간들은 꼭 고급스러운 검은색 천을 덮어쓰고 다닌다고 했으니까. 할아버지가 예전에 나와 재스퍼 오빠에게 그런 인간의 그림을 그려서 보여 준 적이 있는데, 검은 천에 온몸이 뒤덮여서 꼭 다리가 없는 것처럼 보였다. 할아버지는 우리를 보호해 주는 비늘들이 최소한 백 년은 더 굳어지기 전까지는 그들 근처에 얼씬도 하지 말라고 신신당부했다. 하지만 내 앞의 저 인간은 누덕누덕한 보라색과 분홍색 천 쪼가리들을 걸쳐 입고 깡마른 팔다리를 훤히 드러내고 있는 걸 보니 더없이 안전한 먹잇감인 듯했다.

그래도 사냥에 성공하려면 잽싸게 움직여야 했다. 조금만 꾸물거렸다가는 그가 바로 옆에 놔둔 커다란 가방에서 검이나 활을 뽑아 들지도 모른다. 아니면 도끼라거나, 아니면…….

'나는 저 인간보다 더 크고 강해.'

나는 나 자신에게 단단히 타일렀다.

'나는 이 산에서 가장 무시무시한 생명체라고.'

그때 그가 내 쪽으로 고개를 돌리기 시작했다.

지금이다! 나는 입을 쩍 벌려 소리 없는 고함을 내지르곤 몸을 날렸다.

"으아아악!"

인간이 비명을 지르며 손에 들고 있던 무언가를 냄비에 떨어트렸다. 그는 뒷걸음을 치다 돌부리에 걸려서 나자빠졌고, 나는 기세등등하게 그에게 달려들었다. 그런데 그 길에 빙 둘러 자라난 소나무들의 가지에 그만 날개를 긁히고 말았다.

"으아아악!"

격렬한 고통이 치솟았다. 나는 우뚝 발을 멈췄다가 소나무들 틈에서 빠져나오려 달음질쳤다. 그러다 모닥불 바로 옆에 모로 쿵, 쓰러지는 바람에 가뜩이나 아픈 날개가 내 몸뚱이 밑에 깔려 버렸다.

"아야, 아야, 아야!"

아이고. 인간 앞에서 비명을 지르다니. 인간의 눈이 휘둥그레지는 걸 보고서야 나는 아차 싶었다.

"크르르러러러렁!"

나는 일어나서 쉰 개의 이빨을 모두 드러내 보였다. 그래, 이거다. 인간이 눈을 연신 껌뻑거리며 얼굴에서 땀을 뻘뻘 흘렸다. 무슨 말을 하려는 듯 입을 벌렸지만 아무 소리도 나오지 않았다. 나는 거대한 몸을 들이밀며 그를 덮칠 준비를 했다.

바로 그때 그 냄새를 맡았다.

감미롭고, 달콤하고, 이국적인 향. 바로 내 코 밑에서 농밀하게, 자욱하게 피어오르는 향.

나는 기다란 목을 어마어마한 속도로 움직여 불 쪽으로 고개를 돌렸다.

"저게 뭐지?"

"저, 저, 저거요?"

인간이 나를 뚫어지라 올려다보며 엉덩이를 뒤로 조금 뺐다. 나는 그가 도망치려 하는 걸 알면서도 내버려 두었다. 저 인간은 나중에라도 얼마든지 붙잡을 수 있다. 지금 당장 내 주의는 모닥불 위에 놓인 냄비에만 온통 쏠려 있었다. 냄비에서 모락모락 솟아오르는 김이 무언가 엄청나게 근사한 것을 실어 와 내 후각과 미각을 간지럽혔다. 벌써 입안에 침이 고였다. 저걸 반드시 먹어야 했다!

냄비 안에 끓고 있는 것 자체는 평범한 물이었다. 하지만 무언가 거무스름한 덩어리 같은 것이 그 속에서 점점 녹아들어 가면서 갈색의 진득한 액체가 점점 퍼져 나가고 있었다.

"저 냄비에 뭘 넣은 거냐?"

내가 묻자 인간이 몸을 움직이다 말고 멈칫했다.

"저거요? 초콜릿인데요."

"초콜릿?"

초콜릿이라는 말은 생전 처음 들었다. 재스퍼 오빠도 말해 준 적 없었다. 오빠는 인간들이 쓴 철학 책이라면 구하는 족족 읽어 치우는데도. 아니, 이렇게 맛있는 것이 있는데 인간 철학자들은 어째서 고작 '식물' 따위를 먹는다고 호들갑이란 말인가?

나는 냄비를 엎지르지 않으려 조심하면서 주둥이를 최대한 가까이 들이댔다. 그리고 코로 숨을 깊이 들이쉬었다.

오, 세상에.

내 속에서 우르릉 새어 나오는 애타는 신음이 공터 전체를 울렸다.

"이것이 '초콜릿'이란 말이지?"

이제까지 내가 먹고 싶어 했던 것은 고기밖에 없었다. 태운 고기든, 날고기든, 살짝 구운 고기든 간에, 하여튼 고기보다 더 맛있는 음식은 있을 수 없다고 생각했다. 그런데 이제 보니…….

오빠가 철학 책을 읽을 때 느끼는 기쁨도 이런 걸까?

초콜릿 맛이 어떤지 알아야만 한다. 그 맛을 모르는 채로 한순간이라도 더 흘려보낼 순 없다! 나는 고개를 딱 맞는 각도로 기울이고서 아래로 내려뜨렸다. 그리고…….

"잠깐 기다려요!"

인간이 벌떡 일어섰다.

나는 앞다리를 번쩍 쳐들며 몸을 뒤로 젖혔다. 어안이 벙벙했다.

"지금 나한테 '기다리'라고 했나?"

분노가 치밀어 오른 나는 상처 입은 양 날개를 활짝 펼치며 그를 노려보았다. 저 하찮은 미물 따위가 감히, 내가 초콜릿을 먹겠다는데 앞을 가로막아?

"역시 너부터 먼저 먹어야겠군."

나는 서글프게 말했다.

"아닙니다!"

그가 내 앞으로 뛰어들어 두 손을 높이 쳐들었다.

"제 말은 그게 아니라, 초콜릿이 아직 준비가 덜 됐다는 말씀입니다. 저는 '핫초콜릿'을 만들려고 했거든요. 그러려면 재료를 다 섞어야 하는데, 아직 향신료를 하나도 넣지 못했어요!"

나는 눈을 가늘게 떴다.

"그럼 이보다도 더 맛있게 만들 수 있다는 말이냐?"

"핫초콜릿을 드셔 본 적이 한 번도 없으시잖아요, 그렇죠?"

"흠……."

인간들이 얼마나 교활한지 누누이 경고했던 할아버지의 말씀이 떠올랐다. 그래서 나는 의뭉스럽게 되물었다.

"글쎄, 과연 그럴까?"

인간은 잠깐 머뭇거렸다. 그러더니 몸을 구부려 땅에 떨어진 나무 숟가락을 떨리는 손으로 집어 들었다.

"저를 한번 믿어 주세요. 기왕 드실 거면 제대로 된 걸 드셔야 하잖아요."

내가 뭐라고 대답하기도 전에 그는 내게서 등을 돌리고 냄비를 젓기 시작했다.

나는 바닥에 자리를 잡고 앉아서 그를 유심히 지켜보았다. 그는 집중하는 듯 얼굴을 찌푸리고서 무언가 혼잣말을 한참 중얼거렸다. 노래라도 읊조리는 듯한 투였다. 아까 부르던 그 한심한 노래를 또 부르고 있는 걸까? 그때와는 박자가 좀 다른 것 같긴 했지만, 어차피 인간이 늘어놓는 헛소리일 뿐인데 누가 귀담아 듣겠는가? 적어도 나는 아니었다. 나는 그가 무슨 말을 하는지 굳이 알아들으려고도 하지 않았다.

하지만 그가 호주머니에 손을 뻗은 순간 나는 그의 어깨를 발톱으로 붙잡았다.

"검을 꺼내려고? 어림도 없지!"

"아, 어……."

그가 어물어물거리다 간신히 말을 이었다.

"이, 이건 검이 아니에요. 보세요."

그는 호주머니에서 웬 봉투를 꺼내 보였다.

"그냥 시나몬 가루예요."

시나몬 가루? 나는 수상쩍은 봉투 안을 조심스럽게 들여다 보았다. 혹시라도 저놈이 나를 독살할 속셈이라면…….

"저도 먹을게요. 보세요."

그가 부들부들 떨리는 손가락을 자루 안에 집어넣더니 황갈색 가루를 약간 떠냈다. 그는 그 가루를 입에 넣고 삼켰다.

"보셨죠?"

'보는' 게 문제가 아니었다. 자루에서 기가 막힌 냄새가 훅 풍겨 왔다. 심지어 초콜릿 냄새보다도 더 좋았다.

"냄비에 넣어 봐."

나는 명령했다. 초콜릿과 시나몬을 합치면 어떤 냄새가 날지 궁금했다. 그 둘이 섞이면 정말이지 환상적인 결과가 탄생

할 게 분명했다.

인간이 여전히 숨을 헐떡거리며 시나몬 가루를 몇 자밤 집어서 냄비에 넣었다.

오오오, 내 예상이 적중했다. 냄새가 더더욱 멋지게 변했다.

이쯤 되니 저 인간을 식구들에게 가져가서 나눠 먹기가 좀 아까울 지경이었다. 차라리 그를 애완동물로 키우면서 언제든 핫초콜릿을 끓여다 바치게 한다면 훨씬 더 만족스러울 텐데.

그는 시키는 일을 열심히 할 것 같았다. 딱 보니 부지런한 녀석이었다. 그는 핫초콜릿을 젓는 내내 온몸을 팽팽히 경직시키고서, 예의 그 우스꽝스러운 박자로 된 노래를 중얼거리며 정신을 온통 집중하고 있었다. 조금 더 귀를 기울이면 그 노랫말을 알아들을 수도 있을 듯했다. 하지만 내가 인간들이 하는 말 따위에 언제 신경이나 썼단 말인가? 게다가 나는 냄새를 음미하는 것만으로도 바빴다. 마음 같아서는 냄비에서 피어오르는 저 향긋한 수증기를 내 몸에 휘감고서 몇 시간이고 뒹굴고만 싶었다. 핫초콜릿이라. 드래곤에게 딱 맞는 보물이 아닐 수 없다!

이따가 그의 가방 안에 초콜릿이 더 있나 뒤져 봐야겠다. 핫초콜릿은 분명 먹고 나서도 또 먹고 싶을 테니까. 아주아주 많이.

마침내 그가 고개를 들고 나를 향해 초조한 미소를 지어 보였다.

"다 됐습니다. 컵에 따라 드릴까요, 아니면……."

나는 콧방귀를 뀌었다. 내 콧구멍에서 연기구름이 확 뿜어져 나와 그의 얼굴 너머로 날아갔다.

"내가 인간들의 쪼그만 컵 따위로 핫초콜릿을 마실 거라고 생각하나?"

"아니요. 그러면 냄비째로 드시는 편이 낫겠군요."

그는 인간 특유의 말랑말랑한 피부를 보호하기 위한 덮개 같은 것을 손에 끼고서 냄비의 기다란 손잡이를 잡았다.

"조심하세요, 뜨거워요."

나는 경멸스러운 눈으로 그를 흘겨보며 한쪽 앞발을 뻗었다.

"나는 '드래곤'이다."

나는 조그마한 냄비를 발톱으로 그러잡고 무엇보다도 귀중한 보석을 다루듯 고이 쥐어 들었다. 그리고 조심조심 입가로 가져갔다. 눈을 감고서, 풍미 가득한 뜨거운 액체를 입에 흘려 넣었다.

오오오오!

내 모든 감각에 환희가 흘러넘쳤다. 너무 황홀해서 머리가 어지러웠다.

초콜릿, 초콜릿, 초콜릿…….

"아아아!"

그리고 내 안의 모든 것이 폭발하더니 세상이 암흑에 잠겼다.

3
장

눈을 뜨자마자 깨달은 것은 내가 엉뚱한 곳에 있다는 사실이었다. 방금 전까지만 해도 나는 땅에 앉아서 알록달록한 옷차림을 한, 경이로운 요리 실력을 갖춘 인간을 내려다보고 있었는데, 지금 내 눈앞에 보이는 것은 푸른 하늘이었다.

아, 내가 지금 드러누워 있는 건가?

그렇다면 이상한 일이었다. 나는 바닥에 등을 대고 누워 본 적이 한 번도 없었다. 그러면 날개가 짜부라지니까.

앗, 날개! 그러고 보니 날개가 어디 갔지? 내 밑에 있어야 할 날개가 느껴지지 않았다. 나는 네 발로 서려고 재빨리 몸을 일으켰다. 그러다 철퍼덕 엎어지고 말았다.

아니, 내 다리는 또 왜 이래?

나는 연기를 뿜어 보려고 입을 벌렸다. 그런데 내뿜을 연기가 없었다. 어째서 목구멍에 연기가 들어차 있지 않지? 나는

27

당황하면 반드시 기침을 해서 연기를 뱉어 내야 하는데. 그리고 지금 나는 확실히 당황했는데!

"조심해요."

누군가의 목소리가 들렸다. 귀에 익은 음성이었지만 뭔가 이상하게 들렸다. 원래 저 목소리는 이보다 훨씬 더 작게 들리지 않았던가?

그쪽으로 목을 틀어 보았다. 놀랍게도 목을 돌리기가 굉장히 힘들었다. 하지만 그 문제에는 신경 쓸 여력이 없었다.

내 앞에 서 있는 생명체는 인간이었다. 내가 사냥한 바로 그 인간. 그런데 저 인간이 어째서 이렇게까지 키가 커진 것인가? 1분 전에만 해도 조그마했던 녀석이 지금은 나보다도 더 높이 껑충 솟아 있다니.

"천천히 움직여야 해요. 아무래도 적응하려면 시간이 좀 걸릴 테니."

그가 말했다.

"적응이라니, 무슨 적응?"

나는 소리를 질렀다가 멈칫 얼어붙었다. 목이 꽉 메어 오는 느낌이었다. 이 목소리가 내 것일 리가 없다. 내 목소리라면 당연히 이 공터를 쩌렁쩌렁 울려야 하는데, 방금 내가 낸 목소리는 가녀렸고 삐악삐악거렸다. 그건 마치…… 마치…….

온몸에 전율이 흐르고 땅이 쿵, 내려앉았다.

"여기요."

인간이 한숨을 쉬고는 자기 팔과 등에 걸치고 있던 천을 끌러 냈다.

"추워 보이네요. 아마 충격 때문에 그런 거겠죠."

그는 바닥에 엎드려 있는 내 등 위에 그 기다란 자주색 천을 떨어트렸다. 천은 내 몸을 푹 덮고도 남아서 양쪽 끝자락이 바닥에 끌렸다. 어떻게 이게 나한테 이렇게 클 수가 있지? 설마…….

"그럴 리가. 말도 안 돼!"

나는 중얼거렸다. 그 소름 끼치도록 가느다란, 엉터리 같은 목소리로.

"말이 돼요."

그가 말했다.

"미안해요. 하지만 어쩔 수 없었어요. 당신은 나를 잡아먹을 참이었잖아요…… 몸집이 그렇게 커서는 도저히 막을 방도가 없었고요. 그러니 나로서는 당신 몸을 작게 줄이는 수밖에 없지 않겠어요?"

그가 어깨를 으쓱했다. 세상이 빙글빙글 도는 것 같았다. 숨이 막혔다. 발톱으로 흙바닥을 힘껏 움켜서 나 자신을 진정시키려 했지만, 내 발톱은 땅을 파고들어 가지 못하고 그 위에서 맥없이 겉돌 뿐이었다.

차마 내 아래를 보고 그 이유를 확인할 엄두가 나지 않았다. 나는 내 앞에 서 있는 거짓말쟁이 인간만을 한사코 주시하고 있었다.

"넌 마법 사람이 아니잖아! 내가 그딴 거짓말에 속아 넘어갈 줄 알아? 넌 검은 덮개도 쓰지 않았잖아!"

"검은 덮……? 아아아, 무슨 말인지 알겠네. 왕실 소속 전투 마법사들 말하는 거죠? 로브 입고 다니는."

그가 콧방귀를 뀌었다.

"뭐, 나는 그런 마법사는 아니에요. 그들은 전쟁터에서 온갖 거창하고 휘황찬란한 마법을 펼치고 돈과 명예를 잔뜩 받아 챙기죠. 제복도 받아 입고. 하지만 나는……."

그가 입꼬리를 당기며 우쭐한 미소를 지었다.

"나는 그보다 훨씬 더 재미있는 걸 하는 사람이에요. 요리 마법사 말예요. 요리 마법사는 드물긴 하지만 그들보다 힘은 결코 뒤지지 않는답니다. 당신만 해도, 내가 마법을 건 핫초콜릿을 맛있게 먹었죠? 그러니 꽤 괜찮은 능력이라 봐야겠죠."

'괜찮은' 능력? 그 핫초콜릿은 내가 평생 먹어 본 그 무엇보다도 '위대한' 음식이었다. 그 맛을 떠올리기만 해도 식욕이 솟구쳐 배 속이 아려 왔다. 그동안 어머니를 숱하게 걱정시킨 끝에 나도 드디어 찾아내고야 만 것이다. 내 열정을 다 바칠 평생의 사명을…… 하지만 하필이면 이런 상황에서 찾아내다니, 운이 나빠도 너무 나빴다.

그리고 그가 핫초콜릿에 '마법을 걸었다'는 게 정확히 무슨 뜻일까?

요리 마법사가 몸을 구부리더니 자기 가방에서 뭔가 둥그런 것을 꺼냈다. 햇빛을 받아 반짝거리는 물건이었다. 섬뜩한 공포가 치솟았다. 딱 보니 무슨 용도인지 알겠다 싶었다. 언젠가 할아버지가 인간들의 주전자며 냄비 같은 각종 도구들을 집에 가져와 우리에게 공부하라며 보여 준 적이 있었는데, 그중에서 꼭 저렇게 생긴 물건이 있었다. 시트린 언니는 보자마자 알아맞혔다.

거울.

"당신 모습을 보고 싶지 않아요?"

그가 묘하게 상냥한 투로 물었다.

'아니.'

나는 그렇게 대답하고 싶었다. 하지만 차마 말이 나오지 않았다. 나는 드래곤이다. 드래곤이라면 무엇에든 겁을 먹어서는 안 됐다. 내 먹잇감이 되어야 할 상대 앞에서라면 더더욱.

꼼짝도 못하고 얼어붙어 있는 나를 향해 거울이 점점 더 가까이 다가왔다.

도망치지 않을 것이다. 체면을 구겨서는 안 된다. 나는…….

그가 거울을 바로 내 얼굴 앞에 들이밀었다.

그 속에는 아주 젊은 인간 여자 하나가 겁에 질린 황금빛 눈을 휘둥그레 뜨고 나를 마주 보고 있었다.

요리 마법사는 내 곁에 오래 머물지 않았다. 그는 휘파람을 불면서 자기 물건을 모두 챙겨 짐을 꾸리고, 시간을 들여 정성껏 냄비를 닦았다. 냄새 때문에 침이 절로 고였지만 나는 조그맣고 뭉툭한 치아를 앙다물고서 그에게 초콜릿을 더 달라고 부탁하고 싶은 충동을 삼켰다.

저 작자가 통쾌해하는 꼴은 죽어도 보기 싫으니까.

"나, 를, 돌, 려, 놔! 안 그러면 확!"

15분 전에 내가 이렇게 고함을 쳤다면 그는 우르릉 울리는 내 음성에 벌벌 떨었을 것이다. 하지만 이제 그는 가방을 어깨에 걸메며 비죽 미소까지 지었다.

"힘내요, 어린 드래곤."

그가 내게 덮어 줬던 기다란 덮개를 도로 가져가 버렸기에, 나는 변신할 때 저절로 생겨난 천 한 장만 걸친 상태였다. 내 비늘과 같은 은색과 진홍색 무늬가 있는 천이었는데, 비늘이 다 사라지고 없는 내 맨살 위에 마치 두 번째 피부처럼 착 달라붙었다. 하지만 보드라운 두 발은 완전히 노출되어 있었다. 그 조그맣고 초라한 두 발도, 내 비늘을 모방해 만들어진 은색과 진홍색의 천 쪼가리도 도저히 똑바로 보려야 볼 수가 없었다. 보려고 애를 쓰려니 입안에서 한심한 치아들이 주체할 수 없이 떨려서 달그락달그락 부딪혔다. 연약한 두 팔도 자꾸만 떨리는 통에 가슴을 감싸 안고 있어야 겨우 진정시킬 수 있었다.

'할아버지라면 해결 방법을 아실 거야.'

나는 그 생각을 연신 되씹으며, 드래곤이라면 절대로 겁먹어서는 안 된다는 사실을 잊지 않으려 안간힘을 썼다.

"저기, 인간으로 지내다 보면 그것도 그럭저럭 괜찮을지도 몰라요."

요리 마법사가 말했다.

"정신 좀 차리고 나면 산 밑으로 내려가 봐요. 여기서 가장 가까운 도시는 드라헨부르크예요. 이 나라의 수도죠. 생계를 꾸리기에도, 머물 곳을 찾기에도 거기가 가장 나을 거예요."

"생계? 그게 뭔데?"

나는 그를 노려보며 되물었다. 그러자 그는 고개를 설레설레 저으며 한숨을 쉬었다.

"아직 배워야 할 게 많군요. 그냥 이것만 기억해요. 저 길로 가요."

그가 산비탈 아래를 가리켰다.

"내가 당신 입장이라면 도제로 일할 자리를 찾아보겠어요. 당신이 드래곤 나이로 몇 살인지는 모르겠지만 지금 외모로는 많아야 열두 살 정도로 보여요. 도제가 되기에 적당한 나이죠. 그런데 서둘러 길을 나서는 편이 좋을 거예요. 캄캄해지고 야생 동물들 나올 때까지 여기서 어물쩍거리면 곤란해질 테니."

"나는 이 산에서 가장 사나운 맹수라고!"

내가 으르렁거리자, 마법사는 목구멍 안쪽에서 우스꽝스러운 신음 같은 소리를 내뱉었다. 그러더니 두 눈 위에 일자 모양으로 모여 난 털이 아래쪽으로 처지고, 입술이 뒤틀렸다. 그의 얼굴에 어떤 감정이 어려 있었다. 오, 맙소사. 설마 나를 동정하는 건가?

내가 아직 불길을 뿜을 수만 있다면! 그러면 저놈도, 초콜릿도 죄다 통째로 불살라서 저 표정을 지상에서 없애 버릴 텐데!

"힘내요."

그가 재차 말하고는 발길을 돌렸다.

곧 그의 휘파람 소리도 저 멀리로 사라지고 나는 공터에 혼자 남았다. 갑자기 산이 너무나 거대하게 느껴졌다.

'그래, 좋다 이거야.'

분노가 내게 힘이 되어 주었다. 나는 이를 뿌득 갈며 일어나 앉아서 두 뒷발로 땅을 디뎠다.

'난 할 수 있어.'

요리 마법사 앞에서는 일어서려는 시도도 하지 않았다. 그자는 물론이고 그 누구에게도 내가 바보처럼 비틀거리는 꼴을 보여 주고 싶지는 않았기 때문이다. 이제 그가 떠났으니 나는 여기서 한순간도 지체할 이유가 없었다. 당장 집으로 돌아가서 식구들에게 어마어마한 충격을 안겨 줘야 하니까. 이제부터 산을 오를 생각을 하니 신음이 나면서 도로 네 발로 엎드리고 싶은 심정이 되었다.

오, 어머니도 할아버지도 이모 두 분도 모두 내 꼴을 보고 고개를 내젓겠지! 어른들이 뭐라고 할지 생각만 해도 이가 갈렸다. 재스퍼 오빠는 또 얼마나 놀려 댈까……

상관없다. 그 야단법석이야 꾹 참고 최대한 빨리 받아넘기는 수밖에. 다들 좀 진정되고 나면 나를 어떻게든 원래 몸으로 되돌려 줄 것이다.

어떻게든.

'하지만 드래곤은 마법을 못 쓰잖아.'

마음속에서 새된 속삭임이 나지막이 들려왔다. 나는 짤따랗고 좁은 형태로 변해 버린 목구멍을 으르렁 울려서 그 속삭임을 눌러 죽였다. 절대로 여기서 고개를 숙이고 항복하진 않을 것이다. 나는 드래곤이다. 벌레가 아니란 말이다. 이제 내 동굴로 돌아갈 시간이었다. 이번에야말로 동굴 안에 기꺼이 틀어박혀, 가족들이 이 터무니없는 말썽을 해결해 줄 때까지 얌전히 들어앉아 있을 것이다.

그런 다음 초콜릿을 구해야지! 그러려면 가장 먼저 해야 할 일은, 두 발로 걷는 법을 익히는 것이다.

인간들도 잘만 하는 일인데 까짓것 어려우면 얼마나 어렵겠는가? 나는 끙, 하고 신음을 뱉으며 몸을 일으켰다.

그렇게 5분이 흘렀다. 나는 꽈당 넘어져서 바닥에 나동그라졌다 또 일어섰다 넘어지기를 반복한 끝에…… 또 넘어지고 말았다. 나는 드러누운 채로 숨을 헐떡거렸다. 인간의 몸이란 뭐 이따위로 생겨 먹었담!

나는 씨근거리며 앞발, 그러니까 손으로 땅을 힘껏 짚었다.

두 발로 걸을 수 없단 말인가? 좋다! 그럼 네 발로 기어가면 되지. 어차피 그러는 편이 훨씬 더 합리적이다. 인간들도 지금보다 더 효율적으로 생활하는 동물이었더라면 기어 다녔을 것이다. 그냥 조금만 요령을 부리면 된다. 지나치게 긴 뒷다리를 알맞은 각도로 구부리고, 그런 다음엔…….

"아얏!"

겨우 세 걸음 걷고는 또 엎어져 버렸다. 오른손이 까져서 따가웠다. 아픔을 달래려고 입으로 상처를 빨았더니 핏방울이 혀에 묻었다. 그런데…….

윽, 무슨 맛이 이래? 나는 질겁해서 침을 뱉었다. 어떻게 피가 맛없게 느껴질 수가 있지?

이 마법이 나를 제대로 바꿔 버린 모양이었다. 어서 원래 몸을 되찾지 않으면 야채 따위나 먹고 싶어서 안달하는 신세가 될지도 모른다! 그 생각을 하니 오기가 뻗쳤다.

나는 다시금 꿈틀꿈틀 몸을 움직여 나갔다. 그러자니 저 앞에 부러진 나뭇가지 하나가 떨어져 있는 게 보였다. 아하, 저걸 짚으면 되겠다. 세상엔 세 발로 걸어 다니는 드래곤들도 있다고 하던데, 그렇다면 나도 못 할 것 없다.

나는 이를 갈면서 나뭇가지를 짚고 일어나 걸음을 옮겼다.

그렇게 절뚝절뚝 산길을 따라 20분쯤 걸어 올라갔다. 그쯤 되니 나뭇가지 없이도 걸을 수 있게 되었다. 쓰라린 두 발만 가지고 걸으려니 쉽지는 않았지만, 그래도 할 만했다.

30분쯤 더 걸었을까, 내 위로 거대한 그림자가 드리워졌다. 나는 목뼈에서 뚝, 하는 소리가 날 만큼 빠르게 고개를 위로 젖혔다.

아!

서서히 어두워져 가는 푸른 하늘만 펼쳐져 있어야 할 저 허공에 붉은색과 금색으로 된 거대한 생명체가 떠 있었다. 그 생명체는 나무들의 우듬지에 거의 닿을 정도로 낮게 날았다. 그 몸을 뒤덮은 비늘들은 내가 언제 어디서라도 대번에 알아볼 수 있는 무늬를 그리고 있었다.

"할아버지!"

나는 소리를 지르며 껑충껑충 뛰었다. 전까지는 있는 줄도 몰랐던, 인간의 다리를 움직이는 새로운 근육들을 발견한 느낌이었다. 나는 안도감에 들떠서 두 팔을 격하게 휘저었다.

"할아버지, 저예요!"

할아버지가 고개를 기울였다. 이렇게 올려다보니 할아버지의 머리가 새삼 어마어마하게 크게 느껴졌다! 커다란 황금빛 눈동자 하나가 내 쪽을 향했다.

"할아버지!"

나는 다시 소리쳤다. 그러자 할아버지가 날개를 모으며 하늘을 빙 맴돌더니…… 내게서 반대 방향으로 날아가 버렸다.

나는 입을 딱 벌리고 쳐다보았다. 믿을 수가 없었다.

"할아버지! 이리 돌아와요!"

나는 내 주먹만 한 돌멩이 하나를 집어 들어서 최대한 힘껏 내던졌다.

물론 돌멩이는 할아버지에게 맞지 않고 그보다 훨씬 못 미쳐 떨어졌다. 하지만 내 의도대로 할아버지의 주의를 끄는 데에는 충분했다.

할아버지의 기다란 목이 화려한 색깔들로 이루어진 폭포수처럼 빙 휘돌더니, 어마어마한 입이 쩌억 벌어졌다. 나는 내 조그마한 입에 두 손을 대고 외쳤다.

"할아버……."

할아버지의 입에서 거대한 불덩이가 튀어 나와 나를 향해 똑바로 날아왔다.

내가 새로운 몸을 어떻게 하기도 전에 몸이 저절로 반응했다. 바닥에 엎어지더니 데굴데굴 굴러가서는, 가슴에 고개를 파묻고 몸을 동그랗게 마는 것이었다.

후끈한 열기가 내 등에 닿고는 사그라들었다. 나는 그대로 웅크린 채 또 불덩이가 날아오기만을 꼼짝없이 기다렸다. 지금 내게는 비늘이 없으니 저걸 맞으면 순식간에 잿더미가 되어 버릴 터였다.

이제 곧…….

어라, 왜 아무 일도 없지?

나는 조심스럽게 눈을 떴다. 그리고 천천히 고개를 들어 보았다. 하늘 저 높이, 아득히, 할아버지가 날개를 치며 날아가는 모습이 보였다. 할아버지는 뒤 한번 돌아보지 않았다.

나는 우두커니 그쪽을 올려다보고만 있었다.

할아버지가 나를 불태우려고 한 것이다. 그러고는 여기다 나를 버려두고 떠난 것이다!

가족은 절대로 자기 가족을 팽개치지 않는 법이다. 그리고 드래곤들은 자기 보물과 아이들을 목숨 걸고 지키는 법이다! 내가 아무리 권위적인 어른들에게 불평불만이 많았다고는 해도, 그분들은 나를 안전하게 지키기 위해서라면 무슨 짓이든, 정말이지 무슨 짓이라도 할 분들이었다. 그 사실만은 내 존재의 모든 것을 걸고 단언할 수 있었다!

그런데…….

나는 얼떨결에 침을 연신 삼켰다. 무언가 끔찍한 것이 목에 걸리기라도 한 것 같았다. 이를테면…… 진실이라든지.

'나는 이제 그분들의 아이가 아니잖아.'

내 눈길은 하늘 저편으로 점점 더 작아져 가는 할아버지의 형체에만 붙박여 있었다. 말랑말랑하고 연약한 손과 발이 온통 멍들고 긁혀서 피부 곳곳이 쓰라렸다.

할아버지의 눈에 내가 어떻게 보였을지는 너무나 뻔한 일이었다.

불덩이를 쏜 것은 그저 경고의 의미였다. 쪼그맣고 성가신 인간 하나를 구태여 죽이기까지 할 필요는 없었을 테니까. 물론 그 인간이 무언가 정말로 도발적이고 위협적인 행동을 한다면 얘기가 달라지겠지만. 예컨대…… 감히 드래곤들의 동굴에 들어가려고 한다든지.

나는 심호흡을 하며 몸을 일으켰다. 두툼히 살집이 잡힌 내 엉덩이 부분을 딱딱한 땅에 댄 채로, 내 두 다리를 양팔로 감싸 안았다. 나 자신을 방어하듯이. 하늘이 어둑해지면서 공기도 점차 싸늘해지고 있었다. 거센 산바람 한 줄기가 훅 불어와 내 길고 검은 머리카락을 얼굴 위로 흩날리고, 내 여린 맨살 위로 선뜩한 한기를 퍼뜨렸다.

내 아래로 산비탈이 펼쳐져 있었다. 딱 네 시간 전에 내가 위대한 모험에 나섰던 바로 그때와 똑같았다. 하지만 그때와 는 달리, 나는 다시 집으로 돌아갈 수 없다는 것을 깨닫고야 말았다.

4
장

불을 토할 수 없으니 모닥불을 피울 수조차 없었다. 긴 밤을 그나마 덜 춥게 보내기 위해 내가 할 수 있는 일이라고는 바위 옆의 후미진 곳을 쉼터 삼아 무시무시한 상념들에 파묻혀 있는 것뿐이었다. 그 와중에 배 속에서는 꼬르륵 소리도 났다.

지금쯤 이 산 속에서는 재스퍼 오빠, 어머니, 할아버지, 이모들 모두가 금화와 보석 더미 위에 아늑하게 몸을 누이고 따스한 콧김을 불며 잠들어 있을 것이다. 그들이 편안하게 자고 있으리라는 상상만 하면 목에서 으르렁 소리가 났다. 적어도 으르렁거리는 편이 신음하는 것보다는 나았다.

평생 나 자신이 이토록 조그맣고 처량하게 느껴진 적은 처음이었다.

하긴, 가족을 잃은 것도 난생처음이다.

그런데 마침내 해가 뜰 때쯤 되니, 괴로움에 빠져 허우적거리기도 지긋지긋해졌다. 밤사이에 나는 돌멩이를 바위에다 집어던져 깨뜨리는 짓을 수십 번쯤 반복했고, 그러다 가느다란 손의 근육들이 욱신거릴 지경이 되자 썰렁한 땅바닥에 웅크리고 누운 채 눈에서 이상한 물 같은 것을 뚝뚝 흘리며 몇 시간을 흘려보냈다. 내 굴욕을 보는 이가 아무도 없었던 데다 밤이라 어두웠던 덕분에 그렇게 나약한 면을 실컷 드러낼 수 있었던 것이다.

하지만 더 이상은 아니다. 더 이상은! 나는 시큰거리는 눈에 남은 물기를 완전히 떨어내려고 눈꺼풀을 깜빡인 다음, 쿵 소리를 내며 바닥을 박차고 일어섰다. 재수 없는 일을 좀 당했기로서니 기죽어서 움츠려 있는 드래곤이 세상에 어디 있단 말인가? 내가 혼자서는 살아남을 수 없다고 생각할 가족들에게 본때를 보여 줘야 한다. 내가 얼마나 강한지를, 내 진면목을 모두에게 똑똑히 보여 줄 것이다. 그 교활한 거짓말쟁이 요리 마법사에게도. 이 산을 내려가서, '생계'라는 것이 뭔지는 몰라도 아무튼 그것을 찾고…… 그런 다음 초콜릿을 마음껏 먹을 것이다. 영원히!

산을 다 내려가서 수풀이 우거진 야트막한 언덕을 가로지르는 널따란 흙길에 이르렀을 때였다. 내 뒤에서 다가오는 발굽 소리가 들렸다. 그때 나는 발이 너무 아파서 내딛는 걸음마다 격렬한 통증이 솟구쳤기에, 온몸의 근육을 쥐어짜다시피 하면서 억지로 걷고 있었다. 그래서 타가닥, 타가닥 하는 소리가 점점 더 가까워지고 있다는 것조차 거의 의식하지 못했다.

그러다 별안간 두 사람이 목청껏 노래하는 소리가 들려왔다. 거부감으로 어깨가 움츠러들었다. 또 그놈의 구불구불한 길이 어쩌고저쩌고 하는 노래는 아니어야 할 텐데! 그 노래만 들으면 재수 없는 일이 일어나지 않던가!

그런데 노랫말을 잘 들어 보니, 이건 심지어 그 요리 마법사가 불렀던 노래보다 더욱 말이 안 되는 내용이었다.

"진정한 친구는 결코 서로를 떠나지 않고, 진정한 사랑은 한 번 시작되면 결코 멈추지 않는다네……."

아, 그래서? 나는 또 나지막이 으르렁거렸다.

'이 인간들아, 다른 종족으로 변신이나 해 봐라. 그러면 너희 친구들이 얼마나 빨리 너희를 떠나는지 알게 될 테니!'

발굽 소리와 빽빽거리는 노랫소리가 정말로 가까워졌을 때, 나는 도대체 무엇이 오고 있는 건지 확실히 알아야겠다고 작정하고는 마침내 뒤를 돌아보았다.

아아! 그 순간 안타까움에 숨을 들이켤 수밖에 없었다. 배 속에서는 어느 때보다도 요란한 꾸르륵 소리가 새어 나왔다. 발굽 소리의 주인공은 바로 커다란 흰색 말이었던 것이다. 그 광경을 보기만 했는데도 입안에 침이 고였다. 저 말 한 마리면 드래곤에게는 아주 훌륭한 식사였다!

그 뒤에 타고 있는 인간들도 살이 통통하게 올라 있었고, 그 몸에 헐렁한 암녹색 천을 두르고 머리에는 축 늘어지는 녹색

천을 덮어쓰고 있었다. 온몸을 한 가지 색깔로만 휘감고 다니
다니, 희한했다. 드래곤들의 몸을 뒤덮은 비늘은 반드시 두 가
지 이상의 색깔로 되어 있는데. 저 인간들은 나무인 척이라도
하고 싶은 걸까. 하지만 그런 술수로 누군가를 속이기에는 그
들은 너무 시끄러웠다. 그들이 탄 높다란 수레의 바퀴들이 연
신 덜커덩거리는 데다 말발굽 소리도 요란했고, 그들의 터무니
없는 노랫소리는 심지어 더더욱 커서 그 모든 소음을 묻어 버
릴 정도였던 것이다.

그때 그들이 나를 보았다.

"어머, 어머, 어머!"

암컷 인간이 수컷 인간의 팔을 붙잡았다.

"프리드리히, 저기 봐, 여자애가 있어! 오, 좀 멈춰 봐. 멈추
라니까!"

나는 마음속으로 수긍했다.

'그래, 제발 그 노래 좀 멈춰 줘.'

하지만 인간들은 노래만 멈춘 것이 아니었다. 수컷 인간이
손에 쥐고 있던 끈을 잡아당기자, 말이 내게서 겨우 두어 발짝
떨어진 곳에 멈춰 서며 뭔가 미심쩍다는 듯 히힝거렸다.

아, 조그맣고 뭉툭한 인간의 치아는 너무 답답했다. 하지만
내 마음만큼은 여전히 드래곤이었다. 나는 고개를 뒤로 젖히
고 그 말의 눈을 똑바로 마주 보았다. 그래, 미심쩍어하는 것이
당연하다. 나는 포식 동물이니까. 내 발톱과 불을 쓸 수만 있었

다면 지금쯤 저 녀석은 내 평생 최고의 아침 식사가 되었을 것이다.

"오, 불쌍한 것!"

아이쿠, 말보단 그 뒤에 있는 동물들을 신경 썼어야 했는데.

나는 질겁해서 뒷걸음질을 쳤지만 이미 너무 늦었다. 암컷 인간이 수레에서 뛰어내려 나를 와락 끌어안았기 때문이다. 그녀의 물컹한 가슴에 얼굴이 파묻혀서 숨도 잘 쉬어지지 않았다.

"이것아, 어쩌다가 이런 험한 황야를 혼자 헤매게 된 거야! 어떻게 이럴 수가 있담! 오, 프리드리히, 얘 신발도 안 신은 것 좀 봐! 기껏해야 열두 살밖에 안 되어 보이는데. 안 그래? 오, 딱 우리가 찾던 여자애네!"

신발? 신발이 뭐지? 그리고 저들이 어떻게 나라는 존재를 찾을 생각을 할 수가 있었지? 내가 여기 있게 될 줄은 나 자신도 몰랐는데. 하지만 굳이 묻고 싶지는 않았고, 어차피 물으려 해도 물을 수가 없었다. 암컷 인간이 쓰고 있던 보송보송한 녹색 천으로 내 입을 틀어막고는 내 두 팔을 옆구리에 딱 붙여 잡아맸기 때문이었다. 나는 닫힌 입술 사이로 겨우 "우으으으읍! 우으읍!" 하는 소리만 냈다.

"오, 춥다고?"

암컷 여자가 말했다.

"프리드리히, 이것 봐, 얘가 춥대. 그리고 돌봐 줄 사람이 아무도 없잖아. 그러니 우리는 이 애에게 은혜를 베푸는 셈이 되는 거야. 안 그래? 애를 여기다 이렇게 내버려 두고 갈 순 없잖아. 그럼, 그럼, 안 되고말고. 우리 모두를 위해 이게 최선이야."

프리드리히라는 자가 무슨 말을 하기는 했나? 그는 저 멀리 수레의 높다란 의자 위에 앉아서 한결같이 우리 쪽에는 눈길을 주지 않고 있었는데, 이 정도 거리에서 내게 들린 것이라고는 그가 나직이 내쉰 한숨 소리뿐이었다. 하지만 나를 잡은 인간은 프리드리히가 자기에게 동의라도 한 것처럼 굴었다. 그녀가 나를 질질 끌고 수레 쪽으로 건너가더니, 내 입에서 녹색 천을 끄집어내서는 그것으로 내 어깨를 둘렀다. 천은 내 몸을 다 덮고도 남아서 바닥까지 늘어졌다. 너무나 따뜻해서 도저히 떨쳐 낼 수가 없었다.

하지만 인간이 급기야는 나를 안아 들어서 수레 안에 넣으려 하기에, 나는 피투성이가 된 두 발로 바닥을 디디고 손으로 수레 벽을 짚어서 그녀를 막았다.

"잠깐!"

"잠깐이라고?"

암컷 인간이 나를 보며 눈을 빠르게 깜빡이더니 입을 동그랗게 벌렸다.

"오, 프리드리히, 저 애 기분이 안 좋은가 봐. 왜 기분이 나쁠까? 겁이 나서 저러는 걸까? 아니면……."

46

프리드리히는 여전히 우리를 보지 않았다. 어디가 아픈 듯이 무성한 회색 털 아래의 얼굴만 찌푸리더니, 비로소 말을 꺼냈다.

"이봐, 그레타……."

하지만 나는 더 이상 나에 관한 질문에 저자가 대답하도록 놔둘 생각이 없었다.

"나는 겁먹은 게 아니야!"

나는 우뚝 일어서서 나를 끌고 온 인간을 빤히 노려보았다.

"도대체 어디로 나를 데려가려는 건데? 나는 너희가 가는 데가 맞는 방향인지도 모른다고!"

"뭐라고? 맞는, 뭐? 넌 지금 첩첩산중에 혼자 있잖니! 여기보다 더 잘못된 방향이 어디 있겠어?"

그때야 처음으로 프리드리히가 고개를 돌렸다.

"그레타, 그것 참 적절한 질문이군."

그가 수레 위 의자에 앉은 채로 나에게 고갯짓했다.

"어느 방향으로 가시나, 꼬마 아가씨?"

나는 당당하게 턱을 치켜들었다.

"큰 도시로 간다. 생계를 찾으러."

그레타가 끼어들었다.

"일을 하고 싶다고? 오, 이것 참 잘됐구나. 마침 우리가 딱 너 같은 일손을 구하고 있었거든."

그녀가 활짝 웃으며 말을 이었다.

"못 믿을 수도 있겠지만, 우리 집 하녀가 일을 그만둬서 말이야. 정말 염치없고 욕심 많은 애였어. 딱 도시 여자애였지! 사소한 일거리 하나하나에 품삯을 달라고 하고, 허구한 날 휴가 얻고 싶다고 징징거리고…… 오, 배은망덕한 것 같으니, 그 애 때문에 내가 얼마나 속상했는지 몰라. 안 그래, 프리드리히?"

프리드리히의 눈알이 눈구멍 안에서 휙 굴렀다. 나는 놀라서 한 발짝 물러섰다. 저건 혹시 인간들이 쓰는 경고 신호일까? 공격하려는 건가?

하지만 그레타는 아무 눈치도 못 챈 것 같았다. 하기야 그녀는 프리드리히가 아니라 나를 보고 있었으니까.

"그런데 기적처럼 네가 여기 짠, 나타났으니 그 애 자리에 네가 들어가면 되겠구나."

그녀가 행복한 듯 말했다.

"그러려고 일이 이렇게 된 거였어! 우리가 너를 집으로 데려갈게. 딱 친딸을 대하듯이. 그러면 너는 요리도 하고 청소도 하고, 우리에게 필요한 이런저런 자질구레한 일들을 다 하는 거야. 급료 같은 건 당연히 필요 없겠지? 어차피 넌 우리가 아니었으면 여기서 굶어 죽었을 테니……."

"청소 안 해."

내가 단호하게 말했다. 프리드리히는 눈알 굴리기를 멈췄지만, 혹시 모르니 나는 경계를 늦추지 않고 그를 계속 주시하면서 말을 이어 갔다.

"그리고 하녀도 안 할 거야. 그게 뭔지는 몰라도. 나는 '도제'가 되어야 해. 그리고 초콜릿을 찾아야 해."

그레타가 뒤로 물러나면서 눈을 빠르게 껌뻑거렸다.

"초콜릿? 네가?"

프리드리히의 커다란 어깨가 위로 솟구치더니 다시 내려앉았다.

"요즘 드라헨부르크에 넘쳐 나는 게 초콜릿집이긴 하지. 요즘 유행이잖아. 왕이 좋아하니까."

그레타가 말했다.

"흐으음. 프리드리히, 꼭 초콜릿집에 들어가 본 적이라도 있는 것처럼 말하네. 정말이지 당신 말하는 버릇하고는! 내가 당신을 보살펴 주지 않았으면……."

더 들을 것도 없었다. 나는 이미 마음을 정했다.

"완벽하군."

초콜릿으로 된 집이라니? 그보다 더 좋은 것이 어디 있겠는가? 기왕 인간이 되었으니 그 집에 꼭 들어가 살아 봐야겠다!

하지만 자칫 위험할 수도 있을 것 같았다.

"혹시 그런 초콜릿집에 요리 마법사가 있지는 않겠지?"

그레타가 녹회색 눈을 커다랗게 뜨고 나를 쳐다보더니 깔깔 웃었다.

"너 정말 무식한 애구나, 응?"

그녀는 빙그레 웃으며 내게로 돌아와 내 정수리의 털을 마구 문질러 헝클어뜨렸다. 나는 이를 악물었다.

"진짜 요리 마법사가 있다는 얘기는 내 평생 들은 적도 없단다! 그냥 전설 같은 거라고 봐. 음악 마법사도 마찬가지고. 멀쩡한 사람들의 삶에서 마법은 일어나지 않아, 알겠니?"

하. 나는 그녀가 또 내 머리를 문지르기 전에 냉큼 물러났다. 그러나 내심 무척 안심이 되었기에 그녀에게 으르렁거리기까지 하지는 않았다. 다음번에 내가 먹을 초콜릿에는 절대로 마법이 없을 거라는 뜻이니까! 불시에 변신을 당하는 경험은 평생 한 번으로 족했다.

"그럼 다른 종류의 마법사는? 다른 마법사들은 드라헨부르크에 많은가?"

적당한 마법사를 하나 구해서 어떻게 잘 협박해 보면 나를 도와줄 수 있지 않을까…….

프리드리히가 어깨를 으쓱하더니 말을 묶은 기다란 가죽 끈을 고쳐 잡았다.

"왕실 전투 마법사들이야 있지. 그 마법사들은 틀림없이 진짜라더군. 이 왕국의 방방곡곡에서 모여든 마법사들이 아마 십수 명쯤 될걸. 지금은 왕궁 근처에 있는 자기네 숙소에서 다 같이 산다고 들었어. 거기서 대기하고 있다가, 왕의 명령이 떨어지면 적군이나 드래곤이나 뭐, 그런 것을 처치하러 나가는 거지. 동화책에 나오는 것처럼 말이야. 흥미진진하지."

프리드리히는 자신을 실눈으로 흘겨보는 그레타를 흘끔 눈짓하더니 서둘러 덧붙였다.

"물론 내가 그런 일을 하고 싶다는 건 아니지만."

"흐으음."

나는 얼굴을 찌푸렸다. 완전히 정신이 나간 자라면 모를까, 드래곤과 싸우는 일이 전문인 마법사들이 나를 드래곤으로 돌려놓아 줄 것 같지는 않았다. 게다가 그렇게 해서 내 원래 몸으로 돌아가 봤자 드래곤을 미워하는 전투 마법사들에게 곧바로 붙잡히기나 할 텐데, 그런 허튼짓을 할 필요는 없다.

"좋아."

나는 말 머리가 가리키는 방향으로 몸을 돌렸다. 즉, 초콜릿을 향해.

"드라헨부르크로 가겠다."

그레타가 손뼉을 쳤다.

"우리와 같이 가는 거지! 우리 집이 드라헨부르크거든!"

"글쎄……."

나는 얼굴을 찡그리며 뒷걸음했다. 그녀의 결연한 눈초리가 영 찜찜했다.

"잘 모르겠는걸……."

"그레타와 실랑이 벌여 봤자 소용없어. 일단은 여기 타. 그게 우리 셋 모두에게 편한 길이야."

프리드리히가 수레의 긴 의자 위에서 자리를 옮겨 앉았다. 나는 달아나려고 했지만 그레타가 내 어깨를 팔로 감싸서 붙잡왔다.

"게다가 때마침 우리를 만나 도움을 받을 수 있게 됐으니 너한텐 행운 아니니? 평소에 우리는 이런 산간 지대에는 잘 오지 않거든. 지금은 모처럼 우리 언니와 형부의 농장에 다녀오는 길이란다."

그녀가 부드럽게, 천천히 나를 수레 쪽으로 이끌면서, 내 머리 위에다 쾌활하게 주절주절 말을 쏟아 냈다.

"못 믿을 수도 있겠지만, 그 부부는 너무 촌닭이라서 드라헨부르크 물가가 얼마나 비싼지 상상도 못 해. 돈에 관해서는 정말 천치들이지! 그래서 우리는 그 농장에서 신선 식품을 싼값으로 잔뜩 사들인 다음, 드라헨부르크에서 엄청난 이득을 남기고 팔아 버려. 솔직히 사람이 너무 어리석으면 이렇게 당할 수밖에 없는 것 아니겠니?"

그녀가 키득키득 웃었다.

"그중에서 우리가 먹을 것도 물론 챙겨 놓고 말이야. 도시에서는 정말로 질 좋은 우유나 고기를 먹은 적이 없겠지, 안 그래?"

그레타의 입에서 쏟아져 나오는 말의 홍수에 휘말려 머리가 빙빙 도는 기분이었다. 게다가 나는 '우유'가 뭔지도 몰랐다. 하지만 '고기'라는 단어를 들으니, 배 속에서 거의 드래곤이 낼 법한 꾸르륵 소리가 우렁차게 터져 나왔다.

"이것 보게! 너 쫄쫄 굶었나 보구나!"

그레타가 놀라울 만큼 튼튼한 두 팔로 나를 번쩍 안아 들더니 미처 저항할 새도 없이 수레에 밀어 넣었다.

"게다가 발이 온통 피투성이가 됐잖아. 어디 보자……."

뒤이어 수레에 올라탄 그녀는 좌석 너머로 몸을 내밀고 그 뒤편에 아슬아슬하게 쌓여 있던 가방이며 바구니며 상자 등을 헤집었다. 그러는 동안 프리드리히가 혀를 춧춧, 차는 소리를 내자 말이 앞으로 걸어 나갔다.

"신발은 없지만 적어도 여행하는 동안 먹을 음식은 줄 수 있지."

"고기야?"

나는 그레타가 뒤지고 있는 바구니 안에 뭐가 있는지 보려고 짧은 목을 애써 뻗어 보며, 기대감에 부풀어서 물었다.

"고기?"

그녀가 되묻고는 폭소를 터뜨렸다.

"애야, 지금 차를 멈추고 불을 피워서 고기를 구울 수는 없잖니! 우린 아직 산기슭에 있는걸. 여기가 얼마나 위험한지 몰라? 최대한 빨리 여기서 벗어나야 해. 그렇지, 프리드리히?"

"하지만 나는 고기 안 구워도 되는데. 정말이야!"

"오, 이 미련한 것. 얼마나 배고픈지는 알겠다만, 걱정 말거라. 그렇게까지 할 필요는 없어. 여기서 내가 뭘 꺼내는지 보렴."

그레타가 치아를 다 내보이고 벙긋 웃으면서 바구니에서 도로 고개를 들었다. 아까의 그 녹색 천으로 두 손에 든 무언가를 덮어서 감추고 있었다. 그러다 한쪽 손을 천 속에서 꺼내더니 외쳤다.

"짜잔! 우리 언니 농장에서 가장 좋은 젖소에서 짜낸 우유."

그러고는 나머지 한쪽 손도 꺼내 보였다.

"그리고 염소 치즈!"

나는 기겁해서 그것들을 쳐다보았다.

우유는 하얬다. 뼈처럼 새하얀 색깔이었다. 치즈도 마찬가지였다. 만약 저게 고기라면 썩을 대로 썩었다는 뜻이리라.

"먹어도 탈 안 나는 것 맞아?"

"별걸 다 묻는구나!"

그레타가 고개를 휘휘 저으며 우유가 담긴 병뚜껑을 돌려 열었다.

"우리가 너를 드라헨부르크에 데려가기도 전에 굶어 죽게 놔둘 것 같아? 너처럼 착하고 은혜를 아는 아이, 우리가 부탁하는 이런저런 시시콜콜한 일을 다 해 줄 아이를? 그럴 수는 없지."

"뭐라고? 나는…….."

"자, 마시렴!"

그녀가 유리병 주둥이를 내 입에다 들이밀고 기울였다. 나는 그걸 마시든지 입 밖으로 흘리든지 하는 수밖에 없게 되었다.

그래서 마셨다. 계속 마셨다. 그녀가 병을 떼어 주질 않았기에 어쩔 수 없었다. 급기야 트림이 나올 지경이 되어서야 나는 마시기를 멈추고 겨우 그녀의 손을 뿌리칠 수 있었다. 거나한 트림이 두 차례나 튀어 나왔다. 휴. 그리고 정신을 차리고 보니 내 손에는 어느새 끈적거리는 흰 치즈 한 덩이가 들려 있었다.

"다 먹어!"

그레타가 경쾌하게 말하고는 내 입에다 그걸 들이댔다.

"어서 기력을 회복해야지!"

보기만 해도 속이 울렁거렸지만, 나는 결국 항복했다.

인간들이란 정말로 해괴한 것들을 먹고 사나 보다. 다행히 나의 새로운 인간 몸도 그런 걸 먹을 수 있는 모양이었다. 치즈를 먹었는데도 목구멍이나 배 속이 전혀 아프지 않았다. 우유도 마찬가지였다. 그 맛이 역겹지도 않았다.

할아버지가 이 사실을 아시면 얼마나 창피해하실까.

하지만 야채만큼은 무슨 일이 있어도 절대 먹지 않을 것이다.

그레타가 거의 드래곤을 연상시킬 만큼 번뜩이는 눈빛으로 나를 지켜보는 동안, 나는 치즈를 한 조각도 남기지 않고 먹어 치우고 우유를 마지막 한 방울까지 마셨다. 그러자 그레타가 만족스러운 한숨을 내쉬었다.

"그래, 이제 괜찮을 거야. 그렇지? 이제 네 발을 싸매 줘야겠다. 수레에 피를 흘리면 안 되니까. 그러고 나면 집에 도착한 즉시 일을 할 수 있을 만큼 상태가 회복될 거야."

나는 턱에 흘러내리는 우유 몇 방울을 닦아 내고는 그녀를 노려보았다. 인간들의 두뇌가 작은 줄은 진작 알았지만, 저 인간은 유독 기억력이 떨어지는 모양이었다.

"나는 초콜릿집에서 일할 거라니까. 너희 집이든 누구 집에서든, 하녀로 일하지는 않을 거라고. 기억 안 나?"

"오, 그럼, 그럼. 어떻게 기억이 안 나겠니? 자, 이제 편안히 앉아서 드라헨부르크에 도착할 때까지 기다리렴. 우리가 다 알아서 처리해 줄 테니까…… 왜냐하면, 너 혼자서는 절대로 그런 일자리를 구할 수가 없거든."

그녀가 내 어깨를 토닥거렸다.

"우리가 때마침 여길 지나가고 있었던 걸 천만다행으로 여겨야지. 실은 말이다……."

그녀가 내게 몸을 더더욱 가까이 기울였다. 그 바람에 나는 그녀와 프리드리히 사이에 끼어서 옴짝달싹도 못 하게 되었다.

"내 사촌 게오르그가 이 산간 지대에서 드래곤을 본 적이 있다지 뭐니! 그 사악한 짐승들의 굴이 이 주변에 온통 널려 있다는 거야."

"이봐, 그레타……."

프리드리히가 지친 음성으로 말했지만, 그레타가 그의 말을 잘랐다.

"진짜래도! 오, 다들 드래곤 이야기는 피하고 싶어 하지. 하지만 그놈들은 정말로 존재하는걸. 요즘에는 대도시나 농장에까지 나타나지는 않는 것 같지만, 이 산골을 지나는 사람은 자칫하면 위험에 빠질 수도 있다는 얘기야. 어휴, 난 여행할 때마다 무서워서 견딜 수가 없다니까. 그렇지, 프리드리히?"

프리드리히는 잠자코 무거운 한숨만 내쉬었다. 내가 보기엔 심지어 말도 짜증이 나는 듯 귀를 퍼덕거리는 것 같았다. 프리드리히가 저런 반응을 보일 만도 했다.

"왕이 왜 드래곤들을 가만히 놔두는지 모르겠어. 내가 누누이 하는 말이지만, 전투 마법사들을 보내서 깡그리 없애 버려야 한다니까! 그러면 나도 밤잠을 편안히 잘 수 있을 거야. 우리 시 지도자들 중에서 나랑 같은 생각을 하는 사람도 많다고!"

"드래곤들을 깡그리 없앤다고?"

듣자듣자 하니 더는 참을 수가 없었다. 나는 고개를 획 돌려 그녀를 쏘아보았다.

"당신 미쳤어?"

그녀의 입이 딱 벌어졌다.

"어머, 무례하게 무슨 말버릇이니!"

나는 눈살을 찌푸렸다.

"드래곤들은 전투 마법사들을 한 명도 남김없이 먹어 치울걸."

그러자 프리드리히가 웅얼거리며 맞장구를 쳤다.

"내 말이 바로 그 말이야. 그레타, 왕은 지각 있는 사람이라서 그러는 거야. 본인도 드래곤 근처에 가까이 가고 싶지 않고, 남들도 다 마찬가지니까."

음, 나는 가까이 가고 싶은데. 내 가족에게 돌아갈 수만 있다면 무엇이라도 내줄 수 있을 것 같았다. 특히 지금 이 순간에는.

하지만 수레는 우리 동굴에서 점점 더 멀어져만 갔다. 그러는 동안 말의 커다란 발굽이 땅을 울리는 소리는 내내 이어졌고, 프리드리히와 그레타는 드래곤들을 상대하려면 어떤 방법이 가장 효과적인가 하는 문제로 옥신각신했다. 독살이나 마법을 이용해 직접 부대끼지 않고 죽이는 것이 좋은가(프리드리히의 발상이었다), 군대를 몽땅 내보내서 처치하는 것이 좋은가(그럴 수나 있다면 말이지만) 하면서.

그런 뒤에는 심지어 더더욱 나쁜 상황이 펼쳐졌다. 논쟁이 겨우 끝나고 나니 이번에는 그레타가 흥겨운 여행 노래들을 또 한판 부르자고 하는 것이었다.

매우 긴 여행이 될 것 같았다.

5
장

그렇게 한 시간 정도가 흘렀다. 나는 머리를 한쪽으로 자꾸만 꾸벅거렸고 나무 의자에 엉덩이가 배겨서 욱신거렸다. 그레타는 내 발을 헝겊으로 싸는 작업을 다 끝내고는, 이른바 '옷입기'라는 주제에 대해 내가 너무 무식하다며 기가 차다는 듯 눈알을 굴리고 있었다.

예전 같았으면 인간들이 그 조그마한 몸에 뭘 걸치고 말고 하는 문제에 내가 관심을 갖는다는 상상만 해도 콧방귀를 거하게 뀌었을 것이다. 그러나 이제는 내게도 그런 정보가 아주 요긴해지리라는 것을 뼈저리게 깨닫고 있었다. 그레타가 거들먹거리며 늘어놓는 설교를 귀담아 들어 두긴 해야겠다는 생각이 들었다. 하지만 어젯밤에 산에서 밤을 꼬박 새운 탓에, 연신 몸을 곧추세우고 정신을 차리지 않으면 곯아떨어지기 일쑤였다.

그렇게 여섯 번쯤 졸다가 깼을까, 그녀가 답답한 한숨을 내쉬더니 억센 손으로 내 머리를 끌어당겨 자기 어깨에 기대게 했다.

"자, 자. 도착할 때까지 그냥 자기나 하렴. 그게 우리 모두에게 좋지 않겠니?"

"으으음."

나는 웅얼거렸다. 마음 한편에 무언가 께름칙한 구석이 남아 있었지만 정확히 무엇인지 떠오르지가 않았다. 무슨 경고 같은 것이었는데. 기억해야 하는데…….

하지만 너무 늦었다. 눈을 감자마자 나는 어둠에 휩쓸려, 번쩍이는 황금과 보석들이 나오는 꿈에 빠져들었다. 그곳에서 나는 깔깔 웃으며 재스퍼 오빠에게 덤벼들면서 보물들을 사방에 짤그랑짤그랑 흩트리기도 했고, 우리 가족이 사냥 가서 잡아온 신선하고 맛있는 고깃덩이를 게걸스럽게 뜯어 먹기도 했다…… 그리고 할아버지가 껄껄 웃는 소리도 들렸고…….

"어벤추린!"

퍼뜩 기억이 났다. 할아버지가 누누이 내게 했던 경고. 어떻게 그걸 한순간이라도 잊을 수가 있었지?

"인간을 절대로 믿지 말거라. 그들은 거짓말하고 속임수를 쓴다!"

나는 화들짝 깨어났다. 심장이 가슴 속에서 쿵쾅거리며 요동쳤다. 몇 시간쯤 달리기라도 한 듯 숨이 가빴다.

게다가 내 주변을 인간들이 온통 둘러싸고 있었다.

하늘까지 솟구친 네모난 건물들이 내 오른편, 왼편, 그리고 저 앞까지 줄줄이 늘어서서 끝이 보이지 않았다. 돌로 된 넓은 길의 양편을 따라 이어지는 길에는 바구니며 가방을 든 인간들이 북새통을 이루고 있었다. 말이 끄는 수레들의 행렬도 끊임없이 이어졌고, 그 안에 탄 인간들이 서로 뭐라고 외쳐 대는 소리와 바퀴가 덜커덩거리는 소리로 시끌벅적했다. 나는 그 사이에 완전히 갇힌 것 같아서 숨이 막혀 왔다.

인간들은 어떻게 이런 데를 견딜 수 있지?

내가 잠든 사이에 우리가 지나온 산이 저 멀리 아득히 보였고, 그보다 더 가까이에 솟은, 거대한 시계 문자판이 달린 높다란 돌탑이 눈에 띄었다. 분주한 인간들의 도시를 굽어보며 째깍째깍 돌아가고 있는 그 시계를 보니 내가 잠을 몇 시간이나 잤는지 짐작이 됐다. 내가 눈을 감았을 때만 해도 기껏해야 아침 9시도 되지 않은 시간이었는데, 지금 보니 오후 3시가 훌쩍 넘어 있었다.

그 시간 동안 아무것도 모른 채 이런 곳으로 실려 왔다니.

수레는 붉은 벽돌로 지어진 높은 건물 앞에서 멈춰 섰다. 앞쪽의 벽에는 투명하고 네모난 유리판이 여기저기 박혀 있었고 그 앞에 분홍색 꽃들이 자라 있었다. 꽃들도 그렇고, 출입구 앞에 서 있는, 지나치게 귀여운 생김새의 조각상들도 그렇고, 딱 그레타가 살 만한 집으로 보였다. 하지만 초콜릿이라고는 한 점도 보이지 않았다. 냄새조차 나지 않았다.

위험을 감지한 내 몸의 감각들이 한껏 곤두섰다. 내 위에서 그레타가 프리드리히에게 속삭이는 소리가 들렸다.

"이제 고집 좀 그만 피우고 그냥 얘를 안으로 옮기라고! 걔가 뭐라고 했는지는 나도 알아. 하지만 잠에서 깰 때쯤에는 다 정리가 됐을 테니……."

"난 이미 깼어!"

나는 벌떡 일어나 앉았다. 할 수만 있다면 두 날개를 펼치고 목을 구부려서 최대한 크고 위협적인 자세를 취하고 싶었지만, 지금은 그저 실눈을 뜨고서 나의 위험한 동행 두 명을 번갈아 째려보는 것으로 만족해야 했다.

"여긴 초콜릿집이 아니지, 그렇지?"

프리드리히가 움찔하더니 의자에서 내려서면서 시선을 피했다. 차마 볼 수가 없다는 듯한 표정이었다. 반면 그레타는 미소를 지으며, 내가 달아나지 못하도록 어깨를 힘껏 그러쥐었다.

그녀의 눈을 들여다보자니 긴 여행 동안 거의 잊어버렸던 사실 하나가 실감되었다. 발톱이나 비늘이 없어도 인간들은 포식 동물이라는 것.

"자, 애야……."

그녀가 손아귀에 더욱 힘을 줘서 내 피부를 꼬집다시피 하며 몸을 기울였다.

"네가 초콜릿 공방에서 일하고 싶어 하는 건 알겠다만, 그런 고급스러운 데에서는 단 하루도 못 버티고 쫓겨날 거야. 뻔하지. 세상에, 너는 심지어 신발이라는 게 뭔지도 모르던 애였잖니! 너를 고용할 사람은 우리 말고는 아무도 없을 거다. 또 우리가 아니면 너는 그 허허벌판에서 혼자 굶어 죽었을 테고! 그런데 우리는 너를 여기까지 데려와 줬고, 네게 먹을 것과 마실 것까지 나눠 주었지. 순전히 마음에서 우러나는 선의로 말이다."

그녀는 수레 밖에 내려서 있는 프리드리히를 향해 나를 살짝 떠밀었다. 프리드리히는 어깨를 축 늘어뜨린 채 우리를 외면하고 있었다.

"그러니 이제 너는 착하고 고분고분한 아이가 되어서 우리에게 은혜를 갚아야 하는 거야. 그냥 여기서 뛰어내려서 프리드리히 옆에 서렴. 그리고 다 같이 안전한 집으로 들어가는 거야. 바로 저 문으로 말이야……."

그녀가 집의 문을 가리키며 말을 이었다.

"그러면 다시는 네가 먹고살 걱정은 안 해도 된단다. 이해되니, 애야?"

나는 그레타가 빌려준 두툼한 녹색 천을 두르고 있었지만, 그레타의 우악스러운 손에 실린 힘은 내 연약한 어깨에 고스란히 전해졌다. 나는 웃음 띤 그레타의 얼굴을 바라보았다. 그러다 마주 웃음 지었다.

치아가 다 드러나 보일 정도의 함박웃음이었다. 가족들이 이런 내 웃음을 봤다면 무슨 뜻인지 바로 알아차렸을 것이다.

"알았어요."

내가 상냥하게 말했다.

"착하구나."

그레타의 손아귀가 마침내 느슨해진 즉시 나는 즉시 수레에서 뛰어내렸다. 그녀의 손에는 칙칙한 녹색 천만 덜렁 남았다. 내가 프리드리히에게서 한 발짝 떨어진 지점의 길바닥에 쿵, 하고 내려서자, 그는 한숨을 쉬면서 내 쪽으로 발을 내디뎠다.

하지만 너무 늦었다.

나는 고개를 수그리고 몸을 빙글 돌려서 그대로 뜀박질을 했다. 내 다리가 허락하는 만큼 전속력으로 내달려서 수레와 말과 사람 사이를 이리저리 누비고 나아갔다.

안전하지만 답답한 곳에 갇혀 있었던 것은 이전까지만도 충분했다. 기껏 동굴을 떠나왔는데 또 다른 집에 갇힐 수야 없다.

울퉁불퉁한 돌들이 깔린 길바닥은 흙과 말똥으로 뒤덮여서 찐득거렸고 고약한 냄새가 풍겼다. 그 위를 뛰다 보니 내 발을 감싼 천도 금세 끈적해졌다. 탈출 대작전에 나선 지 20분이 흘렀을 때쯤, 나는 천에 엉겨 붙은 오물을 떨어내느라고 잠시 달리기를 멈출 수밖에 없었다. 그렇게 멈춰 선 것이 이번으로 벌써 다섯 번째였다.

나는 인도에 선 굵은 크림 색깔의 인조 나무 한 그루를 붙들고 몸의 균형을 잡았다. 인조 나무의 꼭대기에는 예쁘장한 유리 램프가 아슬아슬하게 얹혀 있었다. 도시 한가운데에 이런 게 설치되어 있다니 우스꽝스러웠지만, 주위를 둘러보면 그보다 더 이상한 것들이 한두 가지가 아니었다.

길 양편에는 노란색과 하얀색으로 된 높은 건물들이 우뚝 솟아 있었다. 건물들은 섬세한 소용돌이무늬로 장식되어 있어서 보석 박힌 장신구들을 연상케 했고, 벽마다 얇은 사각형 유리판들이 층층이 박혀 있었다. 열린 출입문들로는 수많은 사람이 들락날락거리며 웃고 떠들었는데, 저마다 품에 봉투라든지 예쁘게 꾸며진 상자 따위를 안아 들고 있었고 심지어 그런 것들을 점점 더 많이 떠안는 중이었다.

그레타의 집이 있던 길에 쭉 늘어선 붉은 벽돌집들은 하나같이 문을 닫아걸고 세상을 차단하고 있었다. 그런데 지금 이곳의 풍경은 너무나 딴판이었다. 저 멀리 초록빛 나무숲이 우거진 으리으리한 산봉우리들과 건물들 사이로 우뚝 솟은 거대한 시계탑이 보이지 않았더라면, 혹시 내가 아예 다른 도시로 건너와 버린 것은 아닌가 하는 착각이 들었을 정도였다.

덜걱덜걱 소리를 내며 길을 지나다니는 말들은 황금색과 검은색으로 된 정교한 탈것을 끌고 있었다. 그레타의 소박한 수레와는 전혀 달랐다. 심지어 인간들의 외양마저도 그레타의 집 주변을 돌아다니던 인간들과는 달라 보였다.

그래도 아침에 그레타의 설교를 들으며 유용한 단어 몇 가지를 배워 둔 터였다. 암컷 인간들, 아니, 여자들은 모두 바닥까지 내려오는 연푸른색 또는 노란색 천을 몸에 두르고 있었다. 저건 '드레스'라고 하는 물건이다. 드레스는 여자들의 다리 주변으로 널따란 원 모양으로 퍼지는 데다 너풀너풀거려서 굉장히 불편해 보였다. 반면 남자들이 입는 '바지'는 훨씬 그럴듯했고, 나 역시 바지 차림이었다. 그레타는 여자애가 무슨 바지냐며 경악했지만, 그래도 내 바지는 드래곤 비늘 빛깔로 되어 있기라도 했다. 인간들이 입는 바지 색깔은 단조롭기 그지없었다!

드래곤들의 사회에서는 선명한 색깔이야말로 긍지의 상징인데, 인간 남자들은 그런 색깔을 도리어 두려워하는 모양이었다. 타고난 피부색이나 머리털 색이나 눈 색깔은 제각각 다르면서도 옷은 다 똑같이 수수하고 어두운 색깔로만 입는다니. 무리를 짓는 동물처럼 서로가 서로에게 섞여 들고 싶기라도 한 것일까. 여기 도착한 이래 선명한 진홍색이나 금색이라고는 단 한 번도 본 적이 없었다. 더욱 희한하게도, 이 일대 남자들은 모조리 하얗고 기다란 천 같은 것을 목에 둘러매고는 정교

한 매듭을 짓고 있었다. 자기 목을 반쯤 조르기로 작정한 것만 같았다.

하지만 눈에 보이는 것들보다 훨씬 더 신기한 것은 바로 냄새였다.

이곳에는 거의 모든 길모퉁이마다 음식 상인이 하나씩은 자리 잡고 있었다. 커다란 검은색 화덕 같은 것을 인도 한가운데에 떡하니 펼쳐 놓고서 자기들이 파는 음식 이름을 고래고래 외치는 것이었다. 갓 구운 뜨거운 '와플'에서 풍기는 달콤한 냄새에는 입맛을 절로 다시게 되었다. '군감자'에서는 그윽한 냄새가 났고, '군밤' 냄새는 묘하게 매혹적이었다. 그뿐만이 아니라 길 곳곳에 늘어선 건물들의 열린 문에서는 저마다 각각 다른 냄새들이 새어 나오고 있었다.

나는 너무 배가 고파서 자존심만 아니었더라면 울고 싶은 심정이었다. 치즈와 우유로 아침을 먹은 지도 시간이 한참 지났으니…… 인간의 위장이 조그마하긴 해도 그보다 더 많은 영양분이 필요한 모양이었다. 하지만 지금 내게 식욕보다도 간절한 욕망은 따로 있었다. 지금까지 무려 하루 동안이나 초콜릿을 못 먹었으니까!

나만의 관심 분야를 드디어 찾아낸 지금, 내 발톱 안에 초콜릿을 영원히 사로잡기 전까지는 절대로 포기할 수 없다.

유감스럽게도 이 주변에는 노란색과 흰색으로 된 건물들만 늘어서 있을 뿐 초콜릿으로 만들어졌을 법한 건물은 한 채도 눈에 띄지 않았다. 게다가 인간이 되어 버린 내 후각은 전보다 훨씬 둔해졌고, 사방에 온갖 다양한 냄새가 이렇게 진동하기까지 하니, 이 도시에서 유명한 초콜릿집들을 냄새로 찾아내기도 쉽지 않았다. 지금 내가 맡을 수 있는 냄새라고는 입에 침이 고이게 만드는 음식 냄새, 인간의 땀에서 나는 악취, 인간들이 땀 냄새를 가리려고 덧바르는 듯한 이상한 인공적인 향기, 그리고 김이 모락모락 피어오르는 길바닥의 말똥 더미에서 풍기는 냄새…….

음, 아무리 인간의 몸을 입은 드래곤인 나라도 이 난관을 통과하기는 만만치 않겠다.

하지만 기꺼이 도전할 각오가 되어 있었다. 나는 램프 달린 나무를 손에서 놓고, 천으로 감싼 발로 진창길을 철벅철벅 내디디며, 내 코가 가리키는 방향으로 나아갔다.

6
장

초콜릿집은 내가 기대했던 것과 전혀 달랐다.

점점 더 진해지는 초콜릿 냄새를 쫓아간 내가 마침내 도착한 곳은 다른 건물들과 똑같이 노란색과 흰색으로 된 건물이었다. 나는 어안이 벙벙해진 채 열린 문 바로 앞에 멈춰 섰다. 그때 마침 내 뒤에서 오던 인간 두 명이 나와 부딪칠 뻔했다.

"애, 좀 비키렴!"

둘 중에서 내게 더 가까이 다가섰던 여자가 커다란 드레스 가장자리를 휙 걷어 내며 말했다. 드레스가 나와 닿지도 않았는데도 말이다. 그녀의 빨간색 머리털은 여러 갈래로 나뉘어 정수리 위로 높다랗게 쌓아 올린 듯한 모양을 하고 있었다. 그녀는 뾰족한 턱을 치켜들고 코를 찡그리면서 나를 내려다보았다.

그 뒤에 있던 남자가 헛기침을 했다. 예쁘장하게 묶은 흰 매듭 위로 드러난 그의 목과 얼굴은 가무잡잡한 색이었지만 금세 붉게 달아올랐다. 그가 입을 열었다.

"미안하지만 좀 지나가겠……."

"이 건물은 초콜릿으로 되어 있지 않잖아요!"

나는 실눈을 뜨고 그 둘을 책망하는 시선을 던졌다.

"어……."

남자가 자기 옆의 여자를 곁눈질하면서 눈 위에 난 일자 모양의 털을 위쪽으로 들어 올리더니, 두루뭉술하게 되물었다.

"아무래도 그렇긴 하지?"

나는 팔짱을 끼고 단호히 대꾸했다.

"전혀 아니죠. 그럼 이 도시에서 진짜 초콜릿집은 어디 있는 거죠?"

그 말에 여자가 눈알을 위로 휙 굴렸다. 아까 프리드리히가 눈알을 굴렸을 때만큼이나 위험스러워 보이는 눈짓이었다.

"여기가 바로 진짜 초콜릿집이야, 꼬마야. 드라헨부르크에서 가장 유명한 초콜릿 공방이라고. 아무리 시골뜨기라도 그건 다 아는 줄 알았는데!"

"으음……."

남자가 어깨를 으쓱하더니 끼어들었다.

"백작 부인, 이곳이 '가장' 유명한지는 잘 모르겠습니다. 이곳 〈초콜릿 컵〉은 확실히 세 초콜릿 공방 중에서 가장 오래되었고 정통적인 곳이긴 합니다만, 왕위를 계승하실 공주님께서 메켈호프 공방을 애용하시면서부터는 그 공방이 나날이 인기를 얻는 추세이니까요. 그리고 제가 듣기로는 심지어……."

"말도 안 돼요! 진짜 권세 있는 분들은 메켈호프의 초콜릿을 좋아하지 않는다고요. 그리고 이 도시의 세 번째 초콜릿 공방을 자처하는 그 구멍가게에 대해서는 다들 언급할 필요조차 느끼지 않고요. 어쨌거나……."

그녀가 코웃음을 치더니 갈색 눈동자를 위아래로 움직여 나를 훑어보았다. 어깨에 풀어헤친 검은색의 긴 머리털부터 시작해, 더러운 천으로 감싼 두 발에 이르기까지.

"……〈초콜릿 컵〉은 최고 상류층 인사들만을 손님으로 받는단다. 그러니 동냥을 하고 싶은 거라면 다른 데를 찾아보는 편이 좋을 거야."

동냥? 나는 그 단어가 무슨 뜻인지도 몰랐다. 하지만 그녀의 표정이 무엇을 뜻하는지는 정확히 알 수 있었다. 가장 최근에 시트린 언니가 우리 동굴에 와서 지냈을 때, 내가 약강오보격(iambic pentameter)으로 시 쓰는 법을 도대체 왜 배워야 하는지 모르겠다고 했더니 언니가 딱 저런 표정으로 나를 본적이 있었다. 그건 "너는 내 관심을 얻을 가치조차 없고 앞으로도 그럴 거야."라는 말을 목소리 한 번 내지 않고 표현하는 방식이었다.

저 여자의 얼굴에다 대답 삼아 불덩이를 쏘아 줄 수 없는 게 유감이었다. 언니에게는 딱 그렇게 했었는데, 그때 언니의 표정이 얼마나 극적으로 변하던지, 참 가관이었다.

지금은 연기나 불길을 뿜을 수 없는 처지이지만 나도 인간들이 하듯 눈알을 굴려 보일 수는 있다. 그래서 날 때부터 인간이었던 것처럼 아주 현란하게, 어지러울 만큼 눈알을 빙빙 굴려서 그 두 사람에게 보답해 주었다. 그러고는 가게 안으로 당당히 걸어 들어가 그녀의 면전에 대고 문을 탕 닫아 버렸다.

유리문 밖에서 그녀가 발끈해서 숨을 들이켜는 소리가 들렸다. 하지만 내 주의는 이미 다른 데에 쏠려 있었다. 문을 닫자마자 나를 마중 나오듯 훅 끼쳐 온 강렬한 냄새에 나는 그만 무릎에서 힘이 풀려 주저앉고 말았다.

오오오, 초콜릿!

내 기억 속 냄새보다도 더 좋았다. 요리 마법사가 내줬던 초콜릿보다도 더 좋았다. 이토록 농밀하고, 강렬하고, 순수한 초콜릿 향기라니. 게다가 이렇게 가까이 있다니! 나는 감질나서 조그맣게 신음을 흘렸다.

정신이 혼미한 와중에 실내 곳곳에 놓인 조그만 검은색 탁자들이 눈에 들어왔다. 탁자들 주위에 인간들이 삼삼오오 둘러앉아 수다를 떨고 있었다. 그런데 사람들이 문 앞에 주저앉은 내 쪽으로 고개를 돌리는 듯싶더니, 모두가 나를 쳐다보면서 가게 전체가 침묵에 잠겼다. 하지만 나는 머리가 하도 몽롱해서 그 정적마저도 그다지 의식되지 않았다.

그런 건 아무래도 상관없었다. 그 어떤 것보다도 내게 중요한 것은 저 냄새였다.

테이블마다 초콜릿이 다양한 형태로 널려 있었다. 그릇에 담긴 초콜릿, 유리잔에 담긴 초콜릿. 심지어 내 왼편에 있는 커다랗고 반짝이는 유리 상자 속에는 초콜릿으로 만든 과자들도 있었다. 하지만 나는 진짜를 원했다. 그 모든 것의 원천 말이다.

나는 일어서서 가게 저 안쪽에 있는 열린 문으로 다가갔다. 그쪽에서 누군가가 나를 투명한 마법의 사슬 같은 것으로 끌어당기는 것처럼.

"실례합니다만!"

내가 두 발짝을 미처 떼기도 전에, 피부가 분필처럼 새하얗고 검은 옷을 차려입은 인간 하나가 뛰어들어 내 앞을 가로막았다.

"예약하셨습니까, 손님?"

"예 뭐요?"

나는 눈을 껌뻑거리며 되물었다. 그는 좀처럼 비켜 줄 기미가 보이지 않았고, 내가 그를 피해 빠져나가기에는 그의 몸집이 너무 컸다.

"저희 〈초콜릿 컵〉은 주문이 많이 밀려서 미리 예약을 해 주시지 않으면 이용하실 수 없습니다."

그가 나를 내려다보며 얇은 입술을 비죽거렸다.

"그 옷차림과 행동거지를 보아하니 예약을 했을 리는 없을 것 같은데……."

내게서 가까운 자리에 앉아 있던 사람들이 킥킥 웃었다. 나는 조바심이 나서 머리를 흔들었다. 이 인간은 무슨 얼토당토 않은 소리를 지껄여서 내 시간을 뺏고 있는 건가?

"나는 '손님'이 아니에요. 그게 뭔지는 몰라도. 나는 이 집의 새로운 도제라고요."

그가 눈을 빠르게 세 번 깜빡이더니 비죽 내밀었던 입술을 도로 폈다.

"'이 집'의 도제?"

"그렇다니까요. 난 여기 일하러 왔단 말예요."

인간 사회에 대해 잘은 몰라도 '도제'가 무엇인지는 대강 짐작이 갔다. 이 도시로 오는 길에 그레타가 해 준 이야기들로 미루어 보면, 도제란 어떤 것을 전문으로 다루는 일을 배우는 사람인 것 같았다. 그리고 내가 전문가가 되고 싶은 분야가 이 세상에 초콜릿 말고 또 뭐가 있겠는가? 재스퍼 오빠에게 철학이, 시트린 언니에게는 시가 있다면, 내게도 마침내 초콜릿이라는 전문 분야가 생긴 것이다. 이 환상적인 냄새에 푹 파묻혀 있으니 내 날개와 발톱에 대한 가슴 저린 그리움마저 잊히는 듯했다.

하지만 내 앞의 남자가 그 설렘을 망쳐 버렸다.

"네가?"

그가 나를 위아래로 훑어보더니 폭소를 터뜨렸다.

"네가?"

나는 얼굴에 드리워져 있던, 헝클어진 검은 머리털을 걸어 내고서 그의 눈을 똑바로 노려보았다.

"당연히 나죠. 그럼 누구 얘기겠어요?"

그는 너무 격하게 웃느라고 대답도 못 했다. 그뿐만 아니라 가게에 있는 다른 인간들도 전부 웃어 대고 있었다. 그치질 않는 그들의 웃음소리를 뒤로 하고, 남자는 내 두 팔을 붙잡고 들어 올리더니 가게 밖으로 끌어냈다.

나는 힘껏 몸부림을 치기도 하고 진흙투성이 천을 신은 발을 휘둘러도 보았지만 아무 소용도 없었다. 뭘 어떻게 해도 그에게서 벗어날 수가 없었다. 그는 가게 유리문에서 1미터 거리까지 나왔을 때에야 손을 들어서 나를 놓아주었다.

"아얏!"

나는 더럽고 울퉁불퉁한 돌바닥 한복판에 쿵, 자빠졌다. 뒤에서 걸어오던 말들이 힝힝거렸고, 어떤 인간은 자기 앞길을 가로막은 나에게 욕설을 내뱉었다. 쫙 펼친 내 두 손바닥 밑에 무언가 역겨운 것이 물컹, 짓이겨지는 느낌이 들었다.

초콜릿집인지, 공방인지, 가게인지, 아무튼 그곳의 경비원인 듯한 남자는 두 손을 문질러 닦더니, 길거리에 벌어진 아수라장은 아랑곳도 없이 건물 안으로 들어가 버렸다.

하, 과연 언제까지 나를 무시할지 두고 보자! 나는 벌떡 일어나서 문으로 달려들었다.

그런데 바로 내 면전에서 그가 문을 탕 닫아 버렸다. 곧이어

문 맞은편에서 단단한 금속 같은 것이 찰칵, 하고 잠기는 소리가 들렸다. 손잡이를 당겨 보았지만 문은 끄떡도 하지 않았다. 아무리 거칠게 손잡이를 잡아당겨 보아도 마찬가지였다.

닫혀 버린 〈초콜릿 컵〉의 유리문 저 안에서는 인간들이 모두 자리에서 일어나 연신 두 손을 마주치고 있었다. 경비원에게 환호를 보내는 뜻인 듯했다. 그가 그들을 향해 우아하고 과장스러운 몸짓으로 허리를 굽혀 인사하자 손뼉 소리는 더더욱 요란해졌다. 아까 내가 문 밖으로 내쫓았던 백작 부인은 그중에서도 가장 거세게 손뼉을 치고 있었다.

울분이 끓어올랐다. 나는 유리 너머에서 하찮은 인간들이 우쭐거리는 꼴을 지켜보면서 이를 악물었다.

이런다고 내가 순순히 사라져 줄 줄 알고? 뭐, 드라헨부르크에 초콜릿집이 여기만은 아니다. 그 건방진 백작 부인의 친구가 한 말에 따르면 여기는 심지어 가장 훌륭한 공방도 아니라지 않던가.

이 도시에는 초콜릿 공방이 두 군데 더 있다. 이제부터 내가 할 일은 그곳들을 찾아내는 것이다.

또 다른 초콜릿집을 찾아내기는 전혀 어렵지 않았다. 〈초콜릿 컵〉에서 겨우 두 길 건너에 그곳과 쌍둥이라고 해도 좋을 만큼 똑같이 생긴, 노란색과 하얀색으로 된 건물이 있었다. 경비원이 있는 것도 똑같았다. 이번에는 여자 경비원이었지만, 먼젓번 경비원과 다를 바 없이 힘이 셌다.

그녀는 나를 문 밖으로 던져 버리고는, 길바닥에 나동그라진 내 앞에 서서 훈계를 늘어놓았다. 심지어 거무스름한 갈색 손가락을 하나씩 접어 가면서 조목조목 번호까지 매겨 가며 일장 연설을 했다.

"첫째, 초콜릿 관련 일을 하고 싶어 하는 건 누구나 다 마찬가지다. 5년 전 빌렌 출신의 초콜릿 장인이 처음으로 드라헨부르크에 와서 공방을 차렸을 때부터 모두가 선망해 온 일자리였단 말이야. 더욱이 이곳 메켈호프 공방은 이 나라 왕위 계승자이신 공주님의 후원까지 받는 영예를 누리는 곳이니만큼 절대로 아무나 도제로 받아들일 수 없지. 아주, 아주 수준 높은 견습공들만이 이곳에서 일할 수 있다. 그리고 제대로 된 추천서도 가져와야 하는데……."

그녀는 투명하고도 침착한 눈길로 나를 훑어보았다.

"……너는 딱 봐도 추천서 따윈 없는 것 같군. 그리고 둘째, 너는 옷차림도 거지 같은 데다가 길거리에서 나는 악취까지 풍겨. 그러니 네가 설령 추천서를 가지고 왔다고 한들, 멀쩡하게 운영되는 공방이라면 절대로 너를 견습생으로 받아 주지 않을 거다. 초콜릿을 만드는 기술은 단순한 공예가 아니야. 예술이지. 교양과 품위를 갖춘 사람이 아니면 할 수가 없는 일이라고.

셋째, 너는 예의를 차릴 줄도 모르는 녀석이야. 그러니 너 같은 애는 우리 가게의 종업원 옷을 입힌다 해도 손님들에게 초콜릿을 날라 주는 일조차 할 수 없을 거다. 마지막으로, 넷째……."

그녀는 나를 내려다보며 고개를 설레설레 저었다. 그 얼굴에 나를 동정하는 빛이 역력해서 울컥 부아가 치밀었다.

"공중목욕탕에라도 좀 가 보지 그러니? 네 몸을 깨끗하게 가다듬기라도 한다면, 혹시 모르지, 운이 좋으면 어느 집에서 하녀 일이라도 할 수 있을지."

오, 할 수만 있다면 저 여자를 먹어 치우고 싶었다. 눈 깜짝할 사이에 삼켜 버리고 싶었다. 활활 타오르는 불길로 태워 없애 버리고도 싶었다! 하지만 지금 나의 조그마한 입과 치아로는 처량맞은 으르렁 소리만 낼 수 있을 따름이었다. 그녀는 그 소리를 듣지도 못한 듯 휙 돌아서더니 어깨 너머로 마지막 충고를 날렸다.

"가질 수 없는 것을 아무리 원해 봤자 소용없는 짓이야, 꼬마야…… 초콜릿은 너 같은 애들이 가질 수 있는 것이 아니란다."

그러고는 자신이 지켜야 할 초콜릿집 안으로 들어가 버렸다. 그녀는 구태여 문을 닫지도 않고 놔두었다.

나는 길바닥에 그대로 누운 채 씨근거리며 내가 새로 얻은 정보들을 곱씹었다. 그러는 동안 내 주위로 말들이 걸어 다녔고 사람들이 내뱉는 욕설이 내 위의 허공을 맴돌았다.

기껏 인간이 되었는데 초콜릿을 다룰 기회도 얻지 못한다면 무슨 의미가 있나? 드디어 평생 연구하고 싶은 분야를 발견했는데 아무도 나를 그곳에 들여보내 주지 않다니. 날개와 발톱만 있다면 그냥 초콜릿이 있는 곳으로 쳐들어가서 가져 버렸을 텐데! 인간들이 뭐라고 생각하든 상관없이 드래곤답게 행동하면 그만이었을 것이다.

그 악랄한 요리 마법사, 다시 보기만 하면 꽉 물어 버릴 테다! 연약하고 뭉툭한 인간의 치아로는 심각한 상처를 입힐 수 없겠지만, 어쨌거나 물어뜯어야 직성이 풀릴 것이다. 그리고 무슨 대가를 치러서라도 내게 걸어 놓은 마법을 풀게 만들어야지. 그런 다음에는…….

나는 땅을 짚고 일어났다. 그리고 이를 갈면서 마음을 굳게 다져 먹고는 인도로 걸어 올라갔다.

드래곤은 포기하지 않는 법! 드라헨부르크에는 아직 초콜릿 공방 한 군데가 더 있다. 그 건방진 백작 부인은 언급할 가치도 없는 구멍가게라고 했지만…….

나는 동굴에서 자란 몸이다. 동굴에 구멍들이 뚫려 있어서 나는 좋았다. 이번 구멍도 마음에 들지 않으리란 법은 없다.

그리고 인간의 기준으로 내가 초콜릿을 다루기에는 '교양과 품위'가 부족해 보인다면…… 뭐, 그 문제가 내 앞길을 가로막지 않도록 바로잡으면 그만 아닌가? 나는 이미 지난 이틀 사이에 한 번 변신을 했다. 두 번이라고 못 할 것도 없지.

이번 변신은 과연 얼마나 어려우려나?

7
장

나는 인간들이 돈을 그렇게나 중요시하는지 꿈에도 몰랐다.

재스퍼 오빠가 좋아하는 철학자들은 모두 돈을 무가치하게 여겼다. 나는 그 사실을 쓰라린 경험으로 배운 바 있다. 작년에 오빠와 나는 각자의 발톱에 인간들의 왕관이며 목걸이를 얼마나 많이 끼울 수 있는지를 두고 시합을 벌였는데, 내가 압승을 거두자 오빠는 한 시간 반 동안 단단히 삐쳐 있다가 급기야는 엄청나게 두꺼운 책 한 권을 가져오더니, 황금과 보석이 실질적으로는 아무 의미도 없다는 내용의 문장들을 끊임없이 읽어주는 것이 아닌가. 정말이지 따분해서 기절할 뻔했다.

그때 오빠의 얼굴에 대고 반짝거리는 발톱을 의기양양하게 흔들어 보였던 나와 마찬가지로, 드라헨부르크의 가게 주인들 역시 그런 고상한 철학 따위는 안중에도 없을 것이다. 만약 그 책의 저자가 그들의 가게에 몸소 방문해 자기가 쓴 문장들을 읊어 준다면 아마도 문 밖으로 쫓겨날 것이다.

실상을 알고 보니, 인간들은 그 무엇도 공짜로는 주지 않는 족속이었다.

나는 점점 더 심하게 꼬르륵거리는 배를 부여잡고, 점점 더 아파 오는 발을 억지로 움직이며, 드라헨부르크를 몇 시간 동안 헤매고 다닌 끝에야 마침내 내가 팔 수 있는 무언가를 찾아냈다.

"거기, 너!"

내가 또다시 옷 가게에서 허탕을 치고는 발을 쿵쿵거리며 걸어 나왔을 때, 등 뒤에서 어떤 인간 소녀가 외쳤다.

"잠깐만!"

소녀가 내 팔을 붙잡고 나를 빙글 돌려서 자기 얼굴을 마주보게 했다. 그녀는 먹잇감을 잡았다고 확신하는 포식 동물처럼 기고만장한 미소를 짓고 있었다. 나이는 나와 비슷한 듯했지만 키는 한 뼘은 족히 더 컸고, 하도 자신감 넘치는 태도로 거들먹거려서 수십 살은 더 먹은 것처럼 보였다.

하지만 그래 봤자 나를 이길 수는 없다. 나는 그녀의 손을 뿌리치고 낮은 목소리로 말했다.

"뭘 원하는 거야? 너희의 그 시시껄렁한 가게에서 나가라고 해서 나가 줬잖아?"

"오, 나는 거기 직원이 아니야. 내가 그렇게 잘나가는 재봉사의 도제처럼 보여?"

그녀가 답답한 듯 한 손으로 자기 옷차림을 가리키고 다른 한 손으로는 자기 머리를 가리켰다. 그녀가 걸친 코트는 길고 깡마른 몸 위에 헐렁하게 늘어져서 마치 누군가에게 얻어 입은 것 같았고, 그 아래에는 남자 같은 암녹색 바지를 입고 있었다. 그녀의 검은 머리털은 짙은 갈색 얼굴 주변으로 곱슬곱슬하게 뻗쳐 있었는데, 그날 하루 동안 내가 본 그 어떤 여자보다 짧았다.

"30분 전부터 네가 이 가게 저 가게 들락날락하는 걸 지켜보고 있었어. 넌 이런 대도시에 어울리는 새 옷이 필요한 거지? 그런데 그럴 만한 돈이 없고."

나는 도와주려고 접근하는 듯한 인간들을 전혀 신뢰하지 않았다. 그래서 거만한 눈빛으로 그녀를 마주 보며, 이런 상황에서 인간들이 으레 하듯이 두 눈 위에 나란히 자란 털을 치켜세웠다.

"그래서?"

"그래서, 네가 가면 좋을 곳을 알려 주고 싶어서."

그녀가 눈 위 털을 찡그린 채 나를 내려다보면서 입술을 오므렸다. 내 외모가 열두 살 정도라면 그녀는 아무리 많이 잡아봐야 열세 살이나 될까 싶었고, 인간이라는 점이야 두말할 것 없이 확실했다. 그런데 저런 표정을 짓고 있으니 당황스럽게도 마치 내 어머니처럼 보였다.

"문제는 네 머리카락이 너에게 얼마나 소중한가 하는 점이야."

"머리 뭐?"

나는 눈을 깜빡거렸다.

"알잖아. 머리카락. 이거."

그녀가 내 기다란 머리털을 잡아당겼다.

"머리카락을 많이 아끼는 편이니?"

그녀의 말을 이해하려고 안간힘을 쓰자니 머릿속이 빙빙 돌았다. 익히 경험하긴 했지만, 인간들의 세상에는 논리라는 것이 존재하지 않는 것 같았다.

"아니, 머리카락을 어떻게 아껴? 쓰면 없어지는 것이어야 아끼든 말든 하지, 머리카락은 그냥 달고 다니는 거잖아!"

"하!"

그녀가 검은 눈을 빛내며 코웃음을 치더니 내 팔을 단단히 붙잡았다. 나는 꺼림칙했지만 이번에는 뿌리치지 않고 놔두었다.

"이리 와. 나는 실케라고 해. 네가 가야 할 곳이 어딘지 알려줄게."

인간이 사고파는 수많은 물건 중에서도 가장 이상한 것은 머리카락이다. 왠지는 몰라도 내 것처럼 긴 머리카락은 인간들 사이에서 큰 가치가 있는 모양이었다.

실케가 나를 데려간 곳은 다 무너져 가는 좁다란 건물들이 다닥다닥 붙어 있고 칙칙한 색으로 칠해진 가게들 벽의 표면이 심하게 벗겨져 가는 동네였다. 그곳의 어느 조그마한 가게에서 주인 남자가 내 머리카락을 뭉텅뭉텅 잘라 내는 동안, 나는 높다란 의자에 올라앉은 그대로 으르렁거리지도, 이를 딱딱거리지도 않고 가만히 기다려 주었다. 한편 실케는 내 옆에 서서 팔짱을 끼고서 유심히 지켜보고 있었다. 마침내 머리카락이 내 귀에 닿을락 말락 할 만큼 짧아졌을 때 그녀가 말했다.

"이것 봐요! 최소한 30마르크는 나가겠어요."

내 머리카락을 잘라 준 남자가 헛기침을 했다. 그는 딱딱한 인상의 늙은 남자였는데, 전에 본 남자들과 달리 그의 목에는 흰 천이 묶여 있지 않았다.

"글쎄, 기껏해야 20마……."

"25마르크로 하죠."

실케가 손바닥을 내밀고는 초조한 듯 손가락을 꿈틀거렸다. 남자는 한숨을 쉬더니 주머니 안에서 동전 한 움큼을 꺼내 그녀의 손바닥에 놔주었다. 나는 짤그랑짤그랑 떨어지는 동전들을 쳐다보며 눈을 가늘게 떴다.

"그 돈을 받아야 할 사람은 나 아닌가?"

나를 도와준 여자애가 씩 웃으며 말했다.

"물론이지. 내 수수료만 빼고."

그녀가 말하는 '수수료'란 커다란 은색 동전 한 개에 해당하는 듯했다. 그녀는 그 동전만 따로 빼내더니 헐렁한 코트 자락 안에 교묘하게 숨겨진 주머니에 집어넣었다. 나는 그 주머니를 향해 눈을 부라리면서 그녀가 건네준 나머지 은색 동전과 구리색 동전들을 움켜쥐었다.

"그럼 나는 몇 마르크 갖는 건데?"

"20마르크야."

실케가 가게 문을 열어젖히며 말했다.

"마침 내가 아는 데에서 그만한 가격으로 딱 좋은 드레스를 파는데. 이미 만들어져 있는 데다가 거의 새것이나 다름없는 옷이야!"

할아버지가 늘 하시던 말씀이 떠올랐다. 먹을 것이 부족한데 먹잇감이 어디 숨어 있는지도 모르겠다면, 바람의 흐름에 몸을 맡기고 무작정 따라가 보기도 해야 한다고. 그래서 나는 군말 없이 그녀를 따라 가게 밖으로 나섰다.

그래도 아무 생각 없이 움직이지는 않았다. 그녀가 나를 이끌고 여유만만한 태도로 인파 사이를 누비며 나아가는 동안 나는 우리가 어느 교차로에서 어디로 돌았는지, 특이한 지형지물은 무엇이 있었는지 모조리 외워 두었다. 나중에 밤이 되어서도 온 길을 거꾸로 되짚어 갈 수 있을 만큼 철저하게. 그리고 내가 아무리 조그만 인간의 몸으로 변했다지만 이 도시에서 가장 사나운 맹수는 여전히 나였다.

그럼에도 불구하고 실케가 골라 준 드레스를 본 순간에는 가슴이 철렁 내려앉았다.

"진짜로 나더러 이걸 입으라고?"

우리는 내 머리카락을 자른 곳에서 30분쯤 걸어서, 실케가 '시장'이라고 말한 곳에 도착한 참이었다. 드라헨부르크 중심가에 뽐내듯 늘어선 가게들은 하나같이 노란색과 하얀색으로 된 건물들이었고 말끔하게 칠해진 벽이며 유리문까지 똑같았는데, 시장은 거기와는 전혀 달랐다. 갈색 흙탕물이 흐르는 강기슭의 질척질척한 두둑 위에 사람들이 천 깔개라든지 삐걱거리는 나무 탁자 같은 것을 아무렇게나 펼쳐 놓고서 물건을 팔고 있는 것이었다. 게다가 탁자 위에 널려 있는 상품들 가운데에서 실케가 자랑스럽게 들어 보인 드레스는…… 저 강물만큼이나 칙칙한 갈색이었다.

"왜, 이 옷이 뭐가 어때서?"

실케가 암갈색 천을 사랑스러운 듯 손가락으로 훑으며 말했다.

"얼룩도 없고, 찢어진 데도 없잖아. 겨우 작년에 유행했던 스타일이고. 게다가……."

"나는 품위 있어 보여야 한다고! 그런데 이건 그냥…… 시시해 보이잖아."

실케가 눈알을 굴렸다.

"품위라는 건 원래 시시한 거야. 아직도 몰랐어?"

이제 인간들의 눈알 굴리는 습성은 놀랍지도 않았다. 나는 인간들이 하는 방식대로 팔짱을 끼고 턱을 치켜들어서 몸집을 커 보이게 하고는 단호하게 대꾸했다.

"난 그 옷 안 입어. 화려한 색깔로 된 옷을 입을 거야."

아무 무늬도, 장식도 없는 갈색 옷을 입은 존재 따위는 이 세상의 그 어떤 드래곤도 진지하게 취급하지 않을 것이다. 나는 나를 보는 모든 이들에게 내 힘을 당당하게 내보이고 싶었다. 무리 지어 다니는 겁쟁이 동물들처럼 주위 환경에 녹아들어 자기 모습을 감추는 짓은 하고 싶지 않았다.

"오, 그래. 마음대로 해. 하지만 이 드레스를 놓치는 건 큰 실수일 텐데."

실케가 한숨을 푹 내쉬었다.

"그래?"

나는 실케를 한 번 째려보고, 이 조그마한 야외 옷 가게를 운영하는 남자에게 눈길을 돌렸다. 그 남자는 실케처럼 피부가 갈색이었고, 실케보다는 나이가 많은 듯했지만 아직 남자라고도 할 수 없을 만큼 어렸다. 나는 인간들 사이의 차이점을 알아보는 데 익숙해진 만큼 그들의 공통점도 전보다 더 예리하게 포착할 수 있었다.

"내 생각이 어떤지 말해 줄까? 나는 이 가게가 너희 가족 것이라고 생각해. 그리고 너는 나를 속여서 내 돈을 전부 뜯어낼 속셈인 거지."

실케가 눈을 휘둥그레 뜨면서 옆의 남자를 흘끔 곁눈질했다. 그는 한창 다른 손님을 상대하는 중이었는데, 몸놀림이 딱 실케만큼 날렵하고 야무졌다. 그때 실케가 별안간 웃음을 터뜨렸다. 오늘 오후 내도록 그녀에게서 보지 못했던, 색다른 느낌의 웃음이 얼굴에 번져 있었다.

"야, 시골뜨기, 너 겉보기만큼 순진한 애는 아니구나."

"내 이름은 어벤추린이야."

"확실히 이 근방 출신은 아니네."

실케가 입을 더욱 크게 벌려 벙긋 웃었다.

"뭐, 그 점은 걱정 안 해도 될 거야. 여기는 온 세상 방방곡곡 사람들이 모여드는 도시니까. 지금은 서거하신 왕비님도 원래는 바다 저 건너에 사시던 외국 분이었는데 우리나라 임금님과 결혼하려고 여기까지 오신 거야. 일단 이곳에 정착하고 가족을 꾸리면 그 후손들은 토박이나 다름없게 되지. 나도 그렇고, 다음 대 국왕이 될 공주님도 딱 그렇거든."

그녀가 진지하게 고갯짓하며 말을 이었다.

"자, 어벤추린, 솔직히 터놓고 말해 줄게. 이건 품질이 좋은 드레스야. 심지어 너한텐 2마르크 더 싸게 해 줄 수도 있어. 개인적인 호의로 말이야. 하지만 이 주변의 다른 점포들은 우리 가족 것이 아니니, 네가 다른 데서 옷을 사겠다면 나는 도와줄 수가 없어."

"흐으음."

나는 미심쩍은 눈으로 주위의 다른 깔개며 탁자 등을 둘러보았다.

"우선 다른 데서 파는 옷들은 값이 얼마나 하는지 보고 와야겠어. 그래야 나도 너네 옷이 더 싼지, 아닌지 알 수 있잖아."

"너 눈치가 아주 빠르구나."

실케가 한숨을 쉬었다. 하지만 그러면서도 은근히 나를 높이 사는 말투였다. 내가 만만한 먹잇감인 줄로만 알았을 때는 나를 좋아하지 않는데, 내가 본색을 보이자 비로소 내게 호감을 느끼는 것이었다.

사실 나도 그녀가 마음에 들었다. 그녀가 인간들 사이의 규칙을 어기고 남자 옷을 입고 다니는 점도 그렇고, 비록 나를 속이려고는 했지만 그 강단과 결단력에도 호감이 갔다. 인간이기는 해도 실케에게는 분명 드래곤다운 기질이 엿보였다. 자기 가족을 위해 맹렬히 싸우는 면모 또한 드래곤과 닮은 듯했다. 서로 이빨과 발톱을 제대로 갖추고 싸움 놀이를 할 수 있다면 재미있을 텐데.

그 대신 나는 이가 다 드러날 만큼 활짝 웃어 보였다. 날개를 활짝 펼치고 비늘을 모두 내보이는 것과 그나마 가장 비슷한 몸짓이었다.

"그럼 나중에 보자. 내가 다른 데에서 더 싼 드레스를 못 찾으면 말이야."

"좋아."

실케가 눈을 가늘게 떴다.

"하지만 기억해 둬. 너는 여기선 완전히 뜨내기야. 그리고 여자애 혼자 이 도시를 돌아다니긴 쉽지 않아. 네가 의지할 만한 친구가 있으면 도움이 될 거야."

드래곤처럼 오만하게 고개를 까딱 기울이는 실케를 마주 보며, 나는 그녀의 말에 잠깐이나마 혹했다. 하지만 다행히 실수하기 전에 나 자신을 다잡았다.

인간을 절대 믿지 말거라!

할아버지의 말씀이 옳았다는 것은 이미 그레타를 만나면서 충분히 확인한 바였다. 나를 이 도시로 데려다준 인간들을 멍청하게 믿었더라면 지금쯤 나는 어떻게 됐을까?

나를 달래는 말을 귓가에 속삭이던 그레타의 역겨울 만큼 달콤한 목소리도, 내 어깨를 그러잡던 그녀의 우악스러운 손길도 생생히 기억했다. 그 기억을 떠올리자 목구멍에서 으르렁 소리가 나올 뻔했다. 나는 입을 꾹 다물고 실케를 뒤로한 채 걸어갔다.

드래곤에게 인간 친구 따위는 필요 없으니까.

그리고 내 의심도 적중했다. 다른 점포들에는 더 싼 옷도 많았다.

20분쯤 뒤 나는 화사한 금색과 보라색으로 된 드레스 차림으로 변신했다. 치마 끝자락이 복숭아뼈 부근까지 내려오는 단정한 드레스였다. 손가락을 덮을 만큼 긴 소매가 걸리적거려서 위로 걷어 올리지 않으면 안 되었지만, 겨우 10마르크를 주고 샀으니 잘 건진 셈이었다. 남은 돈 중에서 5마르크로는 발을 보호할 새빨간 빛깔의 신발 한 켤레도 샀고, 물에 적신 헝겊도 한 장 사서 손과 얼굴까지 닦았다. 그러고 나서도 반짝이는 은색 동전 하나가 남았다. 나는 처음 입었던 은색과 진홍색의 옷으로 동전을 둘둘 감아 통째로 소매 속에 쑤셔 넣었다.

내게 드레스와 신발을 판 가게 주인은 떠나려는 나를 유심히 바라보더니 말했다.

"저기…… 혹시 잔돈이 좀 필요하다면, 네가 들고 있는 그거, 나한테 팔래? 뻘건 색하고 은색이 섞인 그 옷 말이야, 가지고 다니려면 귀찮잖아. 물론 그걸 내가 되팔겠다는 뜻은 아니야. 입고 싶어 할 사람이 아무도 없을 테니. 하지만 무늬가 제법 괜찮으니 조각조각 찢어다가 자투리 옷감으로 사용하면 어떨까 싶은데."

조각조각 찢는다고? 소매 속에서 두툼한 옷 뭉치와 맞닿은 내 팔이 팽팽하게 경직되는 느낌이 들었다. 나의 아름다운 비늘이 남긴 것이라고는 이 옷 하나뿐인데!

옷 위에 섬세한 곡선으로 수놓인 은빛과 진홍빛의 비늘무늬들은 내 원래 몸의 비늘들을 하나하나 정확히 구현하고 있었다. 심지어 내 등줄기에 돋아 있었던 뿔들의 흔적도 옷에 남아 있었다. 이 옷은 등 부분이 터져 있는데, 양쪽 옷자락을 여미서 고정하기 위해 달려 있는 조그마한 은색 고리들이 내 뿔을 고스란히 닮은 것이었다. 그걸 손에 들고 내려다보고 있으니 문득 발끝에서 목덜미까지 열이 후끈 끼쳐 오르고, 귓속에서 쿵쿵거리는 고동 소리가 들렸다. 내가 인간으로 변신한 이래 줄곧 가슴속에 억눌려 있었던 포효가 온몸에 메아리치고 있었다.

저 옷에 새겨진 것은 내 비늘 자체였다. 그런데 감히 그걸 찢어 버리겠다고?

"절대 안 돼!"

나는 버럭 소리치고 몸을 돌렸다. 그리고 내 과거의 마지막 조각들을 가슴에 안고서 미래를 찾아 전진했다.

8
장

    드라헨부르크 외곽의 비좁고 북적이는 길거리를 성큼성큼 걷는 동안 내 배에서는 꾸르륵 소리가 요란하게 흘러나왔다. 하지만 나는 위장이 쏟아 내는 불평을 애써 무시했다. 그뿐만 아니라 까지고 멍든 발에서 치솟는 날카로운 통증도 무시했으며, 연약한 두 다리에 욱신욱신 퍼지는 근육통도 철저히 무시했다. 노점상들이 벌여 놓은 화로에서 갓 구운 소시지 냄새가 피어올라 나를 그윽하게 휘감으며 유혹했지만, 마음을 단단히 다져 먹고 입으로만 숨을 쉬면서 후각으로 들어오는 모든 신호를 최대한 차단했다. 또 다른 길에서는 한 상인이 야외용 화덕에다 희한하게 비비 꼬인 모양의 빵을 구워서 팔고 있었는데, '프레첼'이라는 이름의 빵이었다. 지금 나로서는 1초 만에 몽땅 먹어 치울 수도 있을 것 같았다. 그러나 나는 그 앞에서 발길 한 번 주춤하지 않고 내처 걷기만 했다. 2분 뒤 와플 노점을 지났을 때는 간절한 신음을 흘릴 뻔했지만 그마저도 참았다.

이제 내게 남은 돈은 5마르크밖에 없었다. 그걸 함부로 낭비해서는 안 될 일이다. 비록 지금 내 몸에 문제가 있다고는 해도 나는 여전히 사납고 강력한 드래곤이다. 그러니 이까짓 충동에 휩쓸리지 않고 나 자신을 제어할 수 있다. 어머니와 재스퍼 오빠는 어떻게 생각할지 몰라도.

다만 주위를 지나다니는 말들이 죄다 너무 맛있어 보여서 곤란하긴 했다.

마침내 두 초콜릿 공방이 있는 넓고 환한 지역에 다다랐을 때, 나는 그동안 너무 참고 또 참았던 탓에 숨을 헐떡거리고 있었다. 길거리에 뛰어들어 아무나 물어뜯고 싶은 충동을 삼키느라 이를 얼마나 갈았던지 입안이 얼얼했고, 이마와 목에는 이상한 물방울 같은 것이 송송 돋아 있었다. 그런데 내 앞을 지나던 인간들 세 명이 노골적으로 께름칙해하는 표정으로 연달아 나를 피해 가자, 나는 걸음을 멈추고 심호흡을 했다.

교양과 품위. 나는 사람들에게 교양과 품위를 보여 줘야 한다. 겁을 주는 게 아니라. 아무리 열린 마음의 초콜릿 장인이라도, 주변 사람들을 먹어 치울 기세가 역력한 아이를 도제로 받아들여 주지는 않을 것이다. 그 아이가 정말로 인간을 먹을 수 있는 존재라면 더더욱.

'난 할 수 있어.'

나는 어깨를 뒤로 젖히고, 지극히 인간적인 함박웃음을 얼굴에 덧그렸다.

그런데 몇 분쯤 그 주위를 돌아다니다가 나는 한 가지 문제를 발견했다. 세 번째 초콜릿 공방이 어디에도 보이지 않는 것이었다. 먼젓번에 보았던 노란색과 하얀색으로 된 가게 건물들 뒤편에는 드래곤의 이빨처럼 뾰족한 못들이 박힌 철문들 너머로 커다랗고 화려하고 집들이 늘어서 있었고, 저 멀리에는 심지어 그보다 더욱 크고 화려한 궁전도 보였다. 하지만……나로서는 전혀 관심이 없는 것들이었다.

나는 결국 포기하고 지나는 사람에게 길을 물었다.

"초콜릿 공방을 찾는다고?"

내게 붙들린 남자는 정신이 딴 데 팔린 듯 허둥지둥했다. 그의 눈길은 벌써부터 내가 아니라 자기가 가야 할 목적지 쪽으로 쏠리고 있었다.

"〈초콜릿 컵〉은…….."

"거기 말고요!"

나는 조바심을 숨기지 못하고 발끈 쏘아붙이고는, 그 실수를 무마하기 위해 입꼬리를 당겨서 최대한 상냥한 미소를 지어 보였다.

"〈초콜릿 컵〉이나 〈메켈호프〉를 찾는 게 아니에요. 세 번째 초콜릿 가게를 찾고 있어요. 구멍가게 말예요."

"구멍…… 아아!"

그가 비로소 내 얼굴을 제대로 보더니 눈을 깜빡거렸다. 그러고는 재빨리 한 발짝 물러나면서 초조한 듯 목의 매듭을 잡아당겼다.

아이쿠, 내가 입을 너무 크게 벌리고 웃었나 보다. 나는 얼굴 근육을 느슨하게 풀었다. 그러자 그도 화답하듯 어깨를 늘어뜨렸다.

"어느 가게를 말하는지는 알겠다만, 나는 가 본 적이 없단다. 당연하잖니."

당연하다니? 나는 무언가 도움이 될 말을 더 해 달라는 뜻으로 잠자코 그를 빤히 쳐다보았다. 그러자 그의 눈 위 털이 아래로 처지면서 또 초조한 표정으로 변했다. 그는 내 눈에 시선을 고정한 채 빠른 속도로 말을 쏟아 냈다.

"이곳 1지구에는 없어. 15분쯤 걸어서 3지구까지 가야 할 거야. 벼락부자 상인들과 은행가들이 사는 데 말이야. 하지만 내 주위 사람들은 아무도 그 부근엔 발 들이지 않아."

나는 움직이지 않았다. 눈도 깜빡이지 않았다. 내가 찾는 정보가 그의 입에서 나올 때까지. 그는 목젖이 움직이는 게 눈에 보일 만큼 마른침을 힘껏 삼켰다.

"그런데 네 눈이…… 그 눈 색깔 말이야, 음, 굉장히 특이하구나. 인간들 중에서는 그런 색의 눈을 본 적이……."

목의 매듭을 더욱 세게 잡아당기며 말하는 그의 얼굴이 벌겋게 달아올랐다.

그때였다. 난데없이 나타난 실케가 내 옆에 불쑥 뛰어들었다.

"아, 환장하겠네! 내가 졌다. 도저히 못 봐주겠어!"

그녀가 과장스럽게 한숨을 내쉬며 말하더니, 내 앞의 남자를 향해 손을 내저었다.

"걱정 마세요, 나리. 얘 길 안내는 제가 직접 해 줄 테니까요. 그냥 가세요!"

"뭐라고?"

나는 몸을 휙 돌려 그녀를 노려보았다.

"지금 뭐 하는 거야? 나는 네 도움 따윈 필요 없어. 너도 알 텐데?"

"오, 너를 '도와'주러 온 건 아니야."

실케가 말하는 동안 인간 남자는 우리 둘을 경계하듯 조심스럽게 뒷걸음을 쳤다.

"그냥 호기심 때문에 쫓아와 본 거야. 원래는 네 앞에 나타날 생각도 없었어! 하지만 네가 하는 대로 놔뒀다가는 저 불쌍한 남자가 겁에 질려서 기절할 기세이길래, 하도 딱해서 나선 것뿐이라고."

그녀가 내 팔을 잡았다.

"내 말 믿어. 이 도시를 나만큼 잘 아는 사람은 아무도 없어. 넌 3지구로 가고 싶은 거지, 맞지?"

나는 두 발을 땅에 단단히 딛고서 신경을 곤두세웠다.

"글쎄. 네가 나한테 무슨 대가를 원하는지 알아야 대답할 수 있겠는데."

그녀가 킥킥 웃었다.

"네가 감당 못 할 정도의 대가는 아니야, 이 시골뜨기야. 지금 나는 그냥 정보를 얻고 싶을 뿐이야."

나는 못내 의심스럽게 그녀를 실눈으로 흘겨보다가 어깨를 으쓱했다.

"좋아."

그러고는 쓸모없는 인간 남자에게서 미련 없이 등을 돌려 그녀의 옆에 다가섰다. 실케와 내가 마침내 걸음을 옮기자 우리 뒤에서 그 남자가 안도의 한숨을 푹 내쉬는 소리가 들렸다. 하여간 인간들이란! 단순한 질문 하나 했다고 저렇게 당황하는 꼴이라니. 나는 인간이란 종족을 영원히 이해할 수 없을 것이다.

실케는 나를 데리고 붐비는 상점가 쪽으로 돌아가면서 명랑하게 말했다.

"그래서, 그 초콜릿집에는 왜 가려는 거야? 우리 같은 애들은 절대 못 들어가는 곳이라는 건 너도 알 텐데?"

'글쎄, 두고 보자고.'

나는 속으로만 그렇게 생각하고 입을 꾹 다물었다.

"대답을 안 하시겠다?"

그녀가 짓궂게 히죽 웃었다.

"좋아. 그럼 내가 네 사연을 상상해 보지 뭐. 이건 어때? 너희 부모님은 드라헨부르크 출신이신데, 50년 전에 적에게 쫓겨서 급히 이 도시를 탈출했어. 그때 그분들이 가진 근사한 보석들의 절반을 비밀 장소에 숨겨 두고 떠났는데, 거기가 바로 그 초콜릿집 지하였던 거지. 그래서 너는 그곳으로 몰래 숨어 들어 가 보물을 되찾은 다음, 부자가 되어서 하인들을 십수 명쯤 거느리고 살 작정인 거야! 내 말 맞아?"

"자기 보물을 팽개쳐 두고 가는 멍청이가 세상에 어디 있냐? 말이 안 되잖아."

나는 기가 차서 고개를 흔들었다. 아무리 인간이라도 설마하니 자기가 모은 귀중품을 스스로 내버릴 만큼 어리석지는 않을 텐데. ……아닌가?

"그건 아닌가 보군. 흐으음, 그렇다면……."

실케는 만족스러운 투로 말하곤 생각에 잠겼다. 그 와중에도 그녀는 나를 이끌고 북적이는 사람들 틈을 우아하게 누비며 빠른 속도로 길을 나아가고 있었다.

"어디 보자, 너 실은 귀족 집안 딸인 거 아니야? 그런데 변장을 해서……."

"나를 가지고 이야기 지어내는 것보다 더 중요한 일거리는 없어? 이를테면 시골뜨기 여자애들한테 옷을 팔아 본다든지?"

"오, 나라고 하루 종일 옷만 팔진 않아. 그건 우리 오빠 일이지. 디터 오빠는 한 장소에 죽치고 앉아 있는 걸 워낙 좋아하거든. 하지만 나는 여기저기 돌아다니며 내가 사는 도시에서 무슨 일이 벌어지고 있는지 둘러보는 게 더 좋아. 그리고 최근에 여기서 벌어진 사건들 중 가장 흥미로운 건 바로 너란 말이지."

마차 여러 대가 얽혀 꽉 막혀 버린 교차로 앞에 서서 기다리는 동안 그녀는 몸을 기우뚱거리며 콧노래를 흥얼거렸다. 말들이 서로에게 히힝거리며 울어 대고, 거기에 화음을 넣듯 고래고래 고함치는 사람들의 목소리가 섞여 들었다. 그런 난장판 속에서 실케는 음험한 미소를 지으며 말했다.

"이제 알겠다. 너는 요정들의 지하 왕국, 엘펜월드에서 탈출한 유일한 인간이야. 그래서 네가 세상 물정을 그렇게 모르는 거야!"

"뭐라고?"

마침내 마차들이 교차로를 빠져나가고 길이 트였지만 나는 그 자리에서 꼼짝도 하지 않았다. 충격을 받아야 할지 분노를 토해야 할지 갈피가 잡히지 않아, 입을 떡 벌린 채 그녀를 노려보고만 있었다.

"내가 '요정'들하고 관련이 있어 보인단 말이야?"

드래곤들에게 인간이 경계의 대상이라면 요정은 순전히 경멸의 대상이다. 요정들이 지상에서 자취를 감춘 지는 100년도 넘었지만, 우리 가족 사이에서는 요정들이 벌였던 온갖 짜증스러운 행각에 대한 이야기들이 여전히 전해졌다.

인간들 중에서 마법을 쓸 줄 아는 위험한 자는 극소수인 반면 요정들은 누구나 마법을 자유자재로 쓴다. 영원히 꺼지지 않는 불길 같은 마력의 빛이 그들의 피부 밖으로 새어 나와 넘실거릴 정도다. 게다가 그들은 누구한테든 꼭 장난을 쳐야만 직성이 풀렸고, 드래곤을 상대로는 특히나 심했다. 할아버지는 요정들이 잘한 일을 딱 한 가지 꼽자면 이제 그들이 모두 지하로 숨어들어 간 덕분에 우리가 그들을 먹어서 없애지 않아도 된다는 점이라고 했다. 요정들은 지독하게 맛이 없다면서.

그런데 실케는 발끈한 내 얼굴을 보면서 뭐가 기쁜지 깔깔 웃었다.

"좋아, 좋아. 이 말에는 확실히 반응을 하네."

그녀가 내 팔을 끌어당기며 발길을 재촉했다.

"그런데 너, 사람들이 네 출신이 어딘지 궁금해하는 게 싫다면 옷 말고 다른 것들도 바꿔야 할걸. 이름만 해도 그래. '어벤추린'이라니, 누가 그런 이름을 들어 봤겠어?"

그녀는 장난기 가득한 눈을 반짝이며 머리를 흔들었다.

"알겠다. '에바'라고 하는 건 어떨까? 이만하면 평범하고 무난한 이름이지. 신비로운 구석도 전혀 없고. 딱 네가 좋아할 만한 이름 아니야?"

"<u>으으으</u>!"

나는 이를 갈면서 그녀의 손을 뿌리치고 길을 건넜다. 그리고 다음 모퉁이에서 실케가 있는 쪽으로 몸을 돌렸는데…… 순간 황홀한 냄새가 내 코를 파고들어 와 우뚝 멈춰 섰다.

저쪽이다!

"3지구야. 이제 거의 다 왔어!"

실케가 경쾌하게 말했다.

노란색과 흰색으로 된 똑같은 모양의 건물들만 즐비하던 1지구와는 달리 이곳의 건물들은 온갖 색채로 알록달록했다. 분홍색, 하늘색, 노란색, 초록색의 높고 좁다란 건물들이 하늘로 높이 솟아올랐고, 그 건물들의 1층에 자리 잡은 가게들은 그 앞의 인도에까지 물건들을 내놓아 두었다. 초콜릿 냄새는 내가 있는 곳에서 겨우 몇 건물 너머에서 흘러나왔다. 맛있는 미래가 저 앞에서 나를 부르는 듯했다.

하지만 정작 초콜릿의 모습은 어디에도 보이지 않았다. 오로지 인간들만 넘쳐났다. 이들의 옷차림은 1지구의 인간들보다도 더 황당했다. 남자들은 목 매듭을 더욱 복잡한 모양으로 매고 다니는가 하면, 여자들의 치맛자락은 더욱 풍성하게 나부끼는 것이 아닌가.

게다가 드레스 차림의 여자들은 하나같이 머리카락이 길었다. 이 점을 왜 진작 눈치채지 못했을까? 나는 품위 있어 보이려고 새 옷도 구해 입고 갖은 노력을 다 했는데, 머리카락을 잘라 버리는 바람에 말짱 도루묵이 되어 버렸으면 어쩌지?

그런데 주위의 긴 머리 여자들을 둘러보다 보니 내 몸에서 뭔가 이상한 현상이 일어났다. 걸음을 내디딜 때마다 가슴이 점점 좁아지는 듯 속이 갑갑해지는 것이었다. 숨을 들이쉬기도 힘들 정도였다. 그뿐만이 아니라 목구멍에서 무언가가 세차고 빠르게 고동치는 느낌이 들었다. 마치 내 목구멍 속에 조그마한 새 한 마리가 갇혀 있어서 빠져나오려고 파닥거리는 것만 같았다.

"초콜릿집은 바로 저기야."

실케가 말했다.

"가자, 신비의 나라에서 날아온 어벤추린 양. 호화찬란한 손님들이 드나드는 가게이니 우리 같은 애들은 절대로 들여보내 주지 않을 거야. 그래도 여기까지 왔으니까 창밖에서 구경이라도 해 보자."

'절대로 들여보내 주지 않을 거야.'

나는 걸음을 내디디려 했다. 그런데 발이 떨어지지 않았다.

내 몸이 어떻게 되어 가고 있는 거지?

나는 손으로 가슴을 문질러서 갑갑한 속을 풀어 보려 했다. 하지만 인간의 작은 심장이 가슴 속에서 엄청나게 빠른 속도로 콩닥거리는 것만 느껴졌다. 뭔가 심각하게 잘못된 것이 분명했다.

인간의 심장은 아무 이유 없이 고장 나는 경우가 많은가? 저 향긋한 초콜릿 냄새의 진원지가 바로 코앞에 있는 지금 하필 내 심장이 폭발해 버리면 어쩌지? 그럼 다시는 초콜릿을 못 먹을 텐데! 하지만 만약 저 초콜릿 가게의 경비원이 내 짧은 머리만 보고 더 생각할 것도 없이 나를 내쫓아 버린다면, 어차피 나는 초콜릿을 영영 못 먹게 되는 것 아닌가? 그러면 더 이상 갈 데도 없고, 초콜릿도 못 구하고, 그리고……

몸이 휘청거리다 앞으로 기울어졌다. 나는 두 손으로 무릎을 짚고서 숨을 깊이 들이쉬려 안간힘을 썼다.

"어벤추린? 왜 그래?"

실케의 목소리가 저 멀리서 들려오는 듯 아득했다.

'안 돼, 안 돼, 안 돼, 이럴 순 없어!'

새로운 몸이 여기서 잘못돼서는 안 된다. 지금은 안 된다! 미래를 향한 내 모든 희망이 겨우 몇 발짝 앞에 있는데. 힘과 건강이 필요한 일은 내 평생에 많았고 앞으로도 많겠지만 지금은 그중에서도 가장 결정적이고 중대한 순간이었다. 나는 보통의 품위 있는 인간처럼 행동해야 하는데. 그렇게 보여야만 하는데…….

"여기서 나가!"

내 앞으로 세 번째 건물의 출입문에서 어떤 여자의 호통이 터져 나왔다.

나는 퍼뜩 고개를 들었다. 천국의 냄새가 새어 나오는 바로 그 문에서, 흰 피부의 훤칠한 소년이 막 뛰어나온 참이었다. 나는 그 소년을 본 순간 가슴이 철렁 내려앉았다.

목에 묶은 복잡한 매듭에서부터 칙칙한 검은색 바지에 이르기까지, 오늘 하루 동안 내가 본 모든 인간들 중에서도 가장 품위 있어 보이는 소년이었다. 그런데 저런 애까지 길거리에 내쳐진단 말인가? 그렇다면 나한테는 영영 기회가 없다는 뜻인데…….

아니, 그게 아니었다. 저 소년은 스스로 가게를 뛰쳐나온 것이었다. 그는 뒤를 돌아보더니 문간에 대고 주먹을 휘둘렀다.

"저도 다신 안 올 거예요! 제발 와 달라고 애원을 하셔도 안 올 거라고요! 이 도시에서 당신처럼 정신 나간 초콜릿 장인은 아무도 없을걸요! 당신은 그 한심한 규칙들 외에는 아무것도 안중에 없고⋯⋯."

"그리고 네놈은 좋은 초콜릿이 뭔지 아무것도 모르지! 애초에 너를 고용하는 게 아니었어. 너는 초콜릿의 질이 아니라 겉모양밖에 모르는 놈이야!"

"하!"

소년은 녹색 코트 자락을 매만져 펴면서 턱을 치켜들었다.

"그따위 태도로 일을 하니 권력층 사람들은 아무도 여기 오지 않는 게 당연하죠. 이대로는 운 좋아야 반년밖에 못 버티고 폐업할 수밖에 없을걸요. 사실 그 정도도 못 갈 거예요. 내가 숙부님께 당신 이야기를 하면⋯⋯ 으악!"

그는 자신에게 휙 날아든 무언가를 피해 고개를 수그리느라 말을 맺지 못했다. 그러더니 두 팔로 자기 머리를 감싼 채 몸을 돌리며 버럭 소리를 질렀다.

"절대로 잊지 않겠어! 우리 가문도 잊지 않을 테고! 품위 있는 사람들은 아무도 당신 근처에도 오지 않을 거야. 이 허접한 구멍가게도 마찬가지고!"

문 안에서 누군가가 분노에 북받쳐서 뜻 없는 괴성을 내질렀다. 그 고함 소리를 뒤로 하고 소년은 달음질을 쳐서 길모퉁이 너머로 사라져 버렸다.

실케가 나지막이 휘파람을 불며 소감을 밝혔다.

"휴우—. 아무래도 우린 좀 기다려야 할 것 같은데? 지금 당장은 창문으로 구경하는 것도 무리 아니겠어? 아니면 다른 초콜릿 가게로 가 볼까?"

"장난해?"

나는 고개를 내저으며 몸을 꼿꼿이 세웠다. 어느새 심장 박동이 다시 느려져 있었고 호흡도 편안했다. 이제 내 가슴은 아무렇지도 않았다. 아니, 신나서 가슴이 두근거리긴 했다.

"지금이야말로 절호의 기회지!"

내 몸이 무엇 때문에 잠시 마비되었는지는 모르겠지만 방금 저 가게 안에서 들려온 괴성은 내가 너무나 잘 아는 친숙한 소리였다. 그 소리를 낸 사람이 누구인지 몰라도 어서 만나 보고 싶어서 좀이 쑤셨다. 그런데 실케는 나를 어처구니없다는 듯 쳐다보았다.

"너 미쳤구나. 아까 기절할 뻔한 것도 무리가 아니네. 그냥 시장으로 돌아가는 게 어때? 가서 내가 먹을 것을 좀 줄게. 네가 어디서 왔는지 이야기도 하고……."

"아니야."

나는 내 비늘 옷을 꺼내 펴서 그 안에 들어 있던 은색 동전 한 개를 꺼냈다.

"도와줘서 고마워. 나중에 또 볼 수 있으면 보자."

실케는 기겁한 표정으로 두 손바닥을 쳐들면서 내 손을 피해 물러섰다.

"못 받아! 네가 가진 돈은 그게 다잖아. 기억 안 나? 게다가 그건 너무 큰돈이라고. 내가 한 일이라고는 저 미친 여자의 초콜릿 공방까지 너를 데려다준 것밖에 없는데!"

나는 실케의 손바닥에 억지로 동전을 놓고 기다란 갈색 손가락들을 오므려 주었다. 내가 인간을 내 의지로 만진 것은 난생처음이었다.

"그래, 그게 딱 내게 필요한 일이었어."

❖

열린 문으로 다가가면 갈수록 기막힌 냄새가 진동했다. 문위의 간판에는 〈초콜릿 하트〉라고 적혀 있었다.

실케와 헤어진 뒤 나는 쑥덕거리는 구경꾼들을 내 여윈 팔꿈치로 밀어젖혀 가면서 그곳으로 나아갔다. 사람들의 불평과 눈총이 쏟아졌지만 그래도 상관없었다. 정말로 저 가게에 들어가고 싶어서 모여 있는 사람은 아무도 없는 것 같았으니까. 그곳에서 그토록 매혹적인 냄새가 흘러나오는데도 어떻게 그럴 수 있는지 모를 일이었다. 어쨌든 그 가게에 진짜 용무가 있는 사람을 위해 그들이 길을 비켜 줘야 합당하지 않은가.

〈초콜릿 하트〉 안에도 사람은 별로 없었다. 순수한 초콜릿의 환상적인 향기를 한껏 들이쉬며 문으로 들어선 내게 가장 먼저 보인 것은, 불꽃 같은 색깔로 칠해진 작은 공간 안에 늘어선 빈 테이블들이었다. 더 안쪽에 있는 금색 테이블 세 개에만 손님들이 둘러앉아 있었는데, 그들은 모두 질겁한 표정으로 가게 한가운데에서 실랑이를 벌이는 두 인간을 쳐다보고 있었다. 둘은 팔을 마구 휘젓고 언성을 높여 가며 한창 격하게 말다툼을 하는 중이었다.

그중 한 사람은 키가 큰 남자였고 피부는 짙은 갈색이었다. 그는 육체적인 고통이라도 겪고 있는 듯 우거지상을 하며 말했다.

"그런 식으로 행동해서는 안 된다니까……."

"그놈이 내 초콜릿에 독을 넣고 있었잖아!"

여자 쪽이 버럭 소리쳤다. 체구가 땅딸막하고 피부에 금빛이 감도는 여자였다. 아까 가게 밖에서 들었던 그 호통 소리의 주인이 그녀인 모양이었다.

"애초에 내 주방에 들이지도 말았어야 했는데!"

"그는 초콜릿에 독을 넣지 않았다고!"

남자가 몸을 돌려 남아 있는 손님들을 향해 미친 듯이 손을 내저었다. 그중 두 명은 이미 일어나서 초조하게 게걸음을 치며 문 쪽으로 나아가고 있었다.

"여러분, 그냥 비유적인 표현이었을 뿐이에요. 제발 소문 내지 마세요! 저희 공방 장인님이 엄청난 완벽주의자라는 것 다들 아시잖아요. 이분은 그냥…….”

“독을 넣었단 말이야!”

여자가 으르렁거리며 말을 잘랐다.

“그럼 그게 독이 아니고 뭐란 말이야? 고의로 저질스러운 재료들을 써서 내 초콜릿 맛을 망쳐 버렸는데? 그놈은 게을러 빠져서 그런 거야. 신선한 육두구를 빻는 것도 귀찮아서…….”

“그는 이 도시 시장님의 조카야.”

남자가 짧고 뻣뻣한 머리카락을 양손으로 쥐어뜯었다. 절박해서 나오는 몸짓인 듯했다.

“초콜릿만이 전부는 아니라고! 모르겠어?”

“하!”

여자는 코웃음을 치고 우람한 두 팔을 포개 팔짱을 꼈다.

“그 번지르르한 1지구 공방들은 어떨지 몰라도, ‘내’ 초콜릿 공방에서는…….”

“해고를 할 땐 하더라도, 좀 점잖은 방식으로 할 수는 없었어?”

남자가 말하는 동안 손님들이 나를 지나쳐 문으로 슬금슬금 빠져나갔다.

“근처 식당 주방장에게 추천장을 써 준다든가 할 수도 있었잖아. 그렇게 망신을 줄 것까진 없고…….”

“화덕에 산 채로 던져 넣지 않은 것만으로도 운 좋은 줄 알아야지!"

그녀가 고래고래 소리를 지르는 동안 손님들은 마지막 한 명까지 완전히 문 밖으로 사라졌다. 그녀는 휙 돌아서서 내가 서 있는 문간을 향해 삿대질을 했다.

"지금 맹세하겠는데, 만약 그놈이 또 내 앞에 얼씬거렸다가는……."

그러다 멈칫하더니 얼굴을 잔뜩 구겼다. 그녀의 시선은 마침내 내게 초점을 맞추고 있었다.

"너는 또 뭘 보고 있는 거야?"

내가 뭘 보고 있느냐고?

인간으로 변신한 이래 처음으로 내 입술에 진심 어린 미소가 번졌다. 꿈결 같은 초콜릿 냄새가 온 사방에 감돌았고, 나를 둘러싼 벽은 강렬한 오렌지색과 진홍색으로 칠해져서 불타오르는 듯 근사했으며, 내 앞에는 어느 드래곤이라도 자랑스러워할 만큼 우렁찬 고함을 지를 줄 아는 여자가 서 있었다. 그리고 마지막으로, 이 초콜릿집은 진정으로 초콜릿만이 전부인 곳이었다.

그래서 나는 이렇게 말했다.

"저는 당신의 새로운 도제예요."

나는 내가 뭘 보고 있는지 정확히 알고 있었다. 이곳은 나의 새로운 집이었다.

9
장

"하!"

여자가 또 코웃음을 치더니 두 팔을 허공에 쳐들었다. 그러고
는 야멸차게 몸을 돌려 가게 안쪽으로 난 문을 향해 걸어갔다.

"도제? 참, 나! 도제는 질리도록 겪어 봤어."

남자는 그녀가 자기 옆을 스쳐 지나가는 순간 눈을 질끈 감
았다. 얼마나 세게 감았던지 이마가 온통 찌그러져 주름투성
이가 되었다. 그가 한숨을 쉬며 눈을 뜨곤 나를 보았다.

"아⋯⋯."

그의 지친 눈길이 내 삐죽삐죽한 짧은 머리, 보라색과 금색
이 어우러진 새 드레스, 그리고 드레스 자락 밑으로 빠끔히 나
온 빨간 구두코까지 쭉 훑어 내렸다.

"우리 공방에서 조만간 새 도제를 구하긴 하겠지만, 지금은
적절한 때가 아닌 것 같고⋯⋯."

"저는 육두구를 다 빻을게요!"

나는 소리쳤다. 육두구가 뭔지는 몰라도.

"어떤 절차도 빼먹지 않고, 저질 재료는 절대로 쓰지 않겠어요. 더 좋은 초콜릿을 만들기 위해 시키시는 일이라면 뭐든 할게요. 제가 원하는 건 그것뿐이에요. 최고의 초콜릿을 만드는 법을 배우고 싶어요!"

여자가 우뚝 멈춰 서더니 나를 돌아보았다. 그녀의 손은 이미 문 위에 가 있었다.

"최고의 초콜릿? 허?"

그녀가 눈 위 털을 내리면서 꿰뚫는 듯한 검은 눈동자로 나를 훑어보았다.

"그게 제 사명이에요."

"오, 그만 좀……."

남자가 못 견디겠다는 듯 신음 섞인 웃음을 토하고는 머리를 흔들었다.

"아가씨, 그 열정은 높이 사겠지만 그래도 짚고 넘어가야 할 점들이 있어. 추천서는 갖고 오긴 한 건가? 자네 재능을 보장해 줄 요리사가 있다든지? 아니면 이 도시 고위층 인사들이나, 그쪽 세계에 속한 사람들과 연줄이 있나?"

"아뇨."

마음속에서 벅차올랐던 행복한 확신이 사그라들었다. 그러자 가슴이 또 조여들면서 숨이 가빠지기 시작했다.

"그렇지만…… 여기는 초콜릿이 전부인 곳 아닌가요?"

내 말에 두 사람은 서로를 눈짓했다. 침묵이 흘렀다.

두 사람이 말없이 눈빛만으로 논쟁을 벌이는 동안, 나는 그 사이에 끼어들지 않으려 애쓰며 손 안의 비늘 옷을 꽉 움켜쥐었다.

마침내 남자가 이 사이로 쉭 소리가 나도록 숨을 내뱉더니, 엄격한 어조로 말했다.

"그래. 물론 가장 중요한 것은 초콜릿이지. 하지만 그래도 자네 가족 중에 영향력 있는 사람은 없나? 우리 공방을 도와줄 만한 인맥이라든지?"

둘 다 나를 향해 완전히 고개를 돌리고 내 대답을 기다렸다. 나는 마른침을 삼켰다. 창밖에서 나를 지켜보고 있을 실케에게 생각이 미쳤다. 그녀 외에도 호기심에 가득 찬 구경꾼들이 이 안에서 벌어지는 모든 상황을 흥미진진하게 주시하고 있었다.

적어도 실케는 놀라지 않을 것이다. 이런 공방에서는 절대로 나를 받아 주지 않을 거라고 이미 말했으니까.

"아뇨. 연줄은 전혀 없어요. 그냥…… 초콜릿뿐이에요."

나는 망연자실한 채 말했다. 그러자 남자가 한숨을 쉬곤 고개를 저었다.

"알았네. 그렇다면……."

"좋아."

여자가 날카롭고도 경쾌한 말투로 불쑥 끼어들었다.

"그럼 할 얘기는 다 끝난 것 같군."

그녀는 문에 달린 문짝 두 개를 양손으로 확 밀어 열었다. 그 순간 저 안에서 농밀한 향기가 물씬 뿜어 나와서 입안에 침이 절로 고였다.

"뭐야? 거기 너, 들어올 거야, 말 거야?"

그녀가 내게 따지듯 물었다.

나는 입을 쩍 벌렸다. 내 옆의 남자도 마찬가지였다. 그는 몸을 빙글 돌려 그녀를 쳐다보았다.

"잠깐, 잠깐 기다려. 마리나……."

"들어갈게요!"

나는 남자의 말을 끊고 초콜릿 장인을 향해 부랴부랴 뛰어갔다. 자칫 어물쩍거렸다가 그녀의 마음이 바뀌기라도 하면 큰일이다.

"호르스트, 이렇게 생각해 봐."

마리나가 어깨 너머로 남자에게 쏘아붙였다.

"이 여자애에겐 거창한 인맥이 전혀 없다잖아. 그러니 만약 애가 쓸모없는 녀석이라면, 내가 귀를 확 잡아다 밖으로 내치더라도 높으신 분들의 심기를 거스를 걱정은 없겠지. 그럼 너도 만족스러울 것 아니야?"

남자는 대답 대신 신음만 흘렸다.

하지만 나는 앞날을 걱정할 시간이 없었다. 내 앞에 펼쳐진, 초콜릿의 축복이 가득한 동굴을 탐험할 생각에 홀딱 빠져 있었으니까.

　　　　　　　　　◆

　마리나의 주방은 어느 드래곤이라도 흐뭇한 콧노래를 부를
만큼 보석 같은 색깔이 넘쳐났다. 깨끗한 흰색 벽에 늘어선 선
반에는 은색, 구리색, 금색으로 반짝이는 높고 둥그스름한 주
전자들이 들어차 있었고, 섬세한 곡선으로 이루어진 예쁜 손잡
이가 붙은, 하얀색과 파란색으로 칠해진 도자기 잔들이 수북이
쌓여 있었다. 만약 우리 가족의 동굴에 저 물건들이 있었다면
나는 하나하나 발톱으로 훑어보고 세세히 살펴보느라 행복해
서 시간 가는 줄도 몰랐을 것이다.

　하지만 이건 시작에 불과했다. 이 주방에는 훨씬 멋진 것들
이 무궁무진했다.

　손님들을 위한 바깥 공간이 불꽃 같은 색깔로 칠해져 있었
다면, 주방에는 진짜 불꽃과 연기와 열기가 자욱했다. 내 앞에
는 육중한 흰색 화덕이 떡하니 자리 잡았고, 화덕 위에는 길쭉
한 모양의 묵직한 돌덩이 하나가 놓여 있었다. 내 오른편에 있
는 기다란 숯불 화로에서는 연기가 무럭무럭 피어올랐고, 그
위에는 구리 주전자 두 개와 엄청나게 큰 은색 솥 하나가 끓는
중이었다. 그리고 왼편에는 벽 하나를 다 채울 만큼 거대한 벽
난로가 거센 열기를 내뿜고 있었다. 얼마나 뜨겁던지 그 앞에

서 불을 쬐며 몇 시간이고 뒹굴 수도 있을 듯했다.

활활 타오르는 불꽃 위에는 길고 가느다란 가로대가 걸려 있었고, 거기에 금빛 나는 희한한 금속 장치 같은 것이 매달려 연기를 뿜어내고 있었다. 그 장치는 아무도 건드리지 않는데도 저절로 빙빙 회전했는데, 한 번 회전할 때마다 금속 뚜껑 안에서 뭔가가 왈가닥달가닥 하는 요란한 소리가 났다. 설마 저 안에 딱딱한 조약돌이라도 한 무더기 집어넣고 불에 굽고 있는 건가 싶었지만…… 코로 숨을 깊이 들이쉬어 보니, 그 장치에는 단순한 조약돌보다 훨씬, 훨씬 더 흥미로운 것이 들어 있음을 알 수 있었다.

그리고 주전자와 솥에서 나는 냄새는……!

너무나 다양한 향기가 한꺼번에 밀어닥쳐 와서 아찔했다. 눈앞이 흐릿해지고 다리가 휘청거렸다.

"조심해!"

마리나의 매서운 고함 소리에 나는 재깍 몸을 곧게 세웠다. 하마터면 내 옆의 테이블에 몸을 부딪칠 뻔한 순간이었다. 그 테이블에는 유리컵 십수 개가 빼곡히 놓여 있었는데, 컵마다 가늘고 긴 대롱 같은 것이 달렸고 각각의 대롱들은 둥글고 얕은 형태의 그릇들로 연결되어 있었다. 그릇들에 담긴 거무스름한 크림 같은 물질에서는 굉장히 좋은 냄새가 풍겼다.

마리나의 경고가 아니었으면 나는 저 그릇들의 절반을 엎어 버렸을 것이다.

이가 뿌득 갈렸다. 그녀에게 사과하고 싶지는 않았다.

"뭐부터 시작하면 될까요?"

나는 턱을 치켜들고서 주방 안쪽으로 걸어가며 물었다. 그런데 마리나는 나를 따라오지 않고 엉뚱한 질문을 했다.

"마지막으로 뭘 먹은 게 언제였지?"

"누구요? 저요?"

나는 그녀를 돌아보고 눈을 깜빡거렸다.

"오늘 아침요."

그러다 다시 생각해 보고 얼굴을 찡그렸다.

"'이른' 아침이었죠."

그녀가 못마땅한 듯 이 사이로 쉭, 하는 소리를 냈다.

"진작 알았어야 했는데. 무슨 이런 터무니없는……."

"음식은 필요 없어요. 저는 일이 필요해요."

"네가 주방에서 자꾸 졸도해 버리면 도대체 일을 어떻게 하겠다는 거니, 멍텅구리야?"

그 말의 절반은 무슨 뜻인지 알아들을 수 없었지만, 나머지 절반만으로도 나는 눈 위 털을 한데 모아서 찡그리지 않을 수 없었다.

"내 이름은 멍텅구리가 아닌데요."

"네 이름이 뭐든 간에 상관없어. 내 주방에서 감히 빈속으로 일을 해서는 안 돼. 사람이 배가 고프면 정신이 산만해지고, 정신이 산만해지면 부주의해지는 법이야. 그리고 이 초콜릿 공

117

방에서 부주의한 행동은 절대로 용납되지 않는다는 것, 똑바로 알아 두길 바란다. 지금도 안 되고, 앞으로도 안 돼. 그러니……."

그녀는 달콤한 냄새가 풍기는 검은 액체가 들어 있는 유리잔들 중 하나를 집어 들더니 길쭉한 은제 스푼과 함께 건네주었다.

"자. 이걸 주문한 사람들은 5분 전에 겁먹은 토끼처럼 달아나 버렸으니 그냥 네가 다 먹어라. 내다 버리는 것보다는 그편이 낫겠지."

드래곤들은 불가피한 상황이라면 아무것도 먹지 않고 며칠쯤은 버틸 수 있다. 고작 이 정도의 허기도 못 견디는 약골 취급을 받다니 기분이 나빴다. 하지만 손 안의 유리잔에서 피어오르는 향기를 맡으니 반박할 의지가 사라져 버렸다.

"알았어요."

나는 초콜릿을 벌컥 들이켰다.

혀에 닿은 첫 맛에 머리가 한 바퀴 빙 돌았다. 그다음으로 느껴진 맛은 몸속에서 황금이 우수수 쏟아져 내리고 또 튀어 오르는 것 같은 환희의 맛이었다.

정신을 차려 보니 나는 어느새 텅 빈 잔을 멀거니 내려다보고 있었다. 다 마셔 버렸다는 것을 깨닫자 나도 모르게 신음을 흘릴 뻔했다.

"이게 대체 뭐예요?"

마리나는 눈 위 털을 들어 올리고 팔짱을 낀 채 나를 쳐다보았다.

"글쎄, 무슨 맛이 나더냐?"

나는 그 맛의 마지막 여운까지 음미하기 위해 눈을 감고 입천장을 혀로 훑어 보았다.

"음, 일단 초콜릿이 든 건 당연하고……."

너무나 농밀하고, 부드럽고, 강렬한 초콜릿. 생각만 해도 배속이 따스해지는 맛이었다.

"또 뭔가 우유 같은 것…… 아니, 걸쭉한 크림 맛이 난 것 같고요……."

수레를 타고 드라헨부르크로 오는 길에 우유와 크림을 맛본 덕분에 그 두 가지는 구별할 수 있었다.

"그리고…… 오, 시나몬은 확실히 들어갔어요."

시나몬 맛은 잊으려야 잊을 수 없지!

"굉장히 달콤한 재료도 들어갔고요. 그 외에도 맛을 내는 향신료가 두 가지는 더 들어간 것 같은데, 이름을 모르겠군요."

나는 눈을 뜨고 마리나의 눈을 똑바로 마주 보았다. 그녀의 시선을 외면하거나, 그 앞에서 창피해하는 표정을 보이고 싶진 않았다.

"저는 아직 이 나라 물건들 이름을 잘 몰라서요."

그녀는 한참 나를 뜯어보더니 고개를 끄덕였다.

"괜찮다. 두 향신료는 육두구와 바닐라야. 이 주방에서 일하

119

다 보면 그 두 가지 맛은 금방 익히게 될 거다. 다른 건 몰라도 그건 확실히 보장할 수 있지."

육두구와 바닐라. 나는 그 이름들을 머릿속에 잘 새겨 두었다.

"자, 그럼 이 맛을 한번 보거라."

그녀가 오른편의 숯불 화로로 건너가더니, 가장 가까운 갈고리에 걸린 구리 주전자를 빼냈다.

"그 초콜릿 포트 하나만 건네주렴."

그녀의 집게손가락이 내 옆 선반에 놓인 예쁜 은빛 주전자들을 가리켰다. 나는 까치발을 딛고 서서 그중 한 개를 꺼냈다. 그 주전자들은 보통의 주전자와는 달리 뚜껑 위에 또 다른 뚜껑이 달려 있었고, 모양새가 하도 앙증맞아서 저 뜨거운 화덕 가열판 위에 뒀다가는 망가져 버리지 않을까 싶을 정도였다. 마음 같아서는 뚜껑들을 다 열어 보고 퍼즐처럼 이리저리 맞춰 보며 놀고 싶었지만, 마리나가 그걸로 뭘 할지 너무나 궁금했기에 그녀가 재촉하기 전에 얼른 넘겨주었다.

"좋아."

그녀가 두 뚜껑 중에서 아래쪽의 큰 뚜껑을 열고는, 구리 주전자의 주둥이를 초콜릿 포트 위에 가져다 대고 기울였다. 그러자 주둥이에서 걸쭉한 암갈색 액체가 흘러나오면서 김이 무럭무럭 피어올랐다. 나는 잠깐 눈을 감고 숨을 들이쉬지 않을 수 없었다.

핫초콜릿. 오, 이건 분명히 핫초콜릿이다. 하지만 요리 마법사가 만들었던 것과는 달랐다. 전혀. 잘 믿기지 않았지만 이 핫초콜릿은 훨씬 더 감미로웠다. 더욱 진하고, 강렬했다. 그리고 뭔가 다른 요소도 있었다. 뭔가…….

나는 무심결에 초콜릿 포트를 향해 이끌리듯 걸어갔다.

"조심해!"

마리나가 우람한 팔뚝으로 나를 쿡 찔러 밀쳐 내고는 가장 가까운 테이블로 다가갔다.

"이제 휘젓개를 쓸 차례다."

그녀가 테이블 위에서 기다란 나무 막대기 같은 도구를 집어 들었다. 막대기의 끝부분이 뭉툭하게 튀어 나와 있고 그 표면에 물결무늬 같은 홈들이 패인 도구였다. 뒤이어 그녀는 초콜릿 포트의 뚜껑에 끼워져 있던 작은 마개 같은 두 번째 뚜껑을 뽑아냈다. 그러자 그 자리에 난 구멍이 드러났는데, 딱 휘젓개 끝의 뭉툭한 부분이 통과할 수 있을 정도의 크기였다. 그녀는 그 구멍 속에 휘젓개를 밀어 넣은 채로 뚜껑을 다시 포트 위로 가져가서 덮었다. 그렇게 휘젓개의 아랫부분만 초콜릿 포트 안에 완전히 담그고서, 그녀는 뚜껑 위로 드러난 길고 가느다란 나무 막대기 부분을 두 손으로 쥐고 기운차게 젓기 시작했다.

"이 절차를 절대로 소홀히 하면 안 돼. 그러면 거품이 안 나니까."

오, 그 어떤 절차도 생략하지 않을 것이다. 절대로! 아직 한 모금도 마셔 보지 않았지만 마리나의 말이 옳다는 것은 확신할 수 있었다.

"그럼 이제……."

그녀가 큰 뚜껑을 다시 열어서 휘젓개를 빼내고는 큰 뚜껑과 작은 뚜껑을 모두 도로 닫았다.

"거기 잔 좀 주겠니?"

나는 각각 다른 무늬들이 새겨진 알록달록한 잔들 중에서 무엇을 고를지 고민하지도 않았다. 그저 가장 먼저 손에 닿는 도자기 잔 하나를 집어서 건네주고, 그녀가 초콜릿 포트의 주둥이를 컵에 기울이는 모습을 지켜보았다.

거품이 이는 갈색 액체가 잔 맨 위까지 가득 차올랐다. 다 따르기도 전에 잔을 낚아채고 싶은 충동을 억누르기가 여간 힘든 게 아니었다.

"한 모금 마셔 보렴. 딱 한 모금만. 곧바로 삼키지 말고, 입안에 머금고 충분히 음미해야 해. 그런 다음 무슨 맛이 나는지 말해 봐라."

나는 기대감에 차서 덜덜 떨리는 손으로 잔을 집어 들어 입가로 가져갔다. 눈을 감고서 천천히, 경건하게 첫 맛을 혀로 느껴본 다음, 입안에서 액체를 이리저리 굴리면서 마지막 한 방울까지 맛을 보았다. 쌉쌀하고 진한 초콜릿 속에 무언가 다른, 미묘한 맛이 느껴졌다. 희미하면서도 따뜻한데 시나몬은 아니었고, 느낌이 점점 더…… 더…….

"어어엇!"

하마터면 잔을 떨어트릴 뻔했다. 초콜릿 속에 숨겨진 맛이 입안에서 불덩이처럼 폭발하면서 내 미각을 화르륵 불태우는 것만 같았다. 나는 무심코 초콜릿을 꿀꺽 삼키고는 눈을 떴다. 숨을 가쁘게 몰아쉬며, 가슴을 오르락내리락 격하게 들썩이며 마리나를 바라보았다. 그 와중에도 불길은 내 몸속을 훑어 내리고 있었다. 이건 마치…… 마치…….

"자."

마리나가 뿌듯한 목소리로 말했다.

"이런 건 다른 초콜릿집에서는 먹어 본 적 없겠지?"

"이게 뭐예요?"

나는 속삭이듯 물었다. 목소리가 잘 나오지 않았다.

"그건 칠리 초콜릿이다."

그녀가 우쭐한 미소를 지었다.

"우리 공방만의 특별 메뉴지. 어떠냐?"

나는 아무 대답도 할 수 없었다. 별안간 눈 안쪽에서 시큰거리는 느낌이 나면서 눈시울이 촉촉하게 젖어 들었다.

목을 태우는 이 감각을 두 번 다시는 못 느낄 줄 알았는데. 내 몸속의 불꽃을 영원히 잃어버린 줄로만 알았는데…….

마리나는 잠시 기다리다가 내 반응에 만족한 듯 고개를 끄덕였다.

"됐다. 나머지 초콜릿도 다 마셔라. 하지만 너무 꾸물거리진 말고. 그 게을러터진 에릭 녀석이 오늘 쓸 카카오 씨앗도 다 빻아 놓질 않았단 말이야! 이제라도 빈속을 채우게 됐으니 다행인 줄 알아. 앞으로 할 일이 산더미 같으니, 그걸 해내려면 네 체력을 죄다 끌어낼 각오를 해야 할 거다."

그 말을 들으니 얼굴에 활짝 퍼지는 웃음을 도저히 주체할 수가 없었다.

내 체력을 얼른 발휘하고 싶어서 좀이 쑤셨다.

10
장

마리나 밑에서 도제로 일한 지 일주일이 지나자 내 연약했
던 팔뚝은 이전까지 상상도 못 했던 수준으로 강해졌다. 매일
밤 주방의 벽난로 앞에서, 따스하게 데워진 바닥 위에 웅크려
누워 잠을 청할 때면 혹사당한 근육이 욱신거리며 아파 왔다.
그때마다 나는 이불과 내 비늘 옷 속에서 몸을 이리저리 뒤치
며 통증을 달래는 수밖에 없었다.

그래도 끊임없이 볶아지는 카카오 씨앗에서 나오는 연기에
휩싸여 눈을 감고 있으면 마음이 편안했다. 내가 따뜻하고 안
전한 우리 가족의 동굴에 돌아와 있다고, 가족들이 내뿜는 자
욱한 숨결과 내가 그들에게 가져다준 초콜릿의 향기 속에 파묻
혀 있다고 상상할 수 있었으니까. 가끔은 어머니와 재스퍼 오
빠와 몸을 맞대고 자던 느낌을 떠올리다가 눈에서 또 물이 찔
끔 나오기도 했다. 하지만 가족들의 고르고 뜨거운 숨결이 내

피부에 와 닿는다는 상상만으로 위안이 될 때도 있었다.

초콜릿은 내 꿈에까지 등장했다. 가족이 나오는 꿈을 꿀 때 조차도 그랬다. 가끔 꿈속에서 나는 오빠와 같이 우리 보물 더미 중에서 보석을 누가 더 빨리, 많이 찾아내는지를 두고 시합을 벌였는데, 금붙이들과 진귀한 보석들을 뒤지다 보면 그 사이에서 반드시 카카오 씨앗들이 무더기로 나왔다. 울퉁불퉁한 갈색 씨앗들이 여기저기에 산처럼 수북이 쌓여 있었다. 내가 〈초콜릿 하트〉의 주방에서 매일같이 갈고 빻고 이겨서 반죽으로 만드는 카카오 씨앗들보다 30배는 더 많은 양이었다.

어쩔 때는 파란색과 금색이 어우러진, 어머니의 뜨겁고도 거대한 등에 업혀 잠드는 꿈도 꾸었다. 어머니의 강인한 비늘들이 내 주둥이 아래에서 오르락내리락 움직이는 것을 느끼며 나는 어머니의 말에 귀 기울였다. 그런데 정작 들리는 것은 어머니가 아니라 마리나의 목소리였다. 며칠 전에 외워 두었던 지침들이 마리나의 음성으로 귓가에 되풀이되는 것이었다.

"씨앗을 빻다 보면 가루들이 점점 고와지다가 끈끈하게 변하면서 꾸덕꾸덕한 반죽처럼 된다. 그렇게 온 힘을 다해 계속 빻고 또 빻아라. 거친 입자라고는 단 하나도 남지 않도록, 알갱이 같은 것이 있었다는 흔적조차 남지 않도록. 우리 공방에서는 무엇이든 완벽한 수준을 달성하기 전까지는 멈추지 않고 정진해야 한다."

나는 그녀가 다 됐다고 할 때까지 멈추지 않고 정진했다. 화덕 위의 뜨거운 돌판에 카카오 반죽을 치대느라 몇 시간 동안 무거운 무쇠 밀대를 밀고 당기고 또 밀고 당기면서 온 힘을 쏟아붓다 보면, 손에 쥐가 나기도 했고 등의 긴 근육들이 비명을 지르듯 아파 오기도 했다.

비명을 지를 테면 지르라지. 내게 중요한 것은 오로지 내 앞의 뜨거운 카카오 반죽뿐이었다. 밀대를 한 번 힘차게 굴릴 때마다 점점 더 부드러워지는 반죽의 촉감, 그 외에는 무엇도 중요하지 않았다. 마리나가 드디어 "그만, 이제 됐다."라고 할 때면 그 말이 내 온몸을 울리면서 달콤한 승리감이 차올랐다. 드래곤으로서 첫 비행에 성공하면 꼭 이런 기분일까 싶었다.

이다음 단계의 작업은 아직 배우지 못했다. 반죽을 둥근 틀에 이겨 넣어서 제과용 고형 코코아를 만드는 일은 마리나가 직접 했다. 그 코코아 덩어리들은 한 달 동안 묵혀야만 정식으로 음료나 과자를 만드는 데 사용할 수 있었다. 나는 고형 코코아들이 놓여 있는 찬장 옆을 지날 때마다, 그중에서 내 반죽으로 만들어진 것들을 향해 마음속으로 간절히 속삭이곤 했다.

'굳센 초콜릿이 되어라. 올바른 초콜릿이 되어라…….'

내 반죽으로 된 코코아가 진짜 초콜릿으로 거듭날 날이 기다려졌다. 마리나가 부디 내게도 그 맛을 보여 주기를, 그래서 내가 한 일의 진가를 스스로 알 수 있게 되기를 바라고 또 바랐다.

하지만 날짜만 헤아리며 시간을 보낸 것은 아니었다. 그러기에는 할 일이 너무 많았으니까.

카카오 씨앗을 볶음기에 집어넣고 불에 넣는 일도 내 담당이었다. 볶아야 할 카카오 씨앗은 한도 끝도 없었다. 그 씨앗들은 내가 드래곤으로 살던 때라면 눈길도 주지 않았을 만큼 평범하고 밋밋한 모양이었지만, 카카오 씨앗이 든 자루들을 공방 안으로 들여 놓을 때 우리의 자세는 마치 금화 자루를 다루는 양 경건했다. 저렇게 초라한 콩알처럼 생긴 것들이 속에는 초콜릿의 신비를 듬뿍 품고 있다니, 꼭 마법 같았다.

드래곤의 알들이 부화할 준비를 마치듯이, 카카오 씨앗들은 볶음기 속에서 마침내 그 신비를 밖으로 드러낼 준비를 마쳤다. 그러면 나는 뜨겁게 달궈진 볶음기에서 씨앗들을 꺼낸 뒤, 내 일거수일투족을 지켜보는 마리나 앞에서 씨앗의 얇고 파삭거리는 겉껍질을 벗기고 그 안의 알맹이를 빼내야 했다. 손 한 번 삐끗했다가는 그 귀중한 알맹이가 망가질 수도 있었다. 초콜릿의 핵심이 내 눈앞에서 마치 처음부터 존재하지도 않았던 것처럼 사라져 버린다니, 그 위험을 생각만 해도 겁이 나서 머릿속이 하얘졌다. 다이아몬드 왕관을 한순간의 실수로 박살내는 것이나 마찬가지가 아닌가. 마리나가 지켜봐 준 덕분에 실수를 한 번도 하지 않았으니 천만다행이었다.

그런데 껍질 벗기는 작업을 네 번째로 하던 날, 내가 다 볶아진 씨앗들을 준비해 놓고 기다리는데도 마리나는 내게 와 주지 않았다. 그녀는 주방 저편에서 아침 손님들을 위한 갖가지 초콜릿 푸딩을 만드는 일에 집중하고 있을 뿐이었다. 그러다 나를 돌아보고는 눈 위 털, 아니, '눈썹'을 치켜들더니 이렇게 말하는 것이 아닌가.

"뭐 하고 있어? 얼른 시작하지 않고?"

마리나의 말에 나는 화들짝 놀랐다. 그리고 일을 시작했다.

그 순간도 딱 하늘을 나는 듯한 느낌이었다.

◆

〈초콜릿 하트〉에서 도제로 일한 지 이레가 되던 날이었다. 호르스트가 주방으로 들어오더니 한 손으로 머리를 감싸 쥐며 신음을 흘렸다.

"마리나!"

"뭐야?"

특제 칠리 초콜릿 재료들을 배합해 주전자에 넣고 있던 마리나는 그에게 눈길조차 주지 않고 되물었다.

"손님들에게서 항의가 들어왔어? 임금님이라도 행차하셨나? 아니면 그냥 내 삶을 또 힘들게 만들려고 온 거야?"

"네가 아니라 저 애 삶이 문제지!"

호르스트가 이를 악물고 소리치며 나를 가리켰다.

나는 당황해서 눈을 깜빡였다. 하지만 커다란 흰색 설탕 덩

129

어리를 분쇄하는 작업을 멈추지는 않았다. 설탕이 마리나의 초콜릿에 녹아들려면 아주 고운 가루가 되어야 하는데, 20센티미터짜리 설탕 덩어리를 그 정도로 미세하게 빻으려면 아직 한참 멀었다.

"저 애가 왜? 지난번 녀석과 달리 애는 못 써먹을 정도는 아닌데. 아직까지는."

"아직까지는?"

그가 울화통이 터지는 듯 하, 하고 날 선 소리를 내뱉었다.

"지금 저 애가 7일 연속으로 일하고 있다는 것, 알고는 있어? 그런데 내가 보기엔 여태까지 저 애가 오후 휴가를 받아 밖에 나간 적이 한 번도 없는 것 같은데?"

'오후 휴가'? 저건 또 무슨 소리람? 나는 그를 흘겨보면서 손으로는 분쇄 작업을 계속했다. 호르스트는 나와 마리나를 번갈아 보더니 또 신음하고 머리를 흔들었다.

"도제들에게는 무조건 일주일에 한 번, 오후 시간 동안 휴가를 줘야 해. 법으로 정해져 있다고. 그리고 한 달에 이틀은 종일 휴가를 줘야 하고. 기억해?"

호르스트가 검지를 치켜들며 물었다. 마리나는 검붉은 색깔의 가루를 주전자에 떨어 넣고 있었다.

"나는 말린 적 없는데. 쟤가 여기 일보다 더 하고 싶은 게 있다면야……."

초콜릿 일보다 더 하고 싶은 것? 그런 게 있을 리가 있나. 나는 잠자코 설탕 덩어리를 뒤집어서 이전과 다른 각도로 놓고 끄트머리를 갈기 시작했다.

"아니, 내 말은……."

호르스트가 말하다 말고 멈칫했다.

"저 애 이름이 뭐지, 마리나?"

마리나가 어깨를 으쓱했다.

"몰라. 아직까지 이름을 부를 일이 없었어."

"부를 일이 없었다고……?"

"얘, 네 이름이 뭐냐?"

마리나가 나를 향해 외쳤다. 그 질문에 나는 부지런히 놀리던 손을 일순 멈췄다. 예전에 실케가 해 주었던 조언이 생각났다.

"'에바'라고 하는 건 어떨까? 이만하면 평범하고 무난한 이름이지. 신비로운 구석도 전혀 없고."

다른 건 몰라도, 실케는 사람들의 심리를 파악하고 다루는 데에는 확실히 일가견이 있었다.

"내 이름은……."

나는 그렇게 운을 뗐다가 문득 입을 다물었다. 주방 저편의 수납장 안에 개켜져 있는 내 비늘 옷이 떠오르면서 불현듯 피부가 따끔거리며 달아올랐다. 비록 그 옷을 거기에 숨겨 두긴 했지만…… 버린 것은 아니다. 절대로 버리지 않았다.

때로는 주변 환경에 적응하는 일보다 더 중요한 것도 있다.

"어벤추린이에요."

나는 또박또박 말했다.

"어벤…… 뭐?"

호르스트가 인상을 쓰며 물었다. 그러자 마리나가 나서서 단호하게 대꾸했다.

"'어벤추린'이라잖아. 호르스트, 우리에게 무슨 할 말이 있긴 한 거야? 아니면 부자들의 응석 받아 주는 데 질려서 모처럼 진지한 노동의 현장을 보고 싶어서 온 거야?"

호르스트가 깊은 한숨을 내쉬었다.

"내가 여기 온 건, 드라헨부르크 시장이 수하들을 시켜서 우리 공방의 위법행위를 찾아내려고 안달복달하고 있다는 사실을 알려 주기 위해서야. 뭐라도 꼬투리가 잡히면 상인 길드에 고발하려고 벼르고 있는 모양인데 아직 성과는 없는 것 같더군. 아무래도 우리 시의 존경받는 지도자의 조카를 '누군가가' 감히 해고하는 바람에, 그분께서 단단히 화가 나서 그러시는 것 같던데."

그가 마리나에게 의미심장한 시선을 던졌다.

"아침 8시부터 그의 수하 두 명이 가게 밖을 어슬렁거리며 뭔가 트집 잡을 만한 게 없나 찾고 있어. 언제 누가 들이닥쳐서 우리 주방을 조사하겠다고 할지도 몰라."

"할 테면 해 보라지."

마리나가 험악하게 말했다. 어느새 그녀는 재료를 섞느라 바쁘던 손을 멈추고 비로소 호르스트와의 대화에 집중하고 있었다. 그녀는 잠시 입술을 오므린 채 생각에 잠긴 듯하더니, 단호하게 고개를 끄덕였다.

"좋아. 어벤추린?"

그녀가 문 쪽을 고갯짓하며 말했다.

"나가라!"

"뭐라고요?"

나는 계속 설탕 덩어리를 갈면서 그녀를 돌아보았다.

"일이 안 끝났는데요. 아직 이……."

"나가서 초콜릿 말고 다른 걸 하고 놀란 말이야. 시장님의 명령이시란다."

그녀가 코웃음을 쳤다.

"재미있게 놀다 오렴. 하지만 해 지기 전에는 돌아와야 해. 그 뒤에는 가게 문을 잠가 버릴 테니, 나를 불러서 문을 열어 달라고 하려면 유리창에 돌멩이라도 던져야 할 거야. 그리고 밤이 깊어서까지 여기서 너를 기다리고 있지는 않을 거다. 확실히 알아 둬."

나는 마리나를 똑바로 쳐다보며 말했다.

"저는 애초에 여기서 떠나고 싶지 않은데요. 이건 말도 안 돼요! 오후 휴가 따위, 저는 원하지도 않는다고요."

"어쩔 수 없잖아. 나는 고집불통 도제를 둔 죄로 시의회에 끌려가 잔소리를 듣고 싶진 않다고!"

"그 문제만이 아니라니까 그러네."

호르스트가 투덜거렸다. 하지만 마리나는 못 들은 척 손가락으로 문을 가리키며 내게 눈치를 주었다.

"어서."

나는 으르렁 소리를 내며 마지못해 앞치마를 벗었다.

"설탕이라도 마저 갈고 가면 안 돼요?"

"그건 걱정 마."

호르스트가 말했다. 어깨를 늘어뜨린 것을 보니 한결 안심한 눈치였다. 그는 내게 동전 하나를 던져 주었다.

"자, 이건 네 첫 주급이다. 가지고 나가서 놀다 와. 여기 일은 마리나가 다 알아서 할 테니. 네 스승은 도제를 겁 줘서 내쫓고 혼자 주방을 도맡은 적이 한두 번이 아니니, 이번에도 충분히 잘 감당하실 거다. 정말이래도."

나는 씨근거리며 대꾸했다.

"저는 겁먹지 않았는데요. 일하기도 아까운 시간을 쓸데없이 흘려보내려니 너무, 너무 짜증이 날 뿐이라고요!"

나는 앞치마를 거칠게 내려놓고 문을 향해 성큼성큼 걸어갔다. 뒤에서 호르스트가 중얼거리는 소리가 들렸다.

"오, 이거 멋지군. 마리나가 둘로 늘어났잖아."

나는 주방 문을 탕, 닫아 버렸다.

홀에는 손님 네 명이 자리에 앉아 있었다. 그리고 체구가 작고 깡마른 남자 하나가 얼굴을 찌푸린 채 초조한 듯 이리저리 걸어 다니며 색칠된 벽을 손가락으로 훑고 있었다. 가게 밖에서 서성거리는 갈색 머리의 여자도 눈에 띄었다. 창문으로 가게 안을 엿보고 있는 것으로 봐서는 들어올까 말까 망설이는 손님인 듯싶었다. 그런데 내가 문 밖으로 나서자, 그녀는 헛기침을 하더니 반지 낀 손가락 한 개를 나를 향해 까딱 구부렸다.

순간 저게 무슨 뜻인가 싶어 어리둥절했다. 하지만 금세 이해가 됐고, 울컥 부아가 뒤집혔다. 저 손짓은 나더러 자기한테 가까이 오라는 뜻이었다.

가뜩이나 심기가 불편한데 감히 내 앞에서 건방지게 굴다니. 내가 아직 불을 뿜을 수 있었다면 저 여자는 목숨이 남아나지 않았을 것이다. 대신 나는 눈빛만으로 그녀의 눈썹을 태워 버릴 수도 있을 만큼 이글거리는 눈총을 쏘아 보냈다.

"나는 여기 도제이지, 웨이트리스가 아닌데요. 그리고 지금은 '휴가 중'이고요."

나는 한 발로 땅을 딛고 몸을 휙 돌려서 그녀에게서 반대 방향으로 걸음을 옮겼다.

"잠깐만!"

그녀가 긴 손가락으로 내 팔을 움켜잡고 끌어당겼다. 그러더니 나를 질질 끌고 가게 전면의 창문 앞을 벗어나, 안에 있는 사람들에게 보이지 않을 만한 곳으로 걸어갔다. 나는 그녀의 손아귀를 떨쳐 내려 안간힘을 썼지만 그러면 그럴수록 날카로운 손톱이 내 살갗을 깊게 파고들 뿐이었다.

"그렇게 팩팩거릴 것 없어, 꼬마 초콜릿 전문가 아가씨. 나는 그냥 너와 친해지고 싶어서 그래."

여자의 연분홍색 입술이 구부러지면서 미소를 띠었다. 하지만 내 얼굴을 위아래로 훑어보는 그녀의 초록색 눈은 먹잇감을 가늠하는 포식 동물처럼 냉철하기만 했다.

"너는 이 공방의 새 도제야, 그렇지? 꽤 어려운 일일 텐데. 더구나 너처럼 혼자 먹고살아야 하는 여자아이한테는."

그녀의 손에서 벗어나려고 팔을 힘껏 당기던 나는 멈칫하고 그녀를 흘겨보았다.

"왜요? 그 자리를 가로채기라도 하려고?"

"내가? 이 나이에?"

그녀가 놀란 듯 헛웃음을 터뜨렸다.

"그럴 리가. 나는 열두 살 아이들이 하는 일에 뛰어들기에는 나이가 좀 많단다. 게다가 내가 듣기로는, 이 공방의 장인은 자기 도제들을 너무 구박한다던데. 또 다른 소문도 많고…… 그러니 네가 하소연할 상대가 필요하지 않을까 싶어서."

그녀가 고개를 한쪽으로 젖히며 연분홍빛 입술을 더욱 활짝 벌려 웃었다.

"도제 일로는 돈을 많이 못 벌잖아. 이 도시는 물가가 비싼데 말이야. 만약 내가 너한테 수고비를 얹어 준다면 네가 조금 더

편하게 생활할 수 있을 것 같은데, 어떠니? 그리고 일하면서 겪
는 이런저런 자질구레한 일들에 대해 부담 없이 내게 털어놔
도 되고. 나도 관심이 있을 만한 이야기들…… 이를테면 너를
고용한 그 폭군이 숨기고 있는, 더럽고 남부끄러운 비밀이라든
지……?"

그녀가 눈썹을 치켜세웠다.

"네가 그렇게 해 준다면 시장님께서 진심으로 고마워하실
거야."

아, 이제 알겠다.

재스퍼 오빠가 좋아하는 철학자들은 비록 초콜릿에는 별로
관심이 없었던 것 같지만, 인간 사회에 만연한 음모와 부패에
대한 이야기는 이 책 저 책에 잔뜩 늘어놓은 바 있었다.

하지만 혹시 모르니 확실히 짚고 넘어가야 할 것 같았다. 나
는 그녀의 눈을 똑바로 쳐다보며 물었다.

"그러니까, 제가 마리나 스승님에 대한 뭔가 나쁜 이야기를
해 주면 저한테 돈을 주겠다는 말이군요? 시장님이 그분을 골
탕 먹일 구실로 써먹을 만한 이야기가 필요하단 거죠?"

"네가 수고해 주면 당연히 그에 대한 보상을 해 줘야겠지, 안
그래?"

그녀의 목소리가 설탕 섞인 크림처럼 달콤하게 공기 중에
녹아들었다.

"더 나아가, 네가 시의회에 참석해서 그 정보를 공식적으로

진술해 주기까지 한다면…… 이 도시에 그렇게 큰 공헌을 한 아이에게 시장님이 얼마나 많은 혜택을 내려 주실까? 상상도 안 되는구나."

나는 고개를 끄덕였다.

"그렇군요. 무슨 말인지 알겠어요."

"오, 기특해라! 너같이 똑똑한 애라면 분명 나를 도와줄 줄 알았어."

그제야 비로소 그녀는 내게서 손을 떼고 물러서더니, 거리 저편을 가리키며 말했다.

"저쪽으로 같이 갈까? 어디 아늑한 카페라도 찾아보자. 네가 편안하게 모든 걸 털어놓을 수 있을 만한 곳으로."

"아뇨. 그냥 여기서 말씀드리죠."

나는 그녀를 향해 이를 다 드러내며 방긋 웃었다. 경고의 의미가 담긴 웃음이었지만, 물론 그녀는 알아차리지 못했다.

나는 한쪽 발을 들어 그녀를 힘껏 걷어찼다.

"아아악!"

그녀가 비명을 지르며 주저앉아 자기 다리를 움켜잡았다.

한심한 꼬락서니였다. 제대로 된 발톱조차 없는 내 인간 발에 걷어차인 게 아프면 얼마나 아프다고 저 난리람. 내가 이런 힘없는 공격을 한 것을 어머니가 알면 부끄러워하실 것이다.

그래도 시간은 벌었으니 됐다. 나는 뒤돌아서 달렸다.

그녀가 욕을 내뱉으며 나를 뒤쫓아 오는 기척이 들렸다. 그러나 나는 이미 한참 앞서가고 있었다. 〈초콜릿 하트〉의 창문 앞을 지나면서 보니, 안에서 호르스트가 경악한 듯 눈을 휘둥 그레 뜨고 입을 벌린 채 문 쪽으로 뛰어오는 것이 보였다. 하지만 나는 안전한 그곳으로 돌아갈 생각이 없었다. 단지 몇 시간 동안 가게에 돌아오지 말라는 지시를 받았기 때문만은 아니었다.

비늘이 있든 없든 나는 엄연히 드래곤이다. 내 보물을 누가 노리고 있다는데 뒷짐 지고 가만히 구경만 할 수야 없지.

결과적으로 내가 오후 휴가를 얻은 것은 잘된 일이었다. 이 짬을 이용해 할 일이 있었으니까.

11
장

　회색 하늘에는 구름이 잔뜩 끼었고, 강둑의 흙바닥은 발이 푹푹 빠질 정도로 질척거렸다. 그럼에도 실케의 오빠가 일하는 시장은 여전히 사람들이 바글바글했다. 내가 도착했을 때 그는 가족 단위로 몰려온 한 떼의 손님을 상대로 입씨름을 벌이는 중이었다. 나는 비켜서서 기다리다가 손님들이 떠나고 나서야 그에게 용건을 말할 수 있었다.

　"실케에게 내가 찾고 있다고 좀 전해 줘. 이번에는 서로 간에 도움을 주고받을 일이 생겼다고."

　"오, 그래."

　그가 지친 어조로 말했다. 판매대 위의 옷들을 보호하기 위해 쳐 놓은 천막 아래에서, 짙은 갈색 얼굴에 그늘이 드리워진 채로 그는 방금 떠난 손님들이 준 돈을 정리하고 있었다. 고개 한번 들지 않고 동전만 들여다보는 그의 콧등에 걸린 안경이

140

금방이라도 흘러내릴 듯했다.

"걔를 찾는 사람이 '누구'인지도 알려 줄까? 아니면 너를 만나려면 '어디'로 가야 하는지라도?"

"그냥 이렇게만 말해 주면 알 거야. '내가 가진 마지막 동전 하나를 너한테 줬던 건 역시 잘한 일이었어'라고. 아, 그리고 내 이름은 안 바꾸고 그대로 쓰기로 했다는 것도 전해 줘."

나는 내 먹잇감의 특징을 파악하고 있었다. 실케는 간단한 해답을 좋아하지 않는다는 것. 그녀는 내가 낸 수수께끼를 단숨에 풀 테고, 내가 일주일 전에 〈초콜릿 하트〉로 사라진 이후 무슨 일이 있었는지 궁금해할 것이다. 실케의 호기심은 마치 드래곤의 불꽃처럼 그녀의 몸 안에서 꿈틀거리고 있었다.

하지만 그녀의 오빠는 내 훌륭한 답변에 별로 만족하지 않는 눈치였다.

"아하, 그거 참 좋은 대답이네. 하나도 안 신비롭고 엄청 알아듣기 쉽네!"

그는 손님이 헝클어뜨린 옷을 집어 들더니 허공에 쳐들고 펄럭 소리 나게 흔들어 폈다.

"내 동생은 하여간 비밀이라면 사족을 못 쓴다니까! 그냥 보통 사람들처럼 가만히 엉덩이 좀 붙이고 있으면 안 되나……."

"전해 줄 거지?"

그가 무겁게 한숨을 쉬었다.

"당연하지. 하지만 언제 전해 줄 수 있을지는 모르겠어. 걔는 하루 종일 자기 내키는 대로 들락날락해서."

"괜찮아. 나는 근처에서 뭐 먹고 있을게."

사실 꼭두새벽부터 일했더니 배가 꽤 고팠다.

⬛

실케를 만난 것은 그로부터 한 시간 30분 뒤, 길거리의 화덕
에서 갓 구워져 나온 뜨끈한 프레첼을 먹고 있을 때였다. 시
장에서 네 블록쯤 떨어진 어느 알록달록한 꽃가게 앞에 서서,
녹은 버터가 흘러내리는 손가락으로 짭짤한 프레첼을 들고
우적우적 썹어 먹고 있으려니 어디선가 실케의 목소리가 들
려왔다.

"너 옷 한 벌 더 사야겠다. 똑같은 옷을 매일 입고 다니다가
는 남들이 이상하게 볼 거 아냐."

나는 굳이 몸을 돌려 그녀의 모습을 확인하지도 않고 어깨
를 으쓱했다.

"내 고용주는 별로 신경 안 쓰는 것 같던데."

물론 내 옷에서 더러운 냄새가 난다면 마리나가 한소리 할
것이다. 주방에서 청결을 지키는 것은 그녀가 강조하는 중요
한 규칙들 중 하나이니까. 하지만 며칠에 한 번씩 밤에 비늘 옷
으로 갈아입고 드레스를 깨끗하게 빨아 놓는 식으로 생활했더
니 지금까지는 아무 말썽도 없었다. 사실 내가 종일 비늘 옷만

입고 지내더라도 마리나는 눈치도 못 챌 것 같았다. 시키는 일만 잘 해내면 옷이야 아무래도 상관없을 사람이니까. 그렇지만······.

"그래도 새 옷 한 벌쯤 사는 것도 고려해 볼게. 심지어 너희 오빠 가게에서 사 줄 수도 있어. 네가 내 일을 도와주기만 한다면."

"네 '일'이라고?"

실케가 마침내 미소 띤 얼굴로 내 앞에 모습을 드러냈다. 그녀가 걸음을 내디딜 때마다 긴 검은색 외투 자락이 펄럭이며 휘날렸다.

"좋아, 확실히 내 흥미를 돋우는 덴 성공했어."

그녀가 재빠른 손놀림으로 내 프레첼의 한쪽 귀퉁이를 뜯어내며 말했다.

"그래서, '어벤추린', 지난주엔 대체 어떻게 해서 그 초콜릿 공방의 주방까지 들어갔던 거야? 그리고 거기서 정확히 무슨 일을 하고 있는 거지? 부엌데기 하녀? 심부름꾼?"

나는 프레첼을 든 손을 그녀에게서 멀찍이 치우면서 씩 웃었다.

"둘 다 아니야. 나는 그 공방의 새로운 도제가 됐어."

"뭐라고?"

프레첼 조각을 입에 가져가던 실케의 손이 허공에서 우뚝 멈췄다.

"초콜릿 공방의 도제가 됐단 말이야? 야, 이 도시의 어떤 공방에서든 도제 자리를 얻는 게 얼마나 힘들지 알기나 해? 뒷심 든든한 가문에서 예절 교육 제대로 받고 자란 애들도 아무나 못 하는 게 도제 일이야. 그런데 그 많은 공방 중에서도 '초콜릿 공방'의 도제라니! 거기 장인이 아무리 미치광이 같은 인간이라고 해도 엄연히 장인인데⋯⋯."

그녀가 기가 막힌다는 듯 머리를 휘휘 저었다.

"도대체 거길 어떻게 들어간 거야?"

"나는 '아무나'가 아니니까. 그리고 마리나는 미치광이가 아니라고!"

나는 톡 쏘아붙였다. 저런 모욕적인 발언이라니, 몸이 예전 같았다면 콧구멍으로 연기를 쉭쉭 내뿜어서 까불지 말라고 경고했을 것이다. 하지만 실케는 자기가 위험에 빠졌다는 의식조차 없는 듯 마냥 쾌활했다.

"오, 그건 내 의견이 아니야. 그냥 이 도시 사람들이 다 그렇게 알고 있더라는 얘기지."

그녀가 비로소 빵 조각을 먹으면서 말을 이었다.

"사실 지난주에 네가 그 가게로 사라진 뒤로 마리나라는 사람에 대해 여기저기 좀 알아봤거든. 호기심이 생겨서."

'어련하시려고.'

나는 남은 프레첼을 거칠게 뜯어 먹으며 생각했다. 이빨만 더 날카로웠더라면 이 장면이 정말 위협적으로 보일 수도 있었을 텐데! 실케는 기가 죽은 기색이라고는 조금도 없이 손가락에 묻은 버터를 핥아 먹었다.

"듣기로는, 여기서 제일로 부자라는 은행가가 아내와 함께 〈초콜릿 하트〉에 가서 초콜릿을 먹어 보고는 장인을 직접 만나서 칭찬하고 싶다고 했는데 그만 퇴짜를 맞았다더라고. 네 고용주가 그 사람들과 이야기하러 나오기 싫다고 했다지 뭐야. 어떻게 그럴 수가 있지! 은행가의 부인은 평생 이렇게 불쾌한 일은 처음이라고 했대. 거긴 두 번 다시 안 갈 거라고 주변 사람들에게 다 말하고 다녔다던데."

"멍청이로군."

나는 콧방귀를 뀌고 손을 드레스 자락에 문질러 닦았다.

"주방에서 한창 초콜릿 만드느라 바쁜 사람을 잡담이나 하자고 불러내면 당연히 안 나오지. 그게 얼마나 섬세한 작업인데."

실케는 전혀 동조하지 않는 표정으로 도리질을 쳤다.

"오, 그뿐만이 아니야. 그 사람은 자기 주방에 아무도 들여보내지 않는다며? 그래서 다들 욕하고 난리도 아니야!"

나는 어처구니가 없어서 그녀를 쳐다보았다.

"그럼 스승님이 '주방'에 외부인을 들여야 한다는 뜻이야? 그런 멍청한 짓을 누가 하겠어?"

실케가 눈알을 굴렸다.

"'전부 다' 하는데. 적어도 사업 감각이 조금이라도 있는 사람이라면 누구나 그렇게 한다고. 손님들이 좋아하니까. 그런데 네 스승이란 사람은 손님들 감정은 안중에도 없나 보지? 그리고 마리나가 저지른 사건 중에서 가장 충격적인 건 따로 있어. 드라헨부르크 시장님이 자기 취임식을 위한 특별한 초콜릿 음료를 만들어 달라고 직접 부탁했는데, 글쎄, 거절을 했다는 거야! 시장님이 요청한 재료들로 음료를 만들면 먹을 수가 없을 거라나! 상상이 되냐?"

"상상이 된다! 되고도 남네!"

나는 눈을 아주 가늘게 뜨고서 실케를 노려보았다. 불 뿜는 능력이 지금처럼 그리웠던 적이 없었다.

"더럽게 맛없는 재료들이었으니까 그랬겠지. 초콜릿에 대해서라곤 아무것도 모르는 사람이 새로운 음료를 개발하겠다고 나서면 당연히……."

"그래, 그래. 물론 형편없었겠지."

실케는 두 손을 주머니에 꽂아 넣고 체중을 발뒤꿈치로 옮겨 실어서 몸을 뒤로 살짝 뺐다.

"하지만 굳이 본인에게 그렇게 말할 것까진 없었잖아. 그냥 그럴싸한 음료를 재량껏 만들어 낸 다음 그게 시장님 레시피라고 추켜세워 주면 그만 아니야? 정신 똑바로 박힌 사업가라면 당연히 그랬을 거야. 그런데 마리나는 도리어 시장님을 모욕했다고. 이 도시에서 국왕 다음으로 가장 큰 권력을 쥔 사람을! 그래서 이제는 다른 상인들도 〈초콜릿 하트〉에는 아무도 주문을 넣지 않는 거야. 그때 시장님이 한 말이, 자기 조카가 그 공방 도제로 일하고 있지만 않았으면…… 앗!"

실케의 두 눈썹이 위로 확 치솟았다.

"알겠다, 알겠어! 그래서 네가 내 도움이 필요한 거구나!"

도움이 필요하다고는 해도 약자의 입장에 서는 건 딱 질색이었다. 나는 최대한 몸이 커 보이게끔 팔짱을 끼고 어깨를 넓게 펴고서, 어디까지나 건조한 목소리로 말했다.

"시장이 우리 가게를 없애려고 해. 우리 편이 되어 줄 사람들이 필요해."

그동안 나는 주방에서 일하느라 정신없이 바쁘긴 했지만, 따스한 불꽃 빛깔로 칠해진 〈초콜릿 하트〉의 홀에 손님이 뜸하다는 것 정도는 눈치챌 수 있었다. 호화로운 차림새의 손님들로 붐비던 1지구의 콧대 높은 가게들과는 완전히 딴판이었다. 인간 사회가 다 그렇듯 초콜릿 공방도 결국에는 돈으로 굴러간다. 손님들이 아무리 성가시게 군다고 해도 그들이 주는 은화와 지지가 없이는 사업이 유지될 수 없는 것이다.

시장이 〈초콜릿 하트〉를 무너뜨릴 계획을 짜고 있는 지금, 우리 가게에는 최대한 많은 사람의 지지가 필요했다.

"아아아, 그렇구나."

실케는 꽃가게 벽에 등을 기대고 섰다. 파란색과 분홍색과 보라색 꽃들이 가득 꽂힌 양동이들 사이에서 그녀는 다리를 쭉 펴고 땅바닥을 발로 힘주어 디디면서 생각에 잠겼다. 그녀의 눈이 어딘가 먼 데를 보는 듯 흐릿해졌다.

"오, 그래. 이해됐어. 그렇다면……."

"그렇다면?"

나는 그녀를 향해 몸을 기울였다.

"너는 최대한 빨리 새로운 손님들이 가게에 몰려들기를 바라는 거지? 유명한 사람들도 좀 와 줬으면 좋겠고. 심지어 그 사람들 모두가 너희 초콜릿이 엄청나게 맛있다고 최대한 시끄럽게 동네방네 떠들고 다니기까지 한다면 더더욱 좋겠지. 너희 가게가 그 정도로 유명해진다면 시장이 소리 소문 없이 폐업시킬 수는 없을 테니까."

"그리고?"

나는 실케의 표정을 읽어 내려고 안간힘을 썼다. 그녀의 말이 맞았다. 바로 그 목적으로 여기까지 찾아온 것이다. 실케는 내가 아는 인간들 중에서 누구보다도 사람의 심리를 조종하는 데 뛰어난 사람이니까.

"할 수 있겠어?"

실케의 예리한 시선이 내 눈을 퍼뜩 마주하더니, 입꼬리가 올라가면서 더더욱 날카로운 미소를 띠었다.

"오, 도전해 볼 만한 일이 되겠지. 그리고 지금 확실히 경고해 두겠는데, 이 일로 네가 치러야 할 대가는 고작 드레스 한 벌 사 주는 것으로는 어림도 없을 거야."

실케는 정말로 이 도시를 빠삭하게 꿰고 있었다. 그녀는 나를 이끌고 다양한 빛깔의 상점가들을 누비며 인파 사이로 유유히 움직여 나갔다. 그 와중에 이른바 '조사 작업'의 일환으로 내게 질문을 수천 개쯤 던져 대기도 했다. 〈초콜릿 하트〉를 다른 사람들도 나만큼 좋아하게 하려면 어떻게 해야 할지 미리 분석해야 한다는 이유에서였다. 어느 거리를 가든 실케를 알아보는 상인들이 그녀의 이름을 부르며 인사를 건넸고, 실케는 사람들을 상대하고 주변을 세심하게 살피면서도 틈틈이 우리 초콜릿 공방에 대해 놀랍도록 예리한 질문들을 쏟아붓는 것도 잊지 않았다. 그러다가 이따금씩 내 과거에 대한 질문도 슬쩍 흘리는 것이었다.

물론 나는 그 부분에 관해서는 아무것도 알려 주지 않았다. 내가 특별한 인간 두어 명을 신뢰하게 되었다고는 해도, 내 진짜 정체는 오로지 나만 간직해야 할 비밀이었다. 그녀는 내 정체를 밝혀내려고 교묘한 작전을 써서 나를 몰아갔지만 그때마다 나는 미끼를 물지 않고 피했다. 그런데 그 신경전이 꽤 재미있기도 했다. 발톱 대신 말을 가지고 싸움 놀이를 하는 기분이었다. 인간의 몸으로 변신한 뒤로 이런 싸움 놀이를 할 가치가 있는 상대를 만난 것은 처음이었다.

내가 실케의 의뭉스러운 질문들을 연신 받아치자, 그녀는 마침내 피식 웃고는 고개를 흔들었다. 놀랍게도 나 역시 그녀를 마주 보며 씩 웃고 있었다.

"됐어. 너는 수수께끼로 남아 있으려고 작정한 모양인데, 초콜릿 공방의 비밀을 밝혀낸 내가 그 비밀인들 못 밝혀내겠냐? 두고 보자고. 물론 네가 부탁한 일도 짬짬이 처리해 주겠어."

그녀는 오후의 하늘을 올려다보더니 한숨을 쉬었다.

"이제 강변으로 돌아가야겠다. 안 그러면 디터 오빠가 난리 칠 거야. 하지만 걱정하진 마, 어벤추린. 곧 소식 전할 테니까."

그녀는 나를 뒤로 하고 휘파람을 불며 슬렁슬렁 걸어갔다. 그녀의 뇌가 새로운 작전을 짜느라 윙윙 돌아가는 소리가 들리는 듯했다.

나는 빙그레 웃으며 몸을 돌렸다.

드래곤에게 인간 친구 따위는 당연히 필요 없다. 하지만…… 만약 사귄다면, 실케와 친구가 되는 것도 나쁘지 않을 듯했다.

나도 내 나름대로 해야 할 일이 있었다. 실케에게 약속한 대가를 치르려면 마리나와 호르스트를 어떻게든 설득해야 하니까. 하지만 오후 내내 〈초콜릿 하트〉에 돌아오지 말라는 지시를 받았으니 아직 그 일은 시작할 수 없었다. 마리나가 도제에게 요구하는 덕목을 딱 한 가지 꼽으라면 그건 바로 순종일 것이다. 그래서 나는 집으로 돌아가지 않고 드라헨부르크의 거리를 천천히 거닐면서 인간 도시의 기묘한 면모들을 구경했다.

지난 한 주 동안 새로운 단어와 개념을 아주 많이 배웠다. 하지만 인간들이 그런 단어와 개념을 활용하는 방식들을 보면 아직도 깜짝 놀라지 않을 수가 없었다.

드라헨부르크의 상점가에서는 내가 상상할 수 있는 거의 모든 것을 팔았고, 내가 상상도 못 한 것들까지도 팔았다. 이 지역 저 지역을 돌아다니며 가게들의 창문을 들여다보니 높다란 케이크에서부터 조그마한 유리병까지 온갖 물건이 다 있었다. 더구나 그 유리병들은 안에 뭐가 들었는지 몰라도 인공적인 향기를 지독하게 풍겨서, 열린 가게 문으로 새어 나오는 냄새만 맡았는데도 재채기가 나왔다. 환한 빛깔로 단장된 카페들에서는 여자들과 아이들이 한가득 모여 앉아 수다를 떠는 반면, 거뭇한 나무판으로 둘러싸인 식당들에는 담배를 피우고 신문을 읽는 남자들만 북적거렸다. 그리고 어떤 가게에는 책이 어마어마하게 많이 꽂힌 선반들이 꽉 들어차 있어서, 재스퍼 오빠가 본다면 크르릉거리며 탐낼 듯싶었다.

무엇보다도 희한한 것은 장난감 가게였다. 창문 안의 진열대에 조그마한 나무로 만들어진 인간 모형들이 한 줄로 늘어서서, 옆구리에 앙증맞은 무기까지 들고 앞뒤로 오락가락 움직이고 있었다. 그리고 진열대 한쪽 구석에는 오렌지색과 초록색으로 칠해진 나무 드래곤 모형들이 제법 험악하게 날개를 퍼덕이며 나무 인간들을 위협하는 중이었다. 나무 드래곤들의 턱에는 피처럼 빨간 액체도 흘러내렸다.

저 드래곤들이 너무 부러워서 속이 쓰렸다.

할아버지가 집에 가져와 보여 주었던 갖가지 물건 중에서도 저런 신기한 장난감은 없었다! 마음 같아서는 천천히 오래 구경하고 싶었다. 하지만 얼마 못 가 왁자지껄한 인간 아이들이 몰려오더니 나를 창가에서 밀쳐 버렸다. 아이들을 데려온 회색 머리의 나이 지긋한 여자가 나를 보고는 한숨을 쉬며 어깨를 으쓱해 보였고, 그동안 아이들은 유리창 앞자리를 차지하려고 앞다투어 뛰어가며 몸싸움을 벌였다.

가게들만 붐비는 게 아니었다. 심지어 가로등 기둥에도 이런저런 가게나 행사를 홍보하는 전단지가 풀로 붙여져 있거나 못으로 박혀 있어서 빈틈이 거의 보이지 않았다. 그런 종이들은 자갈 깔린 길바닥에도 수두룩이 나뒹굴어서, 지나다니는 말들의 발굽에 짓이겨지는가 하면 파도처럼 끊임없이 일렁이는 인파에 수없이 밟히기도 했다.

드래곤이라면 이렇게 셀 수도 없이 많은 생명체들과 북적북적 붙어서 사는 방식은 절대로 선택하지 않을 텐데. 이래서야 날개를 활짝 펼칠 공간도 없고, 탁 트인 자기만의 영토를 거느리며 내가 주인이라고 우렁차게 외칠 수도 없지 않은가. 여기 사람들은 도대체 숨 쉴 공간도 필요 없는 걸까?

눈살을 찌푸린 채 주변의 군중을 둘러보며 발걸음을 점점 늦추고 있는데, 뒤에서 또 한 무리의 시끌벅적한 사람들이 나를 비집고 지나갔다. 하도 거칠게 밀쳐서 하마터면 넘어질 뻔했다. 간신히 옆으로 뛰어 물러선 나는 그들에게 으르렁거리려고 입을 벌렸다. 그런데 그 순간 그들이 걸친 검은 로브가 눈에 들어왔다.

나는 재깍 입을 다물었다. 공포로 가슴이 막혀 왔다. 천적에게 몰려 숨을 데도 없이 궁지에 빠진 동물처럼 나는 그 자리에 얼어붙어서 꼼짝도 할 수 없었다.

전투 마법사! 내가 평생 귀에 못이 박이도록 들은 경고 속의 주인공들이 아닌가. 할아버지의 말씀이 귓가에 쟁쟁했다.

"절대로 그자들의 눈에 띄어선 안 된다. 너희 비늘이 적어도 백 년쯤 더 자라서 단단해지기 전까지는 절대로 안 돼. 놈들이 몸에 두른 검은색 덮개를 보면 그 즉시 서둘러 달아나야 한다!"

하지만 저 전투 마법사들은 자기들 옆에 드래곤이 있다는 것조차 모르는 듯했다. 그들은 눈길 한번 돌리지 않고 나를 지나쳐 가면서 자기들끼리의 토론에만 열을 올렸다.

"왕이 어떻게 생각하든 우리가 눈 감고 모른 척할 수는 없어. 외곽 지역에서 벌써 다섯 번이나 목격됐다잖아! 무슨 계기 때문인지는 몰라도 수십 년 만에 처음으로 그 짐승들이 모습을 드러냈단 말이야. 본격적으로 공격할 준비라도 하고 있다면……."

"수십 년 동안 놈들이 인간을 공격한 적은 한 번도 없었어!"

"하지만 우리도 대비는 해야지. 우리가 선제공격을 해서 놈들의 허점을 노리면……."

"독약을 이용하면 놈들의 비늘을 어느 정도 물렁물렁하게 녹일 수 있을지도……."

"아니면 놈들이 내뿜는 불꽃을 그놈들 몸속으로 되돌려서……."

뭐라고!

속이 벌컥 뒤집혀서 나는 몸을 웅크리다시피 했다. 그사이에 그들의 로브는 인파 틈새로 사라지고 목소리도 점차 멀어져서 들리지 않게 되었다.

저들이 말하는 건 내 가족이 틀림없었다!

'놈들이 무슨 수를 쓰든 소용없을 거야. 성공할 리 없어. 그럴 리 없다고. 그럴 순 없단 말이야!'

나는 마음속으로 중얼거리며 나 자신의 횡설수설을 믿으려고 절박하게 애를 썼다.

'성체 드래곤의 비늘은 절대로 못 뚫어. 멍청한 마법사들. 어디 한번 해 봐라, 우리 가족들이 너희를 다 잡아먹을 테니!'

그깟 놈들에게 내 두려움을 낭비할 수는 없다. 아무렴!

나는 억지로 몸을 곧게 폈다. 그러다 내 왼편에서 드레스 자락을 나부끼는 여자들과 그만 부닥칠 뻔했다. 나는 아슬아슬하게 비켜섰지만, 그들은 나와 부딪칠 수도 있었다는 것을 눈치채지도 못한 듯 눈 한번 깜짝하지 않고 지나가 버렸다. 아무 일도 없었다는 듯 그들 사이에는 잡담만 오가고 있었다.

이러다가는 뒤에서 밀려드는 인파에 떠밀려 쓰러질 것 같았다. 그런 꼴을 면하려면 쉴 새 없이 걸음을 옮기는 수밖에 없다. 이놈의 지긋지긋한 '오후 휴가'가 끝나면 곧장 공방으로 돌아갈 수 있으니 그나마 다행이었다. 하지만 지금 여기서, 나를 달래 줄 초콜릿도 없이 사람들 틈바구니에 끼어 있으니…….

나는 고개를 젖히고 건물 지붕들 위로 솟구친 커다란 시계탑 너머, 아찔하게 먼 곳에 광활하게 펼쳐진 녹색 산맥을 바라보았다. 오늘 하늘에는 먹구름이 아주 낮게 깔려 있어서 우리 가족이 사는 산은 회색 안개 뒤에 묻힌 조그마한 검은 점 정도로밖에 보이지 않았다. 만약 저 점이 무엇인지 몰랐다면 내 눈에는 아마…….

나는 눈꺼풀을 깜빡였다. 목구멍에서 숨이 탁 막히는 것 같았다. 설마 싶어서 손으로 눈을 문질러 보았다.

저 점이 방금 움직이지 않았나? 그래! 여기로 점점 다가오고 있잖아! 저건…….

아니, 착각이다.

구름이 움직이는 걸 보고 나는 비로소 숨을 몰아쉬었다. 가슴 속에 갇혔던 공기가 빠져나가면서 주먹으로 한 대 맞은 듯한 느낌이 들었다.

산은 저 멀리서 견고하게, 흔들림 없이 그 자리를 지키고 있었다. 움직이는 듯 보였던 것은 빛의 장난으로 일어난 착시에 불과했다.

바보, 바보, 바보, 바보! 나는 손톱으로 내 손바닥을 꽉 눌렀다. 드래곤의 발톱으로 후벼 파듯이 거세게.

우리 가족이 이 나라의 외곽 지대를 날아다니다 목격될 수는 있겠지만 인간들이 밀집한 대도시 근처에까지 나타날 리는 없다. 더군다나 여기는 나라의 수도가 아닌가. 왕과 왕족들과 신하들과 군대가 모여 있는 도시에 들이닥친다니, 할아버지라면 그런 어리석은 행동은 절대 용납하지 않을 것이다. 물론 나도 그런 일은 바라지 않고……

그런데 내가 갇힌 보잘것없는 인간의 가슴이 별안간 저려왔고, 인간의 여린 눈망울에는 물이 차올랐다. 그럴 이유라고는 전혀 없는데도.

내가 지금 울고 있는 건가? 남들이 다 보는 앞에서?

나는 이를 악물고 눈물을 삼켰다. 불을 삼키는 것보다 더 아팠다. 하지만 나는 드래곤이다. 드래곤은 막강한 존재다.

나는 눈을 힘차게 깜빡이고 애써 몸을 움직여 사람들 틈으로 나아갔다. 그들의 말소리가 사방에서 들려오고, 그들이 풍기는 냄새가 공기 중에 진동하고, 그들의 몸이 숨 막히게 가까이 다가와도 그러려니 하고 내버려 두었다. 그래 봤자 나는 이 도시에서 가장 강력한 맹수이니까. 하지만 지평선의 산봉우리들 쪽에는 다시 눈길을 주지 않았다.

12
장

　회색 하늘이 탁한 숯처럼 검게 물들고 공기 중에 싸늘한 안
개가 깔릴 무렵 나는 〈초콜릿 하트〉에 돌아왔다. 가게는 영업
이 끝난 뒤였다. 나는 불 꺼진 홀 너머 저 안에 있을 마리나에
게 들리도록 문을 탕탕 두들겼다.

　다행히도 그녀는 아직 위층의 자기 숙소로 올라가지 않고
자리를 지키고 있었다. 따뜻한 주방에는 촛불들이 켜져 있었
고, 한편에 테이블 하나와 의자 두 개가 놓여 있었는데 홀에 있
던 것들을 여기로 끌어다 놓은 듯했다. 그중 한 의자에 호르스
트가 앉아서 초콜릿을 마시며 무슨 레시피 같은 것이 적힌, 잉
크가 덜 마른 종이 한 장을 들여다보는 중이었다. 내가 마리나
를 따라 주방 안으로 들어서자 그는 초콜릿이 반쯤 차 있는 도
자기 잔을 양손으로 감싸 쥔 채 고개를 들었다.

　"왔구나. 뭐 좀 물어보자. 아까 우리 가게 밖에서 시장님의

부하 한 명이 누군가와 물리적 충돌을 빚는 걸 봤는데, 설마 그 장본인이 너는 아니겠지? 제발 아니라고 말해 주렴."

"물리적 충돌?"

나는 눈을 껌뻑거리며 그 낯선 단어가 무슨 뜻일까 멍하니 궁리했다. 내 두뇌도 몸과 마찬가지로 회색 안개에 젖어서 차갑게 식어 버린 것만 같았다.

"싸움 말이야."

마리나가 건조하게 말을 보태고는 호르스트의 건너편 의자에 앉더니 테이블에 놓여 있던 자기 잔을 집어 들었다.

"적어도 한 방 시원하게 먹여 주긴 했니?"

나는 아쉬운 심정으로 대답했다.

"아뇨. 그냥 걷어차기만 했어요."

호르스트가 테이블에 놓인 종이 위에 머리를 쿵, 박았다.

"맙소사! 마리나……."

"쉿."

마리나는 그의 말을 가로막고는 실눈을 뜬 채 나를 바라보았다. 그러더니 내 얼굴에서 무엇을 읽었는지, 자기가 마시려던 초콜릿 잔을 내게 내밀었다.

"자. 안색을 보니 이건 네가 마셔야 할 것 같구나."

호르스트가 테이블 위에 여전히 얼굴을 박은 채로 웅얼거렸다.

"누구 안색을 걱정하는 거야? 내일 시장 휘하의 경관들이 들이닥쳐서 우리 도제가 정당한 이유 없이 사람을 폭행했다는 죄로 체포하면 어쩔 거야? 그리고 그게 우리가 시킨 일이었다고 하면……."

마리나가 쾌활하게 말했다.

"체포하진 못할 거야. 어벤추린의 팔에 분명히 멍 자국이 남았을 테니까. 장담하건대, 저 흉한 옷소매를 들춰 보면 멍이 최소한 한 개 이상은 나올걸. 상대방을 걷어찼다는 건 그 사람에게서 도망치려고 했다는 뜻이잖아. 먼저 공격할 생각이었으면 다른 방법을 썼겠지. 그렇지 않니, 내 도제야?"

나는 인상을 구기면서 초콜릿 잔을 들고 바닥에 주저앉았다. 보라색과 금색이 섞인 치맛자락이 내 주위로 나부꼈다.

"이 옷소매는 흉하지 않은데요."

"그렇게 생각하고 싶다면야 말리진 않으마."

마리나가 일어서더니 식기장에서 주전자며 냄비를 덜그럭덜그럭 꺼내기 시작했다.

"그래서, 우리 친애하는 시장님의 부하가 너를 정확히 어디로 데려가려고 했길래 네가 발길질까지 해서 벗어나려고 했던 거니?"

나는 어깨를 으쓱하고 마리나의 핫초콜릿을 길게 한 모금 마셨다. 오늘은 칠리가 여느 때보다 더 많이 들어 있었다. 나는 감사하는 마음으로 그 불꽃을 목구멍으로 꿀꺽 삼켰다. 몸속에서 따스한 온기가 번지면서 삽시간에 온몸이 훈훈해졌다.

"무슨 카페에 데려가려고 했던 것 같아요."

"오, 저런. 그런 사유라면 확실히 공무원을 걷어차서 쓰러뜨릴 만도 하네!"

호르스트가 비아냥거렸다.

"그렇게 끔찍한 위기에서 탈출했다니 천만다행이다. 그대로 있으면 무슨 일이 일어났을지 누가 알겠니? 그 여자가 너한테 케이크를 먹였을지도 몰라!"

마리나가 말했다.

"그랬으면 퍼석퍼석하고 맛없는 케이크를 먹어야 했겠지. 여기서 가장 가까운 카페는 플로리안네 카페잖아. 알지? 거기는 반죽에 시럽을 충분히 넣질 않거든."

"오, 제발 좀……."

호르스트가 버럭버럭 고함을 질러 댔기에 나는 그보다 더 큰 소리로 말해야 했다.

"그 여자는 내게 스승님을 배신하라고 했어요."

호르스트의 외침이 뚝 멎었다. 나를 빤히 쳐다보는 그의 시선 앞에서 나는 뜨끈한 초콜릿 잔을 두 손으로 감싸 쥐고 김을 들이마셨다. 하늘에서 날개가 퍼덕이는 환상을 본 이후로 나를 사로잡은 울적하고 싸늘한 잿빛 기운을 떨쳐 내기 위해서는 초콜릿이 필요했다.

나는 마리나의 새하얀 부엌에 감도는 빛과 온기를, 코코아 씨앗을 볶는 향기를 한껏 들이마셨다. 그리고 화덕 앞에서 분주히 몸을 움직이며 요리에 쓸 크림을 아낌없이 퍼내고 있는 마리나의 모습도 최대한 눈에 담았다. 내 심장을 물들인 잿빛을 그 밝은 빛깔들로 씻어 낼 수 있을 것만 같았다.

지금 내 집은 바로 여기였다. 나는 여기에 속한 사람이다. 그 누구도 이 집을 내게서 빼앗아 갈 순 없다.

"내게 돈을 주겠다면서, 이곳 주방에서 뭔가 추잡한 일이 벌어지고 있다는 이야기를 꾸며내 달라고 하던데요. 시의회에서 그 이야기를 직접 증언해 준다면 시장님이 많이 고마워할 거라나요."

화덕에서 덜그럭거리던 소리가 갑자기 그쳤다. 마리나가 허공에 손을 올린 채 가만히 멈춰 서 있다가 입을 열었다.

"허, 그거 놀랍군. 그 벌레 같은 에릭 녀석이 아무 이야기나 지어내면 될 텐데, 뭐 하러 굳이 다른 사람의 입을 빌리려고 하지?"

호르스트가 말했다.

"에릭이 증언해 봤자 안 먹힐 테니까. 네가 그의 귀를 붙잡고 문 밖으로 내던지는 걸 이 거리 사람들이 다 봤잖아."

그는 쓴웃음을 띤 채 자기 초콜릿 잔을 내려다보았다.

"네가 에릭을 정중하고 조용한 방법으로 해고하지 않아서 차라리 잘된 일인 것 같기도 해. 적어도 이 근방 점주들은 에릭이 너에게 원한이 있다는 것을 다 알게 되었으니. 이제 시의회에서는 그의 증언을 전혀 신뢰하지 않을 거야."

"하. 나중에 네가 또 내 태도를 가지고 왈가왈부하면 방금 그 말을 꼭 써먹어야겠네."

마리나는 설탕 가루가 든 그릇을 끌어당기며 말했다. 호르스트가 한숨을 쉬었다.

"앞으로 어지간히 우려먹겠군. 그래도 네가 손님들을 직접 상대하면 안 된다는 것만은 유념해 줘."

"내가 그 사람들을 뭐 하러 상대하고 싶어 하겠어?"

마리나가 눈알을 굴리며 그에게 대꾸하더니, 기다란 나무 숟가락을 집어 들고 나를 불렀다.

"자, 그 초콜릿 마저 다 마시고 얼른 여기로 와라. 새로운 레시피를 가르쳐 줄 테니."

"내 레시피 말이야?"

호르스트가 기대감에 찬 듯 물으며 자기 앞의 테이블에 놓여 있던 종이를 들어 올렸다.

"내 생각에 이번 레시피는 정말로……."

마리나가 그의 말을 끊었다.

"네가 나를 손님 접대하라고 내보내는 날에는 나도 네가 내 주방에서 놀게 허락해 주지."

호르스트가 과장스럽게 몸서리를 쳤다.

"아이쿠! 정말 잔인하시네."

"흥."

마리나가 그를 향해 고개를 내젓고는 몸을 돌렸다. 하지만 그때 그녀가 웃음을 참느라 입꼬리를 실룩거리는 것을 나는 분명히 보았다. 호르스트도 마찬가지로 빙긋 웃고 있었다. 저렇게 여유로운 표정의 호르스트를 보는 건 그를 알고 지낸 이래 처음이었다.

그런데 내가 반쯤 마신 초콜릿 잔을 들고 고분고분 일어나자 호르스트가 또 뭐가 못마땅한지 얼굴을 찡그렸다.

"잠깐만. 마리나, 지금 몇 시인지 알아? 도제들은 보통……."

"당연히 알지. 지금은 저녁 시간이야. 오후 휴가는 끝났다는 뜻이지. 안 그래? 그러니 어벤추린은 이제 그만 빈둥거리고 일해도 돼."

"오, 그럼요. 이제는 정말로 일할 시간이죠."

나는 진심으로 고마워하며 그렇게 말하고는 남은 초콜릿을 한입에 쭉 들이켰다.

초콜릿 향기를 맡으면 어떤 감정이라도 쉽게 떨쳐 내고 초콜릿에만 신경을 집중할 수 있었다. 그날 이후로 며칠 동안 나는 일에 푹 파묻혀서 그 외의 다른 생각은 거의 못 했다.

그래서 나흘 뒤 호르스트가 전해 온 소식에 나는 놀랄 수밖에 없었다. 주방 출입구에 달린 작은 간이 문이 벌컥 열리고 호르스트가 걸어 들어오더니, 찌푸린 얼굴로 이렇게 말하는 것이 아닌가.

"누가 너를 찾아왔다."

"나를요?"

나는 한창 초콜릿 푸딩을 젓느라 바빴다. 잠깐이라도 손을 놓을 수 없는 일이었지만, 그래도 그의 얼굴을 마주 보고 고개를 젓지 않을 수 없었다.

"뭔가 오해가 있는 것 같은데요."

그때 호르스트의 뒤에서 실케가 불쑥 걸어 나왔다.

"아주 고맙군. 우리 계획을 벌써 잊은 거야?"

오늘 실케는 평범한 검은 바지 위에 화려한 빨간색 재킷을 입고 있었다. 손을 호주머니에 꽂고서 느긋한 자세로 주방 안을 둘러보는 그녀의 눈이 유난히 커 보였고, 얼굴은 전보다 더 어려진 듯 보였다.

"어벤추린, 직접 보니 대단한데. 솔직히 놀랐어."

그 옆에서 호르스트가 괴로운 듯 앓는 소리를 냈다.

"으으음, 마리나……."

그러자 마리나가 호르스트에게 핫초콜릿 여러 잔이 놓인 쟁반 하나를 떠안겼다.

"자. 이거 가지고 가서 부자들 비위 맞춰 주면서 행복한 시간 보내. 훠이, 저리 가!"

호르스트가 밀어젖히고 나간 문짝 한 쌍이 도로 휙 닫히고, 주방에는 나, 실케, 마리나 셋만 남았다. 그제야 마리나는 나를 노려보더니 짐짓 상냥한 어조로 말했다.

"도제야, 어떻게 된 일인지 말해 보렴. 내가 주방에서 다과회나 열라고 너를 고용했던가?"

"오, 저는 놀러 온 게 아닌데요."

실케가 주머니에서 손을 빼며 말하더니 마리나에게 예를 갖춰 인사하는 시늉을 해 보였다.

"업무상 보고를 하러 온 것에 가깝죠. 어벤추린이 제게 맡긴 의뢰에 대해서는 들으셨겠죠?"

마리나는 아무 대답도 않고 나를 돌아보았다. 눈썹을 치켜 세운 그녀의 얼굴을 보고 있으니 허공에 무시무시한 먹구름이 끼는 듯했다.

오, 맙소사.

"깜빡 잊어버렸어."

내 대답에 실케도 눈썹을 치켜 올렸다. 둘이서 한패가 되어 나를 나무라는 것만 같았다. 나는 이를 갈며 항변했다.

"그동안 바빴단 말이야!"

"평소보다 바쁘긴 했지."

마리나가 눈을 가늘게 뜨고는 몸을 돌려 실케를 마주했다.

"얘가 바빠진 것이 너와 무슨 관계라도 있니?"

"글쎄요……."

실케가 씩 웃으며 재킷 안주머니에서 종이 한 장을 잽싸게 꺼내 들었다.

"두 분에게 이걸 좀 보여 드려야 할 것 같아서 잠깐 들른 거예요. 어제 아침에 처음 뿌려진 이후로 사람들이 이걸 얼마나 많이 돌려 보고 있는지, 알면 깜짝 놀라실걸요."

"허?"

내가 손을 내뻗을 새도 없이 마리나는 실케가 내민 종이를 가져갔다. 그러고는 "흐으음." 소리를 내면서 글을 위아래로 대강 훑어보더니…… 인상을 쓰면서 시선을 종이 맨 위로 옮겨, 처음부터 다시 읽기 시작했다.

그 와중에도 나는 쉬지 않고 초콜릿 푸딩을 젓고 있었다. 그녀가 다 읽기를 기다리고 있자니 지난 며칠 동안 일에만 몰두하면서 무감각해졌던 마음에 처음으로 미세한 파동이 일었다. 호기심 때문이었다. 뒷짐을 지고 서서 발꿈치를 들었다 내렸다 하고 있는 실케의 얼굴에 번진 뿌듯한 웃음만 봐도 그녀가 뭔가 해냈다는 것을 알 수 있었다.

그러고 보면 오늘따라 우리 가게에 주문이 유독 많이 들어오긴 했다.

나는 그 변화를 전혀 의식하지 못했다. 초콜릿 외의 모든 것에 마음을 철저히 닫아걸고 있었으니까. 아침마다 똑같은 악몽에 쫓겨 허덕거리며 깨어나고 나면 초콜릿 말고는 그 어떤 주제에 대해서도 깊이 생각할 엄두가 나지 않았다. 그 꿈속에서 나는 고향 산의 굴속을 하염없이 헤매면서 가족들을 찾아다녔지만, 가족들은 닿을 수 없이 멀리 떨어진 곳에서 나를 부르고만 있었다.

너무 끔찍했다. 꿈속에서는 마치 가족들이 나를 비참하게 만들려고 일부러 그러는 것처럼 느껴졌다. 말도 안 되는 데다 지극히 부당한 망상이었다. 그러니 깨어 있을 때만큼은 그런 생각들에 사로잡히고 싶지 않았다. 가족을 잃은 것만도 충분히 큰 시련인데 그딴 감정들에까지 시달리고 싶지는 않았다! 그래서 나는 생각이라는 것을 아예 멈춰 버렸다.

그런데 방금 호르스트가 핫초콜릿을 아홉 잔이나 내갔고, 그 직전에도 주문이 들어와서 마리나와 내가 핫초콜릿 여러 잔을 만들어 놓은 참이었다. 그리고 지금은 또 다른 손님들이 달콤한 초콜릿 푸딩 여덟 잔이 나오기를 기다리고 있었다.

그러니 내가 바깥 세상에 신경을 끄고 지냈던 지난 24시간 동안 무언가 변화가 일어난 것은 확실했다.

"뭐라고 적혀 있는데요?"

나는 결국 인내심을 잃고 물었다. 그러자 마리나는 입술을 오므리더니 내게 종이를 넘겨주었다.

"네가 직접 봐라. 이 일을 일으킨 장본인이 너라며."

"에헴."

실케가 헛기침을 하고 끼어들었다.

"정확히 말하자면 어벤추린은 이 일에 '부분적으로'만 참여했어요. 물론 어벤추린이 애초에 의뢰를 맡기긴 했지만, 이 글을 쓰고 전단을 만든 건 다 제 솜씨……."

나는 실케의 말소리를 한 귀로 흘리면서 손에 든 종이를 들여다보았다. 그건 활자로 인쇄된 전단지였다. 이 도시 어디에서든 볼 수 있는, 인도 위에 나뒹굴거나 가로등 기둥에 붙어 있는 수많은 광고 전단들 중 하나였다. 종이 위에는 우아하게 휘어진 글씨체로 이렇게 쓰여 있었다.

「항간에 떠도는 소문과는 달리, 〈초콜릿 하트〉의 장인은 결단코 요리 마법사를 자칭한 적이 없음을 공식적으로 밝히는 바이다. 그녀만의 특출한 초콜릿이 만들어지는 과정에 요리 마법사가 개입되었을 것이라고 주장하는 이들도 있지만, 마리나 장인은 단 한 번도 그런 주장에 공적으로든 사적으로든 동의한 일이 없다. 오로지 제3지구 쾨니히 거리 13번지 초콜릿 하트에서만 맛볼 수 있는, 불꽃처럼 매콤한 맛이 일품인 특제 핫초콜릿을 비롯한 여러 비범하고 풍미 넘치는 초콜릿 별미들을 두고 최근 회자되는 터무니없는 낭설에 대해, 마리나 장인은 충격과 경악을 금치 못하고 있다는 사실을 명명백백히 알리고자 한다.

물론 〈초콜릿 하트〉의 주방이 비밀스럽기로 악명 높은 것은 사실이다. 외부인에게는 절대로 공개되는 일이 없으니, 그 안에서 초콜릿이 마법으로 만들어지지 않는다는 확실한 보장은 없다고 해야 할 것이다. 그러나 수수께끼 은둔자 같은 저 고명한 초콜릿 장인이 천상의 맛을 창조하는 데 마법을 일체 동원하지 않았다고 주장하는 바, 양식 있는 시민들이라면 그 주장이 아무리 설득력 없게 들릴지라도 기꺼이 믿어 주어야 하고······」

  나는 종이를 뒤집어 보았다. 하지만 글은 거기서 뚝 끊겨 있었다. 그 뒤에 뭔가 생략된 내용이 있음을 암시하며······. 나는 그 암시가 께름칙했다. 요리 마법사를 떠올리기만 해도 숨이 가빠 왔고, 등에 날개가 있었던 자리가 불에 덴 듯 화끈거리는 느낌이었다. 나는 안절부절못하고 어깨를 주춤거리며 등에 날개가 없는 게 확실한지 다시금 확인했다.

  "이게 뭐죠?"

  내 질문에 마리나가 으르렁거리며 받아쳤다.

  "헛소리지. 순 허튼소리라고."

  실케가 반박했다.

  "마케팅이죠! 그것도 아주 훌륭한 마케팅요. 그럼 이제 제 보수는······?"

  환하게 웃으며 묻는 실케의 앞에서 마리나는 두 손을 허공에 쳐들었다.

  "마케팅? 차라리 중상모략과 명예훼손이라고 해야겠지! 내가 무슨 게으른 요리 마법사 손을 빌리지 않으면 초콜릿을 만들지도 못한다는 것처럼······."

  "하지만 이 글은 스승님이 마법을 쓰지 않았다는 내용인데요."

  나는 종이를 가리키며 말했다.

"보세요. 그 말이 계속 나오잖아요."

그녀가 종이를 내 손에서 낚아채곤 딱딱거렸다.

"넌 그렇게밖에 생각이 안 되니? 다시 읽어 봐, 이 아가씨야. 머리를 좀 써 보라고. 글 자체는 그렇게 적혀 있지만 실은 완전히 정반대 의미잖아."

실케가 외쳤다.

"완벽하죠! 이러면 아무도 장인님이 허위 주장을 했다고 시비를 걸진 못할 거예요. 심지어 시장님도 아무 말 못 할걸요."

"하지만 이 엉터리 글을 읽은 사람이면 누구나 내가 주방에 요리 마법사를 숨기고 있다고 생각할 거라고!"

마리나가 종이를 거칠게 흔들며 실케를 홱 돌아보았다.

"얘야, 네가 그 나이에 도대체 어떻게 이런 발상을 하고 인쇄까지 했는지는 모르겠다만, 이런 말도 안 되는 수작질을 누가 원한다고 멋대로……."

그때 주방의 간이 문이 또 벌컥 열리고 호르스트가 뛰어 들어왔다. 무슨 충격을 받았는지 얼굴이 너무나 창백해서, 한창 열변을 토하던 마리나도 말을 멈추고 그를 주목하지 않을 수 없었다. 침묵이 흐르는 가운데 호르스트의 등 뒤에서 문짝 두 개가 제자리로 빙 돌아와 닫혔다.

"뭐야? 왜? 또 무슨 재앙이 일어난 거야?"

호르스트는 묵묵히 손만 들어 올렸다. 떨리는 그의 손에는 눈에 익은 전단지 한 장이 들려 있었다.

"오, 그 얘기로군. 나도 알아. 어처구니가 없지. 그런데……."

"아니, 이것 때문이 아니야."

호르스트가 쉰 목소리로 말했다. 그의 손에서 종이가 미끄러져 바닥으로 팔랑팔랑 떨어졌다. 그는 그 종이가 어쩌다 자기 손에 들어왔는지 모르는 듯 얼떨떨한 표정으로 그걸 내려다보며 눈을 껌뻑거렸다.

"그러니까……."

그는 후들거리는 한쪽 손을 들어서 짧고 곱슬곱슬한 검은색 머리카락을 매만지며 심호흡을 했다. 그렇게 자신을 가다듬고 다시 입을 열자 비로소 원래의 굵은 목소리가 나왔다.

"물론 저 전단지는 천재적인 작품이야. 누가 썼는지 몰라도 꼭 찾아내서 평생 감사 인사를 해야겠지."

실케가 우쭐해져서 씩 웃었다.

"아하! 그러게 제가 뭐랬……."

"그런데……."

호르스트는 실케의 말이 들리지도 않은 듯 자기 말만 계속하며 마리나를 올려다보더니, 경련을 일으키듯 마른침을 꿀꺽 삼켰다.

"지금 우리 가게에 그 전단지를 보고 찾아온 손님들이 있어. 네가 만든 최고의 핫초콜릿을 석 잔 내 달래. '지금 당장'."

"오, 손님들은 늘 그런 식이지. 항상 급하다고 난리잖아."

마리나가 인상을 쓰면서 널따란 어깨를 으쓱하고는 화덕 쪽으로 몸을 돌렸다.

"그냥 기다리라고 해. 준비가 되면 음료를 내줄 테니. 아직 푸딩도 다 못 만들었고, 이다음 주문도……."

"이 손님들은 기다리게 할 수 없어."

호르스트가 그녀의 말을 잘랐다. 그러더니 내가 그를 만난 이래 처음 보는 표정을 지었다. 입꼬리를 실룩거리다가 히죽 끌어 올리면서 순전한 환희에 젖은 미소를 짓는 것이었다. 그런 얼굴을 하고 있으니 10년쯤 더 젊어 보였고, 너무 흥분한 나머지 두 발이 당장이라도 바닥에서 붕 떠오를 것만 같았다.

"왜냐하면, 공주님 두 분과 국왕 폐하께서 친히 왕림하셨으니까."

13
장

"뭐라고요?"

실케가 꺅, 하고 환성을 내질렀다. 평상시의 허세라곤 조금도 없이 날것 그대로의 목소리여서, 정말로 실케가 낸 소리가 맞나 싶었다.

"'왕족'들이 제가 쓴 전단지를 읽었다고요? 오, 잘 쓴 줄은 알았지만 이 정도는 예상 못 했는데…….."

나도 신이 나서 물었다.

"왕관도 쓰고 왔어요?"

드디어 볼 가치가 있는 구경거리를 만난 듯했다. 아니, 구경거리 그 이상일지도 모른다. 우리 가족의 동굴에 쌓여 있는 사랑스러운 황금 왕관들이 떠올라서 손가락이 근질거렸다. 내 발톱에 그 왕관들을 걸어 놓으면 움직일 때마다 예쁘게 빙글빙글 돌면서 짤그랑짤그랑 부딪히는 소리가 났는데. 단순한 생

173

김새의 왕관들도 좋았지만, 내가 가장 애지중지하는 종류는 귀한 보석들이 빼곡히 박힌 왕관들이었다. 딱 그때처럼 왕관 한두 개쯤 옆구리에 끼고 잘 수만 있다면 얼마나 좋을까! 그러면 잠도 훨씬 잘 올 텐데…….

하지만 당연히 그럴 순 없겠지.

나는 이를 갈면서 나 자신을 다그쳤다. 드래곤이 아니라 인간의 방식으로 생각해야 한다. 날카로운 이빨도, 발톱도, 불꽃도 없이 조그맣고 연약한 몸속에 갇혀 있는 지금의 내가 무슨 수로 왕족 인간들의 머리에서 왕관을 빼앗아 가질 수 있겠는가? 하지만 그 어여쁜 금빛 보물들이 내 것이 되기만을 기다리고 있으리라는 생각을 하면 너무 안타까워서 탄식을 눌러 삼키기가 여간 힘든 게 아니었다.

"젓는 걸 멈추면 안 되지, 이 녀석아!"

마리나의 고함 소리에 나는 화들짝 정신을 차렸다. 이제 보니 냄비 안의 푸딩이 끓어오르기 직전이었다. 황급히 손을 움직이는 나를 향해 호르스트가 말했다.

"그분들은 잠행을 하고 있어."

"잠, 뭐라고요?"

저건 또 무슨 말이지? 내 근사한 왕관들이 망가지기라도 했다는 뜻인가?

"'잠행'. '변장'하고 다닌다는 뜻이다."

호르스트가 거무스름한 손을 조급히 내저으며 대꾸하고는

174

마리나를 돌아보았다.

"오늘 아침에 심부름꾼 아이가 와서 '폰 라이만 백작'이라는 사람이 딸들을 데리고 올 거라며 예약을 하고 갔거든. 그게 실은 가명이었던 거지. 세 분 다 여느 귀족 같은 옷차림을 하고 있지만, 나는 그분들이 가게 안에 들어서는 걸 보자마자 누구인지 대번에 알아챘어. 가게 안의 다른 사람들도 다 눈치챘고. 지금쯤 신문 기자들이 허둥지둥 여기로 오고 있을지도 몰라. 벌써부터 우리 가게 창문을 엿보려고 온 구경꾼들이 밖에 잔뜩 몰려 있다고!"

"그것 참 쓸모없는 변장이로군."

마리나가 콧방귀를 뀌더니 나를 팔꿈치로 밀쳐 내고 자신이 냄비 앞에 섰다. 이제 푸딩을 만드는 마무리 작업을 손수 하겠다는 뜻이었다.

"다음번에는 가면이라도 쓰고 다니라지."

"오, 왕족의 잠행은 그냥 연극 같은 거예요."

실케가 제법 유식한 분위기를 풍기며 말하고는 주머니에 손을 넣은 채 몸을 앞뒤로 흔들었다.

"진짜 신분을 드러내고 행차하려면 근위대를 몽땅 거느리고 와야 하잖아요. 이렇게 하면 병사들이며 하인들이며 채비하느라 수선 피우지 않고도 어디든 다닐 수 있죠. 하지만…….

그녀가 눈을 크게 뜨더니, 또 흥분에 북받친 듯 두 손으로 자기 뺨을 감싸 쥐었다.

"아아! 왕이 내가 쓴 글을 읽었다니 믿을 수가 없네! 국왕 폐하께서 직접 읽으셨다잖아! 여기서 홀을 내다볼 방법은 없을까요? 미래의 여왕님을 보고 싶어요! 이렇게 가까이에서는 한 번도 본 적 없는데……."

호르스트가 전에 없이 장난기 넘치는 표정을 지었다.

"홀이 정말로 잘 보이는 자리가 있기는 있지……."

그는 벽에 손을 뻗어서 내 머리 바로 위쯤에 걸린 장식 접시를 들어 올렸다. 그러자 그 뒤에 숨겨져 있던, 손가락 한 마디 정도 크기의 조그만 유리창이 드러났다. 호르스트가 실케와 나에게 윙크를 하며 덧붙였다.

"이번 한 번만이야. 하지만 잠깐만 봐야 해. 생각해 봐, 만약 너희가 뭘 먹고 있는데 벽 속에서 웬 눈알이 지켜보고 있으면 기분이 어떻겠어!"

"이리 와!"

실케가 내 팔을 잡고 자기 옆으로 끌어당기더니 유리창에 눈을 딱 붙였다. 그녀의 입에서 만족스러운 탄성이 흘러나왔다.

"오오오. 생각했던 것보다도 키가 크네."

"누가?"

"당연히 첫째 공주님이지!"

그녀가 나를 향해 눈알을 데룩 굴리고는 잽싸게 다시 유리창으로 눈을 돌렸다.

"참 나, 어벤추린. 네가 어디서 왔는지는 몰라도 그분 소문

176

은 들었어야 정상 아니야? 아름다우신 데다, 일곱 개 이상의 언어로 유창하게 말할 수도 있고, 심지어 외교 실력도 뛰어난 분이라고. 200년 동안 왕실에서 그만큼 재능 있는 외교관이 나온 적 없대. 온 나라 사람들의 사랑을 받을 만하지. 우리나라 역사상 최고로 위대한 임금님이 되실 거야!"

"정말 대단한 분인 것 같네."

나는 시큰둥하게 대꾸했다.

저런 첫째 딸 이야기는 듣지 않아도 이미 다 알고 있었다.

유리창 너머를 내다보니, 그 테이블에는 첫째 공주 말고도 더 어린 소녀 한 명이 같이 앉아 있었다. 나는 그 소녀에게 훨씬 더 마음이 갔다. 그녀는 자기 언니와 똑같은 연갈색 피부였고 풍성한 검은 머리카락도 언니만큼이나 세심히 단장되어 있었지만, 표정은 첫째 공주와 달라도 너무나 달랐다. 첫째 공주는 마냥 잔잔히 미소 띤 얼굴로 제 아버지와 대화를 이어 가고 있었다. 그 아버지는 금발에 분홍빛 피부였고 딱 벌어진 체격이 눈에 띄는 남자였는데, 첫째 딸과 마찬가지로 가게 밖에 몰려든 구경꾼들의 존재도, 주변의 다른 테이블에서 속닥거리며 그들을 곁눈질하는 손님들의 존재도 전혀 의식하지 않는 듯 보였다. 반면 둘째 딸은 그렇지 못했다. 어깨를 웅크리고 얼굴을 잔뜩 찌푸린 그녀는 비참해 보일 만큼 거북스러운 기색이었다. 급기야 그녀는 초조함을 못 이기고 테이블 표면을 손가락으로 톡톡 두들기기 시작했다. 그러자…… 그녀의 언니가 여전히 우아하게 웃으면서 동생에게 팔을 뻗더니, 그 손을 단단히 감싸 쥐어서 진정시켰다.

오, 아무렴. 저런 언니라면 나도 질릴 만큼 겪어 봤지.

그리고 셋 중 누구의 머리에도 왕관은 없었다. '왕위를 계승할' 공주조차 마찬가지였다.

하여간 인간 왕족들이란.

나는 한숨을 쉬며 물러났다. 호르스트가 접시를 원래 위치로 돌려놓자 유리창은 예전처럼 감쪽같이 감춰졌다. 그는 싱글벙글 웃으며 벽에서 떨어지더니 마리나에게 시선을 돌렸다. 그런데 그 순간 그의 얼굴에서 웃음기가 사라졌다.

"지금 뭐 하는 거야?"

초콜릿 푸딩을 유리잔에 따르고 있던 마리나가 그에게 눈을 흘겼다.

"내가 뭘 하고 있는 것 같아, 호르스트? 지금쯤이면 너도 주방 일을 어느 정도는 파악했을 줄 알았는데?"

호르스트가 눈을 치뜨고서 머리를 가로저었다.

"아니, 하지만…… 내 말 못 들었어? 왕족들이…….."

"핫초콜릿을 주문했다고 했지."

마리나가 그의 말을 대신 끝맺고 초콜릿 푸딩 여덟 잔을 쟁반 위에 단정히 올려놓았다. 그러고는 고개를 갸웃하며 유리잔들을 훑어보더니, 배열이 못마땅한지 잔들의 위치를 다시 옮겼다. 떼 지어 하늘을 나는 새들이 대형을 바꾸듯 유리잔들이 쟁반 위에서 이리저리 뒤섞였다.

"나도 잘 알아들었어. 그럼 만들어야지. '그 손님들 차례'가 되면."

호르스트가 양손으로 머리를 쥐어뜯었다.

"너 미쳤어?"

실케가 눈을 휘둥그레 떴다.

"저기…… 목소리 좀 낮추셔야 할 것 같은데요. 이 벽은 그다지 두껍지 않다고요."

마리나가 경직된 웃음을 띤 채 푸딩 잔들을 들여다보며 말했다.

"저 애 말이 맞아. 손님들이 겁먹고 도망가면 곤란하잖아. 안 그래?"

그녀는 유리잔 하나를 잡고 쟁반 위에서 느릿느릿 원을 그리듯 움직이더니, 눈을 가늘게 뜨고서 또 다른 유리잔에 손을 뻗었다. 보다 못한 호르스트가 쟁반을 확 빼앗았다.

"야!"

그러나 마리나가 쟁반의 한쪽 끝을 붙잡았다. 두 사람이 쟁반을 밀고 당기는 통에 유리잔들이 금방이라도 쓰러질 듯 흔들리며 짤그랑짤그랑 부딪혔다. 마리나의 미소가 사뭇 살벌하게 돌변했다.

"조심해. 이 중 하나라도 엎질러지면 전부 처음부터 다시 만들 거야. 그러면 왕족 나리들은 상당히 오래 기다려야 할 텐데,

그래도 괜찮겠어?"

"대체 왜 이러는 거야?"

호르스트가 숨을 몰아쉬며 뒷걸음을 쳤다.

"우리가 늘 꿈꾸던 기회가 왔단 말이야. 모르겠어? 지금이야 말로 상황을 역전시킬 기회라고! 네가 만든 초콜릿이 왕실의 인정을 받는다고 생각해 봐. 왕과 공주들이 친히 우리 가게에 들러서, 핫초콜릿을 마시고, 찬사를 내리기까지 했다는 소식이 이 도시의 모든 신문에 실린다면……!"

마리나의 입매가 딱딱하게 굳어졌다.

"그게 나하고 무슨 상관이야. 나는 왕족들의 인정이나 받으려고 초콜릿을 만드는 게 아니야."

"그럼 무슨…… 대체 뭘 위해 초콜릿을…… 으아아!"

호르스트가 분노를 못 이기고 벽을 주먹으로 쾅, 쳤다. 벽에 걸린 장식 접시가 흔들거릴 정도로 세찬 주먹질이었다. 하지만 나는 신경 쓰지 않았다. 인간의 표정을 읽는 데에는 이제 나도 제법 익숙해졌고 특히 마리나의 표정은 많이 봐서 잘 알았지만, 지금 그녀의 얼굴에 서린 감정은 이전엔 한 번도 본 적 없는 것이었다. 나는 그게 무슨 뜻인지 파악하려고 그녀의 얼굴을 유심히 살피는 데에 집중하고 있었다.

"우리 공방이 지금 파산 직전이라는 것, 알기는 해?"

호르스트는 방금 자신이 후려친 애꿎은 벽을 향해 눈을 부라리며 말했다.

"빠른 시일 내에 손님들을 더 끌지 않으면…… 우리 공방의 잘나신 장인님께서 어리광 부리느라고 우리가 기사회생할 절호의 기회를 놓쳐 버린다면……!"

"오, 그만 좀 해!"

마리나가 윽박질렀다.

"뭔가 잘못되면 무조건 나 때문이지. 사업이 잘 안 굴러가는 것도 다 내 잘못이고, 아무도 우리 가게에 안 오는 것도 내 잘못이라 이거야. 나는 초콜릿 만드는 일만 담당할 뿐이고 가게 운영은 네 책임이라는 건 잊어버렸나 봐? 어디까지나 네가 사람들을 상대하고, 또……."

말끝에서 그녀의 목소리가 떨렸다. 마리나는 말을 끊고 입을 꾹 다물었다.

내 스승이 저렇게 약한 모습을 보이는 건 처음이었다. 나는 즉시 그녀에게 한 발짝 다가갔다. 지금 마리나는 자기 비늘에 생긴 상처를 내보인 것이나 마찬가지였고, 그 상처를 스스로 치유하는 동안 나는 그녀를 지켜 줘야 했다.

"괜찮을 거예요. 스승님은……."

호르스트가 내 말을 잘랐다.

"마리나 걱정 할 것 없어, 아벤추린. 그냥 짜증 부리는 거야. 자기가 왕족보다 더 대단한 사람이라는 걸 증명하고 싶은 모양이지. 글쎄다, 마리나, 똑똑히 알아 둬. 너는 그렇게 대단한 사람이 못 돼!"

그가 이를 내보이며 을러대자, 마리나도 그에 질세라 으르렁거렸다.

"그러면 만사가 더 쉬워지겠네. 안 그래? 그럼 내가 다 때려치워도 너한텐 아무 지장 없을 거 아냐!"

그녀가 목 뒤에 손을 뻗어 앞치마 끈을 단숨에 풀더니 머리 위로 당겨 벗었다.

"이제 됐어? 난 여기서 손 뗄 거야. 그러니 일이 틀어지거든 누구 다른 사람 붙잡고 탓해 보시지. 우리의 마지막 기회가 나 때문에 날아갔다는 소리는 듣고 싶지 않으니까. 이번에는 절대로!"

그러고는 앞치마를 호르스트의 얼굴에다 던져 버렸다.

"마리나!"

호르스트의 외침은 머리에 덮어쓴 앞치마에 가려져서 웅얼거리는 듯 작게 들렸다. 한편 마리나는 이미 주방 바깥문으로 성큼성큼 걸어가고 있었다. 그건 위층에 있는 그녀의 숙소로 통하는 문이었다.

호르스트는 얼굴에서 앞치마를 떼어 내더니, "아아악!" 하고 소리를 지르며 당장 누구라도 죽일 기세로 마리나가 나간 문을 향해 뛰어갔다.

"잠깐만요!"

실케가 그를 뒤따라가려 했지만 문이 탕, 닫혀 버렸다. 위층으로 올라가는 계단에서 쿵쿵 울리는 발소리가 여기까지 전해졌다.

실케가 문을 멍하니 쳐다보다가 나를 돌아보았다. 허리케인이 한바탕 휩쓸고 지나간 듯 혼이 쑥 빠진 표정이었다. 나는 한숨을 쉬고, 푸딩 잔들과 짝이 맞는 기다란 은제 스푼들을 가져와서 쟁반 위에 올려놓았다.

"음, 둘 다 금방 돌아오진 않을 것 같네."

마리나와 호르스트는 매일같이 격하게 다투긴 했지만 이번 싸움은 너무 심했다. 화해하려면 몇 시간쯤 서로 악다구니를 써야 할 것 같았다.

실케는 아연실색했다.

"그럼 저 왕족들은 어떡해? 아직 핫초콜릿이 나오길 기다리고 있잖아. 내가 쓴 전단지를 들고!"

나는 실케를 마주하고 섰다. 이 새하얀 주방에서 내 곁에 있는 사람은 새빨간 재킷과 검정 바지를 입은 저 여자애뿐, 그 밖에 이 가게의 책임자라 할 사람은 아무도 없었다. 장인도, 웨이터도, 아무도.

"그러니까, 저 왕족들이 정말로 중요한 손님들이라는 거지? 왕관을 안 썼어도?"

나는 확인하려고 재차 물었다. 그러자 실케가 두 손을 허공에 쳐들었다.

"당연하지! 그러니까 네가 이 초콜릿집을 구하고 싶다면 어떻게 해야겠어? 어차피 사업 감각이라고는 티끌만큼도 없

는 사람들이 굴리는 가게를 구해 봤자 무슨 의미가 있겠냐
만⋯⋯."

평소 같았으면 나는 그 말에 눈을 흘겼을 것이다. 하지만
지금 당장 내게는 그보다 더 큰 걱정거리들이 있었다.

나는 내 보물을 지켜야 했다. 그런데 나를 도와줄 이는 아무
도 없었다.

"좋아. 그럼 어서 시작해야겠군."

나는 심호흡을 하고 말했다.

14
장

마리나가 핫초콜릿을 만드는 과정은 몇 번이고 보고 또 보았기에 잘 알았다. 하지만 마리나의 깨끗한 구리 주전자를 내 손으로 직접 집어 들려니 그저 겁이 나는 정도가 아니었다. 이 행위 자체가 잘못으로 느껴졌다. 주전자들이 걸려 있는 벽 쪽으로 다가가는 것만으로도 지레 죄스러워서, 혹시라도 마리나가 지켜보고 있지는 않을까 싶어 뒤를 돌아보고 싶은 충동을 애써 억눌러야 했다.

마리나는 아직까지 내게 핫초콜릿을 만들어도 된다고 허락한 적이 없었다. 마리나의 감독하에 실습하는 것조차 한 번도 해 본 적 없다. 나는 다만 마리나가 그 중대한 의식을 진행할 때 주방 건너편에서 어깨너머로 그녀의 동작 하나하나를 유심히 관찰했을 뿐이었다.

"너, 정말로 할 줄 아는 거 맞지?"

실케가 물었다.

"만약 왕족들이 네가 만든 핫초콜릿을 맛없다고 하면 한 시간도 안 돼서 드라헨부르크 전체에 소문이 쫙 퍼질 거야. 그러면 내 천재적인 전단지 작전은 헛수고로 끝나겠지. 이 가게에 손님은 아예 끊길 테고…… 게다가 나는 보수를 영영 못 받을 것 아냐! 내가 이 전단지를 인쇄하려고 얼마나 많은 사람들에게 부탁하고 다녔는지 알기나 해?"

나는 이를 갈고서 가장 큰 구리 주전자를 집어 들었다.

"알아서 할게. 너도 얼른 시작이나 해."

내 말에 그녀가 눈썹을 확 치켜 올렸다.

"뭐라고? 나는 초콜릿을 어떻게 만드는지도 몰라!"

"아니, 그게 아니라, 저것들 식기 전에 빨리 내가야 한다고."

나는 초콜릿 푸딩 쟁반을 가리켰다.

"내가? 저걸?"

실케가 쟁반과 나를 번갈아 보더니 깔깔 웃음을 터뜨렸다.

"오, 그러지 뭐. 못 할 건 또 뭐겠어? 적어도 모두에게 신선한 경험이 되긴 하겠네. 이 가게의 고급스러운 손님들은 나 같은 여자애의 서빙을 받아 보긴 난생처음일 거 아냐!"

실케는 내 앞에서 빨간 재킷 자락을 나부끼며 몸을 빙글 돌려 보였다. 그리고 휘파람을 불면서 쟁반을 받쳐 들더니, 머리를 꼿꼿이 든 채로 간이 문을 밀어젖히고 주방을 나섰다. 잠시 뒤 그녀의 힘차고 자신만만한 목소리가 홀에 울려 퍼졌다.

"신사 숙녀 여러분! 여러분 중에 이거 시키신 분이 누구죠?"

휴. 드디어 실케를 내보냈다. 겨우 어깨의 긴장이 좀 풀렸다. 처음으로 이 작업에 도전하려는데 나를 지켜보는 관객까지 있는 상황만은 절대로 피하고 싶었다.

그런데 앞으로 나아가려고 하자 차마 발이 떨어지지 않았다. 별안간 이 주방이 너무나 거대하고 휑뎅그렁한 장소로 느껴졌다. 내 주위의 벽이 점점 멀어지고 나는 점점 작아져만 가는 것 같았고, 시시각각 가슴이 조여드는 느낌이었다. 불현듯 기억 속에서 너무나 익숙한 말들이 떠올랐다.

"너는 비늘이 아직 물러서 안 돼. 늑대 한 마리에만 물려도 못 당해 낸다니까."

"너는 네가 맹수라고 생각할지 모르겠지만, 실은 이 산 밖에 나가서는 단 하루도 살아남지 못할 존재에 불과해."

12일 전에 내가 우리 가족의 동굴을 떠났던 것은, 어머니의 생각과 달리 나 스스로 내 몸과 내 소유의 보물들을 지킬 수 있음을 증명해 보이기 위해서였다. 하지만 〈초콜릿 하트〉는 단순히 내게 소중한 보물인 것만이 아니었다. 내가 행복을 거머쥘 마지막 기회이기도 했다. 그런데 지금 실수를 단 하나라도 저지른다면······.

"얘, 뭐 기다리고 있는 거니?"

마리나의 목소리가 들렸다. 내 기억 속 깊이 남은 날카롭고 우렁찬 그녀의 음성. 나는 어깨를 쭉 펴고, 요리용 고형 코코아가 보관된 찬장으로 다가갔다.

뻑뻑하고 푸슬푸슬한 코코아 덩어리 한 개. 가루 설탕 두 숟가락. 물, 우유…… 그리고 시나몬을 약간 넣고, 바닐라 맛을 더하고, 정향을 아주 살짝 섞고서…… 나는 멈칫했다. 내 손은 불꽃처럼 붉은 칠리 가루 그릇 위에 머물러 있었다.

마리나는 칠리를 정확히 얼마나 넣는지 말해 준 적이 없었다.

너무 많이 넣으면 왕족 손님들이 사레가 들려 기침을 할 것이다. 그렇다고 너무 조금 넣으면 핫초콜릿 맛이 아무런 특징도 없이 밍밍해질 것이다.

하지만 여기서 조금 더 망설였다가는 아예 아무 결정도 못할 것 같았다.

나는 더 이상 생각할 것 없이 건조한 칠리 가루를 무작정 한 자밤 집어서 주전자에 던져 넣었다. 이제 이 핫초콜릿이 완벽한 맛을 낼지, 아니면 손님들의 입 속을 새까맣게 태워 버릴지는 그들이 마시고 난 후 반응을 봐야 알 수 있을 것이다.

'제발, 제발, 제대로 된 맛이 나라! 내 보물을 지킬 수 있게 해 줘. 저 사람들이 나만큼 이 가게를 사랑하게 해 줘!'

주전자 뚜껑을 덮으려니 손이 너무 떨려서 테두리에 달가닥

달가닥 부딪혔다. 그래도 어떻게든 뚜껑을 닫고, 마침내 나는 핫초콜릿 재료가 담긴 주전자를 숯불 화로 위에 올렸다.

그때 실케가 기세등등하게 주방으로 돌아왔다. 그녀가 든 쟁반에는 빈 잔이며 유리잔 등이 한가득 담겨 있었다.

"사람들이 추가 주문을 엄청 많이 했어. 왕족들이 와 있는 동안에는 다들 자리에 뭉개고 앉아서 구경할 작정인가 봐. 그러니까 설령 네 핫초콜릿이 더럽게 맛없더라도 최소한 오늘만큼은 너희 가게가 돈을 왕창 벌겠어. 그치?"

실케가 쾌활하게 말하고는 내게 짓궂은 시선을 던졌다. 하지만 나는 그 도발을 받아 줄 여력조차 없었다. 나는 이제부터 너무나 많은 실습을 진행해야 했다. 그것도 신속하게.

적어도 초콜릿 푸딩은 어떻게 만드는지 알았다. 초콜릿 타르트는 빵 부분을 굽는 법을 전혀 몰랐지만, 다행히도 아침에 마리나가 미리 만들어 둔 타르트 빵 열두 개가 화덕용 접시에 얌전히 놓인 채 조리대 위에서 기다리고 있었다. 그 속에 들어갈 향긋하고 걸쭉한 초콜릿 크림만 새로 만들면 되었다. 나는 커다란 사발에 재료들을 넣고 뒤버무려서 진하고 달콤한 혼합물을 만든 뒤, 화덕용 접시에 늘어선 조그만 빵들에다 부어 넣었다. 맛있는 냄새가 물씬 풍겼다. 불에 굽고 나서도 딱 이 냄새만큼 좋은 맛이 나기를 진심으로 바랄 뿐이었다.

무엇보다도 중요한 것은 왕족 손님들을 위한 핫초콜릿이었다. 구리 주전자 속의 핫초콜릿이 다 끓는 즉시 나는 타르트들을 냉큼 화덕에 밀어 넣고 그 밖에 다른 일들도 다 제쳐 두고 서 핫초콜릿을 포트에 따르는 데에 집중했다. 우리 가게에서 가장 우아한 은제 초콜릿 포트 세 개를 늘어놓고 김이 모락모 락 피어오르는 갈색 액체를 따르는 내 모습을 실케가 등 뒤에 서 엿보고 있었다. 나는 짜증을 부려서 그녀를 멀찍이 떨어트 리고, 기다란 나무 휘젓개를 포트 한 개 한 개에 담가서 거품을 냈다. 그러는 동안에도 시계 초침이 째깍째깍 움직이는 것이 느껴졌고, 홀에서 기다리고 있을 왕족들과 그들을 지켜보는 구 경꾼들을 의식하지 않을 수 없었다. 하지만 마리나를 처음 만 났을 때 배웠던 대로 나는 서두르지 않고 포트 하나마다 아낌 없이 공을 들였다.

이 핫초콜릿은 완벽해야 한다. 왕족들이 〈초콜릿 하트〉를 꼭 구해 주고 싶은 마음이 들 정도로 훌륭해야 한다.

마침내 나는 뜨거운 초콜릿 포트 세 개를 쟁반 위에 가지런 히 올리고, 아름답게 장식된 도자기 잔 세 개를 은제 틀에 끼워 서 각각의 포트 옆에 놓았다.

"적어도 모양새는 예쁘네. 그럼 이제 어떻게 되나 보실까?"

실케가 윙크를 하고 쟁반을 집어 들었다.

"내가 평생 처음이자 마지막으로 왕족들을 상대하는 장면을 맘껏 엿보도록 해! 오빠에게 말하면 안 믿을 테니 네가 증인이 되어 줘야지."

실케가 주방을 나가고 간이 문이 닫히자마자 나는 벽에 걸린 장식 접시를 부리나케 떼어 냈다.

이제 가게 밖에는 더욱 많은 구경꾼들이 몰려 저마다 넓은 창문 앞 자리를 차지하려고 몸싸움을 벌이고 있었다. 내가 이 공방에서 일한 이래 처음으로 홀의 테이블이 다 찼고, 출입문 앞에는 대기하는 손님들의 줄이 길게 이어졌다.

실케의 말이 맞았다. 만약 왕이 한 모금을 마시고 구역질을 하거나, 기침을 하거나, 눈살을 찌푸리고 잔을 내려놓는다면…… '모든' 시민이 그 사실을 알게 될 것이다. 그리고 인간들의 심리에는 나도 이제 꽤 익숙해져서 그 이후에 벌어질 일들도 충분히 짐작이 갔다. 마리나의 핫초콜릿을 맛보았고 또 좋아했던 사람들조차도, 왕가에서 맛없다고 했다는 얘기를 들으면 곧바로 입장을 바꿔서 자기들 입에도 맛이 없었다고 생각할 것이다.

인간들은 확실히 무리 동물이었다. 지금 내 운명이 그 동물들의 손에 맡겨진 것이다.

왕족 손님들의 테이블로 걸어가는 실케의 태도는 평생 상류층에서 살아오기라도 한 것처럼 당당했다. 그녀는 웃고 떠들면서 쟁반을 내려놓았다. 하지만 왕은 무슨 깊은 생각에 빠져 있는지, 실케를 눈치도 못 챈 듯 테이블 위에 깍지 끼고 있는 자신의 손만 게슴츠레 내려다보고 있었다. 반면 첫째 공주는 실케에게 미소를 지으며 무언가 말을 했다. 무슨 말이었는지는 몰라도 실케의 웃음이 더욱 환해졌다. 그리고 둘째 공주는 초콜릿 포트들을 보고 전에 없이 기운이 나는 듯 몸을 곧게 폈다. 그녀가 포트와 잔에 손을 뻗는 것을 지켜보며 나는 신경을 바짝 곤두세웠다. 하지만 첫째 공주가 살짝 고개를 젓자 둘째 공주는 무안한 듯 손을 내렸다.

실케가 과장스럽게 우아한 몸짓으로 세 사람의 잔에 핫초콜릿을 따랐다. 그러고는 빈 쟁반을 받쳐 들고 한 발짝 물러섰다. 그녀의 얼굴에 기대감이 역력했다.

나 또한 숨을 죽이고 가만히 기다렸다.

첫째 공주가 아버지를 돌아보았다. 하지만 왕은 여전히 자기 손에만 시선을 붙박고 있었다. 둘째 동생은 다시금 자기 잔을 잡으려고 했지만 언니의 엄한 표정을 보고는 황급히 손을 거두었다.

홀에 있는 손님들 중 그 누구도 움직이지 않았다. 하나같이 왕과 두 공주에게만 눈길을 집중하고 있었다.

그때 왕이 퍼뜩 정신을 차린 듯 눈을 크게 떴다. 그러자 첫째 공주가 빙긋 웃으며 그의 잔을 향해 고갯짓했다.

왕은 찡그린 얼굴로 고개를 끄덕이고 잔을 쥐었다. 그리고 입가로 들어 올렸다…….

그때 가게 앞문이 벌컥 열리더니 두 사람이 성큼성큼 걸어 들어왔다. 한 명은 나흘 전에 우리 가게 벽에 칠해진 도료를 만지작거리던, 시종일관 짜증이 난 듯한 인상의 덩치 작은 남자였고, 그 옆에 있는 훤칠한 갈색 머리 여자는 내게 뇌물을 주려

192

고 했던 바로 그 여자였다. 벙긋 웃고 있는 그녀의 의기양양한 표정을 보니 위험하다는 직감으로 온몸이 뻣뻣이 굳었다.

"주목!"

남자가 우렁차게 외쳤다.

"손님들은 모두 즉시 퇴장하여 주시기 바랍니다. 시장님의 명령에 따라 이 업소의 시설 점검이 있을 예정입니다!"

나는 주방 문을 열어젖히고 홀로 뛰어나갔다. 하지만 손님들 태반이 자리에서 벌떡 일어난 터라 앞길이 막혀 있었다. 혼란과 분노에 찬 사람들의 목소리가 여기저기서 터져 나와 매장 안이 온통 시끄러웠다. 그런데 한 남자가 말하기 시작하자 모두가 삽시간에 조용해졌다.

"이보시오."

나는 까치발을 딛고 서서 내 앞에 선 남자 두 명의 어깨 너머를 내다보았다. 말을 하는 사람은 왕이었다. 왕은 여전히 자기 자리에 앉아 있었고 놀라울 만큼 침착했다.

"이 업소에서 긴급히 점검을 실시해야 하는 이유가 정확히 무엇인지 물어도 되겠소?"

"그건…… 어엇!"

시장의 남자 부하가 왕과 두 공주를 보고는 얼굴이 새하얗게 질렸다. 그는 비틀거리며 절을 했다.

"국왕 폐……."

첫째 공주가 헛기침을 해서 그에게 눈치를 주었다. 왕은 고개를 설레설레 저었다.

실케가 그들 사이에 끼어들었다.

"이분은 저희 가게의 '귀빈'이신 폰 라이만 백작님입니다."

남자 부하가 혼비백산해서 몸을 도로 세웠다.

"백작님! 저희는 여기서 백…… 백작님을 뵐 줄은…… 그러니까…… 시장님께서는…… 하지만……."

실케가 말했다.

"저기, 여러분이 그 중요한 점검을 실시하기 전에 몇 분쯤 더 기다리면 안 될까요? 아마 시장님도 '폰 라이만 백작님'께서 초콜릿을 즐기시는 것이 우선이라고 생각할 것 같은데요."

"음……."

그의 눈이 좌우로 휘휘 돌아갔다. 왕은 빙그레 웃으며 한 손을 벌써 초콜릿 잔에 올린 채 근엄하게 그를 지켜보고 있었다. 그 옆에서 둘째 공주도 기대감 어린 눈빛으로 자기 잔에 손을 뻗었다. 부하가 한숨을 쉬었다.

"아무래도…… 음…… 시장님은 물론 개의치 않으실……."

"에헴."

여자 부하가 자기 동료를 팔꿈치로 밀어제치고 나섰다. 그녀는 홀 안을 쓱 훑어보다가 사람들 틈바구니에 끼어 있는 나와 눈이 마주치자 입술을 비쭉 뒤틀더니, 가게 밖에서 구경하는 사람들에게도 들릴 만큼 우렁찬 목소리로 말했다.

"최근 시장님께서 이 업소의 위생 상태가 심각하게 불량하다는 보고를 받으신 바 있습니다. 그 내용이 매우, 매우 충격적이어서, 장내에 있는 모든 사람을 위해서라도 일각의 지체 없이 해결해야 한다고 판단하셨습니다. 만약 보고된 바와 같이 정말로 이곳의 주방 바닥에 쥐들이 돌아다니고…… 초콜릿이 보관된 찬장 안에 바퀴벌레가 득시글거리고…… 화덕 옆의 벽에 곰팡이가 드넓게 퍼져 있고…… 며칠이나 묵은 핫초콜릿을 다시 데우고 또 데워서 손님에게 내주고……."

사람들이 질겁해서 비명을 질렀다. 그녀는 설명을 계속했지만 주위의 소란에 파묻혀 더 이상 들리지도 않았다.

어차피 더 들을 필요도 없었다. 나는 나보다 덩치 큰 어른들을 마구 밀쳐 내면서 사납게 크르렁거리며 앞을 헤치고 나아갔다. 아까까지 느꼈던 공포는 씻은 듯이 사라졌다. 발톱만 있었다면 저 여자가 악독한 말을 한 마디라도 더 지껄이기 전에 사지를 갈기갈기 찢어 놓았을 것이다! 이건 영역 침범이자, 뻔뻔스러운 도발 행위였다.

"거짓말이에요!"

마침내 왕족들의 테이블 앞까지 다다른 나는 숨을 헐떡거리며 외쳤다. 그때에는 왕도, 공주들도 모두 자리에서 일어서 있었다. 핫초콜릿 석 잔은 입도 대지 않은 그대로였다. 왕과 첫째 공주는 표정을 차분하고 담담하게 가다듬은 뒤였지만, 어린 공주는 낯을 잔뜩 찡그리고 넌더리를 내며 자기 핫초콜릿 잔을 최대한 멀찍이 밀어 놓았다.

"다 지어낸 얘기라고요! 시장은 우리를 미워해요. 오래전부터 우리 공방을 없애지 못해 안달이었다고요. 그는……."

"그런 거였군. 이 가게의 주방이 왜 아무에게도 공개되지 않았는지 알 만도 하구면."

왕이 한숨을 쉬며 말했다.

"안타깝구나. 진짜 요리 마법사를 한 번이라도 만나 보고 싶었건만. 들리는 이야기로는 요리 마법사들은 재미있는 괴짜들이라고 하더구나. 드래곤을 무찔러야 한다는 등 끊임없이 투덜거리기나 하는 저 음침한 전투 마법사들과는 전혀 다르다던데…… 뭐, 아쉽지만 어쩔 수 없지. 이제 그만 가자꾸나."

왕이 가게 앞문을 향해 고개를 기울였다. 문 앞에는 이미 손님 여덟 명이 몰려들어 밖으로 빠져나가려고 서로를 밀어 대고 있었다. 한 남자는 쥐가 어쩌고저쩌고 하면서 큰 소리로 떠들었고, 그의 동행인 여자는 양산을 무기처럼 쥐어 들고서 혹시라도 쥐가 나타나면 내리찍을 태세를 갖추었다.

"아니에요! 제 말 좀 들어 보세요. 이건 말도 안 돼요. 속임수라고요! 이건……."

"더 추잡한 상황이 벌어지기 전에 이곳을 떠나시는 편이 옳을 줄로 사료됩니다."

시장의 여자 부하가 왕에게 설탕처럼 달콤한 미소를 지어 보였다. 나는 불을 내뿜고 싶어서 미칠 지경이었다.

"지금 바로 주방을 확인하셔도 돼요. 여러분 모두요! 이쪽으로 오세요, 오셔서 직접 보시라고요. 곰팡이는 전혀 없어요! 쥐도, 바퀴벌레도 없고요!"

내가 절박하게 말하자 실케도 주방 문을 가리키며 말을 보탰다.

"관람하시겠습니까? 여러분을 모실 수 있다면 영광이겠습……"

"관람?"

여자 부하가 깔깔 웃었다.

"그 악명 높은 장인도 없는데 대체 누가, 어떻게 관람을 시켜주겠다는 거지? 그 여자는 심지어 이런 판국에서도 코빼기 한 번 내비치질 않잖아. 안 그래?"

그녀가 왕에게 몸을 돌렸다.

"백작님께서 알지도 못하는 두 꼬마가 하는 말 때문에 시장님의 판단을 무시하실 생각이십니까? 망측하게도 남자아이 옷을 입고 있는 웨이트리스와, 폭력적인 성향으로 이미 구설수에 오른 바 있는 도제 아이 때문에요?"

그녀는 나를 똑바로 쳐다보며 비밀 이야기라도 하듯 나지막이 말을 이었다.

"이 아이에 대해서라면 아주 잘 압니다. 시내의 명망 있는 초콜릿 공방들에서는 모두 저 애를 문전박대했다더군요. 말 그대로, 직원들이 아예 몸을 들쳐 업어서 길거리에 내던졌다지요. 왜냐하면 저 애가 '길거리에서 살던' 부랑아였기 때문이에요. 그러니 백작님, 제 말을 믿으십시오. 저 애가 하는 말은 한마디도 신뢰할 수 없습니다."

더는 못 참는다. 인간들과의 외교 놀음 따위 더 이상 못 해먹겠다. 이건 전쟁이다!

나는 으르렁 소리를 내지르며 양손을 쫙 뻗고 그녀에게 몸을 날렸다. 손톱을 드래곤의 발톱처럼 휘둘러 그녀의 얼굴을 할퀴려던 순간, 실케가 내 허리를 두 팔로 끌어안았다.

"안 돼! 어벤추린, 생각 좀 해!"

실케가 나지막이 다그쳤다. 여자 부하는 숨을 가쁘게 몰아쉬며 나를 손가락질했다.

"보셨습니까? 저 애는 그야말로 야만인이에요! 저런 짐승 같은 아이가 만든 초콜릿을 먹고 싶으십니까?"

나는 실케의 품 안에서 몸부림을 치면서 여자에게 눈을 부라렸다. 그렇게도 짐승의 진면목을 보고 싶다면 기꺼이 보여줄 작정이었다.

"보자 보자 하니까!"

그런데 첫째 공주가 앞으로 걸어 나오더니 서늘한 두 손을 내 손 위에 사뿐히 얹었다.

"아가씨."

나는 화들짝 놀라 입을 다물었다.

"스승에 대한 당신의 충성심이 진심으로 존경스럽습니다. 이곳의 신비로운 주방을 우리에게 보여 주겠다고 하니, 그 또한 고마운 마음이에요. 하지만……."

그녀가 흔들림 없는 눈길로 나를 바라보며 말을 이었다.

"드라헨부르크의 카페와 식당은 시장과 시의회가 정한 법규를 따르게 되어 있어요. 저희는 이번 일로 시 당국의 지원을 요청받은 적이 없고요. 게다가 어차피……."

공주는 입가에 애석한 미소를 살짝 떴다.

"지금 저희는 어디까지나 백작과 그 두 딸일 뿐이에요. 적어도 오늘만은요. 아시겠지요?"

"아뇨! 모르겠는데요!"

공주는 부드럽게 내 손을 꼭 잡아 쥐고는 놓아주었다. 그녀의 아버지와 동생은 이미 문으로 걸음을 옮기고 있었다. 그녀가 고개를 흔들며 덧붙였다.

"당신의 앞날에 행운이 가득하기를 빌어요."

나는 울화통이 터져서 숨이 막힐 지경이었다.

"앞날의 행운은 필요 없어요. 지금 당장 도움이 필요하다고요. 내 말 좀 들어 봐요! 잠깐만!"

하지만 첫째 공주는 내게서 몸을 돌려, 그 동정 어린 따스한 미소를 시장의 두 부하에게 보냈다.

"공무를 수행하는 두 분께도 행운이 함께하기를 빕니다."

"감사합니다, 레이디."

여자 부하가 우아하게 절하면서 고개를 수그렸다. 그녀가 거의 참지도 않고 노골적으로 히죽거리는 것이 다 보여서 나는 속이 뒤집혔다. 마지막으로 악을 쓰며 항의를 해 보았지만 결국 첫째 공주는 아버지를 따라 가게 밖으로 나갔고, 출입문 위에 달린 종이 나를 비웃듯이 경쾌하게 딸랑거렸다…….

입안에 쓴 물이 고여 목구멍으로 흘러내려 갔다. 내 몸속에서 사라져 버린 불꽃만큼이나 뜨겁고 쓰라린 감촉이었다.

'이게 현실일 리가 없어!'

하지만 현실이었다. 나는 나 자신을 증명하기 위해 우리 가족의 곁을 떠났지만, 어머니가 예견한 그대로 실패하고 만 것이다.

텅 빈 가게 안에 내 절규가 메아리쳤다.

15
장

내 생애 최초의 핫초콜릿을 만들고 10분도 채 지나지 않아, 그토록 북적거리던 〈초콜릿 하트〉는 거짓말처럼 텅 비었다. 왕족들이 다른 손님들과 더불어 가게를 떠난 후로 밖에는 구경 꾼 한 명도 남지 않았다. 심지어 시장의 부하들도 겨우 2분밖에 머무르지 않았다. 여자 부하가 홀에서 기다리는 동안, 남자 부하가 주방 문밖에서 고개만 빠끔히 들이밀고 안을 건성으로 훑어보더니 동료에게 이렇게 외치는 것이 아닌가.

"괜찮아 보이는데."

"그래? 그것 참 다행이로군."

여자 부하는 사악한 미소를 지으며 점검 통과 확인서를 작성하고는, 근처 테이블 위에 서류를 우아하게 내려놓았다.

"그 끔찍한 이야기들이 헛소문으로 밝혀졌으니 너희 공방엔 아주 잘된 일이구나. 너희가 마음 깊이 감사하더라고 시장님께 확실히 전하마."

실케가 내 어깨를 꽉 붙들었지만, 사실 그럴 필요도 없었다. 나는 그녀의 조롱에 으르렁거릴 기력조차 없어서 겨우 이만 드러내 보였을 뿐이었다.

할 수만 있다면 여기서 가장 먼 산골짜기에 처박혀 두 번 다시 바깥세상에는 얼굴을 내밀지 않은 채 살고만 싶었다. 하지만 그러고 싶어도 의자에서 일어날 힘이 없었다. 누가 황금으로 가득 찬 동굴을 내게 준대도 일어날 수 없을 것 같았다.

나는 내 영토를 침략한 적을 물리치는 데 실패했다. 드래곤에게 그보다 더한 굴욕은 없었다.

시장의 부하들이 떠나고 마침내 문이 달칵 닫히자, 실케가 한숨을 푹 내쉬더니 내 맞은편 의자에 다가와 앉았다. 여긴 방금 전까지만 해도 왕족들이 앉았던 바로 그 테이블이었다. 실케는 테이블에 여전히 놓여 있는 핫초콜릿 잔들이 새삼 눈에 들어왔는지, 가장 가까운 데에 놓인 잔을 집어 들고는 냄새를 맡아 보고 한 모금 마셨다. 그녀의 눈이 휘둥그레졌다.

"와, 좀 식긴 했지만 맛은 진짜 좋다."

내 안에서 웃음과 분노가 동시에 솟구쳐 뒤섞였다. 두 가지가 구별되지도 않았다.

아무 힘도 없는 내 목구멍으로 불길을 뿜어내서 이 도시를 통째로 불태우고 싶었다. 잃어버린 발톱으로 이 세상을 발기발기 찢어 버리고 싶었다.

실케가 핫초콜릿을 또 한 번 길게 들이켜고 있을 때였다. 내 뒤에서 주방 문이 열리는 소리에 이어 호르스트가 숨을 헉, 들이켜는 소리가 들렸다.

"대체 무슨 일이 있었던 거야?"

가슴이 철렁 내려앉았다. 나는 너무나 힘겹게, 간신히 고개를 뒤로 돌렸다.

호르스트의 뒤에 마리나가 팔짱을 끼고 서 있었다. 그녀의 얼굴에서는 아무런 표정도 읽을 수 없었다. 홀의 빈 테이블들을 천천히 훑던 그녀의 눈길이 마침내 왕족들이 앉았던 테이블에 이르렀다. 정확히는 테이블에 놓여 있는 가장 좋은 초콜릿 잔과 포트 세 벌, 그리고 그 앞에 앉아 있는 나에게.

갑자기 숨이 잘 쉬어지지 않았다.

어머니의 실망스러운 눈빛은 익히 보았기에 알고 있었다. 하지만 마리나가 저런 눈빛으로 나를 보는 것은 처음이었다.

실케가 귀에 거슬리는 새된 소리로 웃음을 터뜨리더니, 점검 통과 확인서를 들어 보였다.

"좋은 소식이 있어요. 이 가게가 시장이 실시한 위생 검사를 통과했거든요!"

"시장이 실시한…… 뭐?"

호르스트가 머리를 흔들었다. 그는 너무 당혹한 나머지 얼굴이 핼쑥해진 듯 보였다.

"우리가 자리를 비운 지 20분도 안 됐는데, 그렇게 짧은 시간 동안 뭐가 얼마나 잘못되면 이 지경이 될 수가 있지?"

실케가 콧방귀를 뀌고는 의자 등받이에 몸을 기대앉으며 초콜릿 잔을 입가로 들어 올렸다.

"오, 처음부터 끝까지 다 듣고 싶으세요? 아니면 핵심만 골라서? 어느 방법이 더 나을까, 어벤추린?"

그때 처음으로 마리나가 입을 열었다.

"그래, 어벤추린. 어떻게 된 일인지 네가 직접 얘기해 보렴."

그녀의 목소리는 딱딱하고 단조로웠다. 말 한 마디 한 마디에 나는 등이 점점 더 움츠러들었다.

저런 말투는 내게 익숙했다. 익숙할 수밖에 없다. 어머니도 내가 정확히 무슨 잘못을 저질렀느냐고 캐물을 때마다 꼭 저런 식으로 말하곤 했으니까. 그런 적이 백 번은 있었을 거다. 그리고…… 지금 또 한 번이 추가되었다.

어머니는 내가 내 생각처럼 강하지 않다고 누누이 경고했다. 그런데 이 초콜릿 공방의 미래가 달린 중대한 전투에 나 혼자 나가서 싸운다니, 그런 발상만으로도 어머니는 기겁했을 것이다. 어머니라면 절대로 내가 그만한 책임을 감당할 수 있다고는 믿지 않았을 것이다.

마리나가 고개를 홱 돌렸다.

"잠깐만. 이 탄내는 뭐지?"

그녀는 대답을 기다리지도 않고 곧장 주방 문을 밀어젖히고 뛰어 들어갔다.

주방에는…….

오, 맙소사. 초콜릿 타르트! 시장이 보낸 부하들을 상대하는
데 정신이 팔려서 화덕에 넣어 둔 타르트들은 까맣게 잊고 있
었다. 어떻게 그걸 잊을 수가 있었지?

경악에 사로잡힌 나는 의자에 붙박인 채 꼼짝도 하지 못했
다. 호르스트는 허둥지둥 마리나를 뒤따라 주방으로 뛰어갔
다. 곧이어 마리나의 고함이 울려 퍼졌다.

"이게 다 뭐야! 엉망진창이 됐잖아!"

실케가 의자에서 벌떡 일어났다.

"어이쿠. 가서 봐야겠는걸……."

하지만 나는 내가 벌인 난장판을 차마 볼 엄두가 나지 않았
다. 실케가 주방으로 들어가는 뒷모습을 보면서도, 그저 의자
에 얼어붙은 듯 앉아 있는 것 말고는 아무것도 할 수 없었다.
간이 문 너머에서 세 사람이 언성을 높여 대화하는 소리가 들
려왔다.

마리나가 호르스트에게 나에 대해 처음으로 했던 말이 기억
났다.

"이 여자애에겐 거창한 인맥이 전혀 없다잖아. 그러니 만약 얘가 쓸모없
는 녀석이라면, 내가 귀를 확 잡아다 밖으로 내치더라도 높으신 분들의 심
기를 거스를 걱정은 없겠지."

나는 〈초콜릿 하트〉에 닥친 습격을 막는 데 실패했을 뿐 아니라…… 초콜릿 요리사로서도 실패하고 말았다. 나처럼 쓸모없는 도제가 세상에 어디 있겠는가?

그 생각을 하자 내 입에서 무언가 이상한 소리가 새어 나왔다. 그건 언어도 아니었고, 신음조차 아니었다. 배 속에서 튀어나온 원초적인 고통의 소리였다. 그 고통이 내가 앞으로 가야할 길이 어딘지를 일러 주었다.

마리나가 주방 문을 벌컥 열고 소리쳤다.

"어벤추린!"

도저히 움직일 수 없을 것 같았는데 의외로 그렇지 않았다. 나는 즉시 자리를 박차고 〈초콜릿 하트〉에서 뛰어나갔다. 세상에서 가장 무시무시한 포식 동물이 나를 바짝 쫓아오는 것처럼…… 그리고 나는 세상에서 가장 겁 많은 사냥감이 된 것처럼.

드래곤은 절대로 도망치지 않는다. 나도 알고 있었다. 아무리 전세가 불리하더라도 드래곤이라면 모름지기 맞서 싸워야 한다는 것을. 하지만 어른들이 나를 두고 했던 말이 옳았다는 것 또한 알았다.

나는 바깥세상에서 내 앞가림을 할 수 있을 만큼 강하지도,

사납지도, 끈질기지도 못했다.

고향 집에서 나는 어른들의 가르침을 귓등으로 들었고 그 어떤 수업도 따라가지 못했다. 사냥을 하겠답시고 나섰을 때는 악랄한 요리 마법사의 술수에 넘어가 봉변을 당했다. 중요한 일을 시도할 때마다 실패했던 것이다. 그런데 이제는 내 사명마저도 그르치고 말았다. 초콜릿은 내가 무엇보다도 잘 해내야 하는 일이었는데. 내게 남은 것이라고는 그것 하나뿐이었는데. 그 실패가 무엇을 뜻하는지 알고 싶지 않았다. 그래서 나는 달렸다. 달리기를 멈추는 순간 그 의미를 직시해야만 할 것 같아서…….

하염없이 달리고 또 달렸다. 가슴이 불타는 듯하고, 옆구리는 어떤 짐승이 발톱으로 후벼 파는 듯하고, 몸이 앞뒤로 휘청거려서 발이 자꾸만 엇나가는데도 멈출 수가 없었다. 뺨을 후려치는 차가운 바람에 눈물이 다 흩날려 날아간 뒤에도 나는 멈추지 않았다.

도망치는 건 용감한 행동이 아니다. 사나운 맹수다운 행동도 아니다. 하지만 그 자리에 가만히 앉아서 내쳐지기만을 기다리느니 차라리 도망치는 편이 나았다. 또다시 그런 꼴을 당하면 견딜 수 없을 것 같았다. 초콜릿 하트에서 내쳐진다니. 마리나에게서 내쳐진다니. 그곳은 드라헨부르크에서 나에게 기회를 준 유일한 초콜릿 공방이었고, 진짜 가족을 영영 잃은 내게 마리나는 유일한 가족이나 다름없었다.

몸이 고통으로 터질 것 같았다. 숨이 차오르다 못해 목에서 꾸르륵 하는 소리가 올라왔다. 나는 허리를 구부리고 두 다리를 붙잡고 서서 숨을 헐떡였다. 주위에 수많은 사람들이 오가고 있었지만 신경도 쓰이지 않았다. 그들이 나를 어떻게 생각하든 나와는 전혀 상관없는 일이다. 나는 이빨, 발톱, 가족을 잃은 것도 모자라 초콜릿마저 잃었다. 그리고 나와 상관있는, 내게 소중한 존재가 된 사람들은 내 실패의 뒷감당을 고스란히 떠맡아야 할 터였다.

〈초콜릿 하트〉가 위생 검사를 통과했다는 사실은 중요하지 않았다. 그래 봤자 사람들은 〈초콜릿 하트〉의 주방이 너무 불결해서 시장이 폐쇄 조치를 내렸다더라고 수군거릴 테고, 그런 흥미진진한 소문은 삽시간에 도시 전역에 퍼지게 되어 있다. 불과 내일이면 "이 가게의 주방이 왜 아무에게도 공개되지 않았는지 알 만도 하구먼."이라던 왕의 발언까지도 이 도시의 모든 잠재적 고객이 알게 될지도 모른다.

정작 검사 결과가 정확히 어떻게 나왔는지는 아무도 모를 것이다. 굳이 알고 싶어 할 사람도 없겠지.

그런데 나는…….

"어벤추린?"

어떤 여자 목소리가 들렸다.

"오, 맙소사. 너 맞구나! 어쩜 이럴 수가!"

나는 고개를 돌려 보았다. 숲 같은 짙은 초록색 치맛자락이 내 옆에서 휙 나부끼면서 그 아래로 빠끔히 드러난 암록색 신발이 보였다.

얼굴을 보지 않아도 그녀가 누구인지는 뻔했기에 나는 고개조차 들지 않았다. 하지만 그녀는 치맛자락을 부스럭거리며 쪼그려 앉아 나와 굳이 눈높이를 맞추었다. 시장바구니를 무릎 위에 얹은 그녀는 활짝 웃고 있었다.

"이 미련한 것, 내가 누군지 알겠니? 그레타 아줌마야!"

오, 그레타. 약 보름의 시간이 흐르는 동안 너무 정신없이 지낸 탓에 까맣게 잊고 있었다. 그레타도, 그녀에게 납치당할 뻔했던 사건도. 지금 나는 그녀를 상대할 여유 따위는 없었다.

나는 한숨을 쉬며 도로 시선을 떨구었다. 하지만 바로 내 귓가에 대고 떠드는 그레타의 목소리를 들으면서는 이미 흩어져버린 생각의 줄기를 다시 잡을 수가 없었다. 그녀는 희고 둥그런 얼굴이 분홍빛으로 변할 만큼 열을 올리며 말했다.

"네가 무사한 걸 보니 너무나 기쁘구나! 혹시 죽었을까 봐 얼마나 걱정했는지 아니? 온갖 악몽을 다 꾸었단다! 네가 강에 떨어지는 꿈이며, 도적 떼에게 습격당하는 꿈이며……."

나는 어이가 없어서 그녀를 천천히 돌아보았다.

"어떻게 내가 강에 빠진다는 상상을 할 수가 있죠? 이 도시의 강변은 전부 둑으로 둘러싸여 있고 다리마다 난간이 쳐져 있는데요."

"음, 글쎄. 네가 그런 걸 미처 못 보고 타넘어 갈 수도 있잖니."

나는 그녀를 빤히 쳐다보았다.

"아니 뭐, 너는 어쨌든 여기 사람이 아니잖아. 안 그래? 대도시가 어떻게 굴러가는지, 이런 데서 뭘 해야 할지도 모르겠지. 그리고 너를 보호하는 건 우리 책임이고 말이야. 애초에 우리가 발견하지 못했다면 너는 살아남지도 못했을 테니까."

그레타가 신선한 과일과 채소가 가득 든 바구니를 바닥에 내려놓고는 한숨을 푹 쉬었다. 그녀의 거센 입김에 내 머리카락이 흩날렸다.

"오, 내가 프리드리히에게 누누이 말했다니까. 너처럼 제 앞가림할 줄 모르는 애는 처음 본다고."

그만하면 족했다. 나는 무릎을 짚었던 손을 떼고 몸을 꼿꼿이 세웠다. 이제는 숨 쉬기가 그리 힘들지 않았고, 내 앞에 있는 여자를 매섭게 쏘아볼 만한 힘도 있었다.

"안녕히 가세요."

나는 거의 마리나만큼이나 싸늘한 말투로 쏘아붙이고 몸을 돌렸다.

"잠깐만, 기다려!"

그레타가 벌떡 일어나 내 팔을 잡았다.

"네 꼴을 좀 봐라! 그런 흉한 드레스를 입고……."

"참 나! 왜 다들 내 드레스는 싫어하고 난리람?"

거의 두 주 내내 카카오 씨앗을 갈아서 팔 힘이 세진 덕분에 나는 그녀의 손아귀를 거뜬히 뿌리칠 수 있었다. 하지만 그레타는 포기하지 않고 한 마디를 덧붙였다.

"그리고 얼굴을 보니 방금 전까지 울고 있었던 것 같은데."

수치심에 온몸이 뻣뻣이 굳었다. 나는 악문 이 사이로 한 마디 한 마디를 뱉어 냈다.

"그냥 바람 때문에 눈이 시렸을 뿐이에요."

그레타가 양손을 옆구리에 올렸다.

"아, 그래? 그러면 왜 그렇게 비참한 표정을 짓고 있는 거니?"

내가?

나는 그녀의 얼토당토않은 발상에 경멸의 뜻을 담아 헛웃음을 쳤다. 그런데 막상 내 입에서는 흐느끼는 듯한 소리가 튀어나왔다.

나는 입을 꾹 다물었지만 이미 너무 늦었다.

"이럴 줄 알았다니까! 너처럼 난폭하고 경솔하고 무식한 여자애는 이런 도시에서 혼자 살아남을 수가 없단다."

그녀가 고개를 가로저었다.

"당연하지 않겠니? 너는 어린아이일 뿐이고 여기에 아는 사람이라고는 한 명도 없잖아. 나와 프리드리히 말고는. 넌 여기서 어떻게 행동해야 하는지, 옷은 어떻게 입어야 하는지도 모르지. 이 눈 좀 봐, 딱 야생 동물 같구나! 그리고 꼴은 아주 엉망진창이고! 그 머리하며, 옷하며……."

그녀가 보라색과 금색이 어우러진 내 아름다운 옷을 손가락질했다.

"그런 색깔들을 섞어 입는 사람이 세상에 어디 있어!"

뭐, 그녀의 말에도 일리는 있었다. 여태껏 드라헨부르크에서 나처럼 옷을 입은 사람은 한 번도 못 봤으니까. 평소에는 내 옷차림이 남들과 달라서 오히려 더 좋았다. 하지만 지금 그 점을 돌이켜 보니 등줄기에 서늘한 한기가 흘러내렸다. 만약 내가 여느 사람들 같은 옷을 입었더라면 첫째 공주가 내 말을 더 진지하게 들어 주지 않았을까?

그레타가 나를 훑어보며 혀를 찼다.

"네가 정말로 초콜릿집에서 일할 수 있을 줄 알았니? 그런 고급스러운 가게들이 너 같은 애를 들여보내 주기나 할 것 같아?"

나는 이를 뿌득 갈며 그녀를 노려보았다. "들여보내 줬거든요!"라는 말이 목구멍 속에서 불덩이처럼 뜨겁게 치밀어 올랐다. 비록 짧은 시간이었지만 나는 분명히 모든 것을 가지지 않았던가. 온통 초콜릿에 둘러싸인 채, 오로지 내 사명만 좇으며 지냈던 아름다운 시간이었다. 그때만 해도 내겐 나만의 새로운 집과 새로운 보물이 있었고, 마리나도 곁에 있었다.

그런데 나를 동정하는 그레타의 얼굴을 마주하고 있으니 내가 태워 먹은 초콜릿 타르트 냄새가 불현듯 뇌리를 스쳤다. 그래, 그레타의 말이 옳았다. 가족들의 꾸지람이 옳았듯이. 내가 인간의 몸으로 갖고 싶었던 것이 전부 손에 주어졌는데도, 나는 너무나 나약했기에 그 어떤 것도 지키지 못하고 몽땅 잃고 말았다. 이토록 약해 빠진 나 자신을 도저히 용서할 수 없었다.

왕족들이 떠난 빈 테이블 앞에 앉아 있던 내게 마리나가 보였던 표정이 기억났다. 그 기억을 떠올리자…… 내 목구멍 속에 잠들어 있던 마지막 불씨가 가물거리다 이내 꺼져 버렸다.

중대한 일들을 내 힘으로 해내겠다고 덤벼든 결과는 고작 이런 거였다.

"오, 얘야."

그레타가 한숨을 쉬며 내 팔을 토닥이고 시장바구니에 손을 뻗었다.

"네가 속마음은 착한 아이라는 걸 알아. 그냥 내 밑으로 들어오지 그러니? 이 일은 예의범절도, 상식도 필요 없으니 너 같은 애라도 충분히 할 수 있단다. 넌 적어도 몸은 튼튼하니까 어려울 건 전혀 없을 거야. 우리 집에 같이 가서 따뜻한 차 한잔 마시자. 그런 다음 내가 집 구경도 시켜 주고, 네가 할 일이 뭔지 차근차근 알려 줄게. 실은 네 방도 벌써 마련해뒀어. 네가 결국에는 다시 올 거라는 예감이 들었거든! 어차피 달리 갈 데도 없는 처지이니 그럴 수밖에 없지 않겠니?"

그녀는 빙긋 웃으며 자신이 들고 있던 무거운 바구니를 내 한쪽 팔에 끼웠다. 나는 그녀가 하는 대로 가만히 내버려 두었다.

"오, 그렇게 슬퍼할 것 없어, 어벤추린. 일단 우리 집에 가고 나면 금세 편안해질 거야. 네가 드라헨부르크에 도착하고 지금까지 보냈던 험한 시간은 기억도 나지 않게 될걸. 그냥 없었던 일처럼 되어 버릴 거야!"

예전에 저런 말을 들었다면 당장 목구멍에 연기를 머금었을 것이다. 하지만 지금 나에게는 나 자신을 방어할 권리도 없었다……. 그레타의 말이 아주 틀린 것도 아니었다.

달리 갈 데라곤 아무 데도 없었으니까.

그래서 나는 그녀를 따라 걸음을 옮겼다. 목이 설탕 덩어리처럼 딱딱하게 굳어 버린 듯 느껴졌다. 잔인한 진실이 사무치게 와닿았다.

이제 나는 스스로를 드래곤이라 부를 자격이 없었다.

16
장

봉급을 한 푼도 못 받기는 했지만 하녀 일 자체는 어렵지 않았다. 그저 머리와 가슴을 닫아 버리고 아무런 생각도, 감정도 없이 그레타가 시키는 대로만 하면 그만이었다.

나는 지시를 따르는 데엔 능숙했다. 마리나의 주방에서 11일을 일했으니 그럴 수밖에 없었다. 체력도 좋아져서 아무리 고된 일도 문제없이 해낼 수 있었다.

내 머리와 가슴이 하는 말에는 두 번 다시 귀 기울이고 싶지 않았다.

하지만 생각과 감정을 완전히 차단하는 것은 불가능했다. 밤이 되면 나는 그레타가 내준 조그맣고 갑갑한 분홍색 침실로 돌아가, 가운데 부분이 내려앉은 폭신한 침대에 누워 잠을 청했다. 그렇게 누워 있다 보면 방을 둘러싼 장미색 벽이 나를 향해 점점 좁혀 오는 듯했고 누비이불은 내 숨을 틀어막는 것만 같았다. 그리고 어디선가 카카오 씨앗 볶는 냄새가 나는 듯한 착각이 들었다. 나는 이를 악물고 눈을 감았지만 방 안을 유령처럼 떠도는 냄새는 좀처럼 가시지 않았다. 그 냄새에 휩싸여 지내던 시절, 내가 올바른 길에 들어섰다고 확신하며 느꼈던 안정감과 기쁨을 도무지 잊을 수가 없었다.

고향 산의 동굴을 헤매는 악몽도 여전히 꿨다. 밤마다 나는 어디선가 나를 부르는 가족들의 목소리를 들으며, 어둠 외에는 아무것도 보이지 않는 텅 빈 동굴 속을 달리고 또 달렸다. 그런데 이제 가족들 외에 또 다른 사람의 목소리도 들렸다. 마리나가 특유의 조급하고 단호한 음성으로 내게 시킬 일이 있다며 부르는 것이었다. 그러면 나는 희망에 부풀었지만…… 이내 그 목소리는 어김없이 사라졌다. 게다가 모퉁이를 돌아 새로운 길로 접어들 때마다 초콜릿 향기가 물씬 풍겨 왔지만, 그 향기를 좇아 아무리 달려도 초콜릿을 다시 맛볼 수는 없었다.

아침에 잠에서 깨어나 보면 내가 덮었던 누비이불은 밤새 걷어찬 듯 바닥에 떨어져 있었고, 방 안이 썰렁한데도 내 목에는 땀이 줄줄 흐르고 있었다. 속이 빈 조개껍데기처럼 배 속이 텅 빈 느낌이었다. 내 비늘 옷을 되찾고 싶은 간절한 그리움에 뼛속까지 저려 왔다.

지금쯤이면 마리나는 그 옷을 내다 버렸을 것이다. 만약 내가 공방에 남았다면 그녀는 옷과 더불어 나도 내쳤겠지. 떠나기 전에 비늘 옷을 챙겨 올 걸 그랬다 싶었다. 비록 이제 나는 드래곤이 아니라 해도, 옛 비늘의 무늬라도 보면서 내가 누구였는지를 되새기지 못한다면 한때 불길을 뿜었던 기억마저도 영영 잊어버릴 것 같았다. 그러면…….

'안 돼. 그럴 순 없어.'

아침마다 나는 그런 생각들에 쫓겨 침대에서 벌떡 일어났다. 그리고 내 감정들을 전부 마음속에 몰아넣고는 뚜껑을 닫아 버렸다. 불 위에 올린 냄비에서 수증기가 조금도 새어 나오지 못하도록 뚜껑을 꽉 내리닫듯이. 그렇게 하루를 시작하고 나면 이후 오전 동안은 일만 하면서 나 자신을 혹사시키는 것이 지극히 당연하게 느껴졌다. 끊임없는 바닥 걸레질, 상상할 수도 없을 만큼 더러운 요강들을 비우는 일 등이 나를 기다리고 있었다.

한번은 프리드리히가 내게 몰래 품삯을 주려고 한 적이 있었다. 하지만 마침 방에 들어온 그레타에게 들키는 바람에 헛수고가 되었다. 그녀는 프리드리히가 가져온 동전들을 전부 빼앗아 자기 지갑에 넣고는, 남편에게 무책임하고 낭비벽이 심하다며 5분 동안 설교를 늘어놓았다. 그날 이후로 프리드리히는 나를 마주치면 그저 시선을 피했다.

사실 나는 돈을 안 받아도 상관없었다. 돈이 있어 봤자 어디에 쓰겠는가? 인간 세상에서 돈이란 깔고 자기 위한 게 아니라 가게에서 물건 사는 데 쓰라고 있는 것인데, 어차피 나는 그레타의 집 밖의 세상으로는 한 발짝도 나가고 싶지 않았다.

그런데 하녀로 일한 지 사흘째 되던 날 그레타가 나를 집 밖으로 내몰았다.

"자, 나가자."

요강 씻는 일을 다 끝내 가던 내게 그레타가 쾌활하게 말했다.

"시장에 가서 우리 집에 필요한 물건들이 뭔지 알려 줄게. 그래야 앞으로 장 보는 일도 네가 맡아 하지."

"강변에 있는 시장요?"

나는 더럭 겁을 먹었다. 너무 당황한 나머지 씻고 있던 요강에서 풍기는 고약한 악취를 무심코 들이마시고 말았다. 구역질이 났다. 하지만 그보다도 실케를 맞닥뜨릴지도 모른다는 상상이 훨씬 더 끔찍했다. 이런 내 꼴을 실케가 본다니, 생각만 해도 몸서리가 쳐지는 일이었다.

그런데 어째서인지 그레타도 몸서리를 쳤다.

"'강변 시장'이라니, 내가 꿈에서라도 그런 데에 발을 들일 것 같니? 품위 있는 여자들은 절대로 거기서 장을 보지 않아! 거기 장사치들은 자기네 좌판 근처에 세워 둔 천막에서 먹고 자고 한다는구나, 너 그거 아니? 그 진흙탕 위에 그냥 누워 잔다니까. 그런 건달들이 어디서 뭘 하다 왔을지 누가 알겠어? 내가 그딴 놈들을 한순간이라도 믿을 것 같아? 어림도 없지! 나는 '제대로 된' 시장이 아니면 안 가는 사람이야."

아하. 나는 어깨의 긴장을 풀고서 역겨운 일을 마무리하는 데에 집중했다. 저 말만 들어도 그녀가 다닌다는 시장이 얼마나 따분한 곳일지 알 만했다. 그런 데라면 안심하고 가도 괜찮을 것 같았다.

하지만 10분 뒤 그레타를 따라 문 밖을 나서자, 나는 상처에 앉은 딱지를 누가 억지로 떼어 낸 듯한 갑작스러운 아픔에 숨을 헉, 들이켤 수밖에 없었다. 햇빛이 너무 눈부셨다. 주변 어디에나 색채들이 넘실거렸고, 길거리에는 재잘재잘 떠들고 이리저리 움직이는 사람들이 가득했다. 사방에서 풍겨 오는 다양한 냄새가 스민 공기에서는 무척 차갑고 상쾌하고 산뜻한 맛이 났다. 한때 내가 꿈꿨지만 이제는 나와 상관없어진 수많은 가능성이 공기 중에 떠도는 것 같았다.

나는 그레타가 적어 준 물건 목록과 시장바구니를 손에 든 채 문 쪽으로 뒷걸음쳤다.

"아무래도 저는 그냥 집에 있는 게……."

"헛소리하지 마."

그레타가 톡 쏘아붙이고 먼저 앞으로 걸어 나갔다.

"이제 너도 그만하면 충분히 품위 있어 보여. 상식적으로 행동할 수 있는 수준이 됐으니 장 보는 일도 네가 못 맡을 것 없지. 그러면 나는 모처럼 밀린 바느질거리를 처리할 수 있을 테고! 프리드리히의 실내화 다 닳아 해진 것 봤니? 식탁보도 너무 오래돼서 지긋지긋해. 우리 집에 오는 여자들에게 자랑할 만한 새 식탁보를 만들어야 하는데, 내가 수를 놓을 짬이 나야 말이지. 그리고 나도 다른 여자들 집에 방문하기로 약속했는데 너를 적응시키느라 바빠서 여태 못 갔단 말이야. 그러니 너는 최소한 나를 돕기라도 해야지. 서둘러, 어벤추린!"

나는 어쩔 수 없이 그녀를 따라갔다. 나는 이전 하녀가 입었던 헐렁하고 칙칙한 진흙 색깔의 드레스를 입고, 그보다 더욱 어두운 갈색 보닛으로 머리를 감추고 있었다. 거기다 시장바구니까지 들고 있으니 거리의 인파 사이에 완벽하게 녹아드는 모습이 되었다. 하늘을 나는 포식 동물들이 제 아무리 예리한 눈으로 지상을 살핀대도 이곳의 인간 무리 틈에서 나를 구분할 수는 없을 터였다.

그런데 도리어 전보다 더 외롭다는 느낌이 들었다. 아무 근거 없는 감정이었다.

하지만 오랜만의 바깥세상이 주는 자극에 놀랐던 내 몸은 시장에 도착할 즈음 되니 평정을 되찾았다. 이곳에는 나를 지켜보는 사람도, 내가 당한 굴욕을 아는 사람도 없었다. 마리나는 시내의 식당과 카페 관계자들만 이용하는, 향신료 냄새 물씬 풍기는 시장에서 식재료를 조달했다. 반면 지금 그레타가 나를 데려온 곳은 환하게 반짝거리는 2지구 중심가의 시장이었다. 실케의 오빠와 같은 장사꾼들이 질척거리는 강기슭에 차려 놓은 시장과는 완전히 다른 곳이었다. 이곳 광장에는 반질반질 윤이 나는 나무 가판대가 즐비했고, 여자들이 무리 지어 분주히 돌아다니며 가족들을 위해 최대한 질 좋은 옷감이나 최대한 신선한 채소를 고르느라 옥신각신하고 있었다.

나는 다만 바구니를 들고 그레타의 뒤를 따라다니기만 하면 되었다. 바구니가 점점 더 무거워지긴 했지만…… 그리고 주위에서 수군거리는 사람들의 말소리를 귀담아 듣지 않으려고 노력해야 했다.

"……내 사촌이 보낸 편지에는 뭐라고 적혀 있었는지 알아? 그 괴물 한 쌍이 나란히 날아다니는 걸 보았다지 뭐야. 자기 농장에서 겨우 10마일 떨어진 곳에서! 몇 시간이나 그 주위를 오락가락하더래."

"끔찍한 괴물들 같으니! 놈들이 무슨 해를 끼치기 전에 전투 마법사들이 얼른 산으로 나가서 처치해야 해. 그렇고말고!"

"오, 아무렴. 아예 해충처럼 박멸해 버려야지!"

나는 '생각하지 말자. 그냥 아무 생각도 하지 말자!'라고 계속 되뇌었다. 뭉툭한 치아를 뿌득 갈면서 머리를 비우려고 안간힘을 썼다. 아무 생각도, 정말이지 아무런 생각도 안 하고 싶었다……. 그런데 저 앞에 검은 로브를 입은 전투 마법사들이 눈에 띄었다. 으스대며 걸어가는 그들의 뒤에서 사람들이 경이감에 차서 술렁이고 있었다.

저 멍청한 전투 마법사들이 무슨 짓을 하려고 든다면 우리 가족들이 다 잡아먹을 것이다. 그리고…… 어차피 지금 내가 할 수 있는 일은 아무것도 없다.

그런데 내 고향 산에서 대체 무슨 일이 벌어지고 있는 걸까?

5분 뒤, 그레타가 내 건너편에 있는 누군가를 보더니 소리를 질렀다.

"오, 오! 쟤가 웬일이람!"

그녀는 까치발을 딛고 서서 사람들의 머리 위로 손을 번쩍 쳐들고 흔들었다.

"어벤추린, 나머지 물건들은 네가 혼자 사야겠다. 도대체 어떻게 된 일인지 몰라도, 저기 내 친구가 시장님의 사촌과 나란히 팔짱을 끼고 걷고 있네! 내 친구들 중에서도 가장 오랜 친구인데! 꼭 가서 인사해야겠어. 어쩌면 같이 차를 마실 수 있을지도 몰라!"

'시장님'이라는 단어에 나는 입안이 바싹 말랐다.

"저는 안……."

"오, 걱정 마. 넌 따라올 필요 없어. 내 하녀를 만나고 싶어 하는 사람이 어디 있다고!"

그레타가 소리 높여 깔깔 웃었다.

"설마 내가 너 마실 차를 사 줄 거라고 생각한 건 아니겠지! 그럴 일은 없어. 대신 나중에 차를 끓이는 법은 가르쳐 주마. 네가 앞으로 그런 걸 배울 수준이 될지는 모르겠다만, 조금만 연습하면 너도 충분히 잘할 수 있을 거야. 권력층 분들께 차를 내드려야 할 때만 아니라면."

내가 아직 드래곤이었다면 저 말에 꼬리를 휘둘렀을 텐데! 내가 〈초콜릿 하트〉에서 무엇을 배웠고 어떤 일을 했는지 그레타가 안다면 과연 뭐라고 할까?

하지만 타르트를 태운 사건을 떠올리니 어깨가 축 처졌다. 나는 그녀가 헤아려 준 동전들을 군말 없이 받아 챙기고, 무거운 고리버들 바구니를 팔에 매단 채로 혼자 걸음을 옮겼다. 그레타는 친구를 만나러 부랴부랴 떠났다.

몇 분 뒤, 치즈 가게 앞에 줄을 서 있는데 무언가 내 팔에 닿는 느낌이 들었다. 나는 즉시 몸을 뒤로 빼면서 그레타의 돈이 든 드레스 안주머니를 손으로 막았다.

그런데 난데없이 실케의 웃음소리가 들렸다.

"저 표정 좀 봐! 도둑맞지 않으려면 조심해야지. 그래, 드디어 그 여자가 너를 감옥에서 꺼내 줬나 보지?"

"뭐?"

줄을 선 사람들이 앞으로 이동했지만 나는 그 자리에 그대로 선 채 주위를 두리번거렸다. 그리고 마침내 발견했다. 정말로 실케였다.

그레타가 다니는 시장 한복판에 실케가 서 있는 모습을 보니 기분이 굉장히 이상했다. 내 과거의 삶이 갑자기 현재의 삶 속에 끼어든 것만 같았다. 그 두 가지는 전혀 어울리지 않는데도. 내 앞에 너무나 가까이, 너무나 생생하게 나타난 실케를 보고 있으니 머리가 아찔해지면서 지난 며칠 동안의 일들이 꿈처럼 느껴지다시피 했다. 그녀는 두 주머니에 엄지손가락을 꽂아 넣은 채 특유의 예리한 검은 눈으로 나를 주시하고 있었다. 녹색 재킷과 녹색 바지를 갖춰 입은 그녀의 차림새는 어느 정도 보수적으로 보였다. 그녀가 여자라는 점을 제외한다면.

"어떻게 나를 찾았어?"

내 질문에 실케는 어깨를 으쓱하면서 발뒤꿈치를 들어 올렸다.

"언젠가는 그 여자가 너를 풀어 줄 거라고 생각했거든. 아까 둘이서 시장바구니를 들고 집을 나서는 걸 봤으니, 어디로 갈지야 뻔한 일이었고."

"그게 아니라……."

나는 말꼬리를 흐리고 혀끝을 깨물었다. 실케는 내 어리석은 질문을 이미 들은 듯이 히죽 웃었다.

"몰랐어? 나는 이 도시에서 벌어지는 일이면 뭐든 알아낼 수 있다니까. 네 행방은 어제 진작 알아냈어. 어떻게 해야 만날 수 있을지가 고민이었지."

"하지만 애초에 왜 찾았던 건데?"

실케가 눈을 깜빡였다. 그녀의 입가에서 웃음기가 사라졌다.

"뭐?"

조급해진 나는 머리를 휘휘 젓고는 손님들의 줄에서 빠져나와, 내 뒤에 서 있던 여자에게서 멀찍이 떨어진 곳으로 실케를 데려갔다. 실케와 내가 나눈 대화가 그레타의 귀에 흘러 들어가기라도 한다면 견딜 수 없을 것 같았다.

치즈 가게 앞줄에서 몇 걸음 떨어진, 우리 모습이 인파에 묻혀서 보이지 않을 만한 곳까지 가서야 나는 실케에게 속닥속닥

따져 물었다.

"애초에 나를 왜 찾고 있었냐고. 네가 해 준 일에 대한 보수를 받으려고 그러는 거야? 내가 줄 수 있는 형편이 아니라는 건 너도 알잖아. 호르스트와 마리나는 이제 내 부탁 같은 건 들어주지도 않을 거라고."

그 상상을 하니 뱃속이 쓰라렸다. 그런데 내 말에 마냥 어리벙벙한 얼굴을 하고 있던 실케가 눈을 가늘게 뜨고는 되물었다.

"정말로 그렇게 생각하는 거야?"

이제 내가 비록 드래곤은 아닐지언정, 체면이 완전히 없어진 처량맞은 존재가 된 것은 아니다. 포식자 앞에 드러누워 연약한 아랫배를 내보이는 멍청한 짓을 할 필요는 없다. 그래서 나는 실케에게 아무 대답도 않고 턱만 치켜들었다.

"어벤추린, 네 고향이 어딘지는 몰라도 되게 이상한 동네였나 봐. 돈이 중요하기는 하지. 그건 나도 인정해. 하지만…… 세상에는 우정이라는 것도 있어."

나는 어깨를 움츠렸다. 그리고 시장바구니를 배 위에 꽉 끌어안은 채 실케를 조심스럽게 바라보았다.

실케가 만든 천재적인 전단지로 〈초콜릿 하트〉에 가져다주었던 기회를 내가 다 망쳐 버렸으니, 이제 나하고는 더 이상 친구로 지낼 수 없다는 이야기를 하려는 걸까. 굳이 그럴 필요는 없는데. 그 말을 하려고 나를 쫓아온 거라면 공연히 시간을 낭비한 것이다.

'어차피 내게 인간 친구는 필요 없어. 나는 아무도 필요 없다고.'

그녀가 내 표정을 보더니 한숨을 쉬고는 물었다.

"너, 진심으로 초콜릿 공방의 도제보다 하녀로 사는 편이 낫다고 생각하는 거야?"

너무 멍청한 질문이라 대답할 가치도 없었다.

"그나저나 급료는 얼마나 받아? 설마 한 푼도 못 받는 건 아니겠지? 내가 들은 소문에 따르면, 그 여자가 어느 멍청한 시골뜨기 여자애를 꼬드겨서 공짜 하녀로 부려 먹으며 온갖 궂은일을 시킨다고 하던데. 자기 꾀가 얼마나 기발하냐며 친구들에게 다 떠벌리고 다녔다더라."

나는 잠자코 이를 악물었다. 내가 아무 말도 않자 실케는 뒤로 물러나면서 두 손을 쳐들었다.

"좋아, 내가 졌다! 새 집에서 아주 잘 살고 있는 모양이네. 바닥 청소야말로 네가 타고난 사명일 수도 있겠지. 너처럼 초콜릿 맛을 좋아하는 사람이라도, 뭐, 그럴 수도 있겠지?"

그녀가 눈을 빛내며 머리를 까딱 기울이고는 말을 이었다.

"하지만 네가 약속했던 보수는……."

나는 내내 악물고 있던 턱에 비로소 힘을 풀고 대꾸했다.

"내겐 그만한 돈이 없어."

"알아. 그러니 돈 대신 다른 걸로 갚아 주면 되지. 안 그래?"

실케가 나긋나긋 말하고는 자기 어깨 너머를 엄지손가락으로 가리켰다.

"나를 따라와. 5분이면 돼. 네 고용주는 네가 자리를 비웠는지도 모를걸. 지금쯤 시장의 사촌과 친해지려고 열심히 알랑거리느라 바쁠 테니까. 아까 그 셋이 이 지구에서 가장 비싼 찻집 쪽으로 간 걸 보면, 최소한 30분은 돌아오지 않을 거야. 그러니 네가 빚을 다 갚고 싶다면 지금이 바로 기회야. 그러고 나면 네 마음대로 영원히 그 집에서 일해도 돼."

나는 머뭇거렸다. 실케에게 뭔가 꿍꿍이가 있는 게 틀림없었다. 실케는 또 한 걸음 뒤로 물러서며 나를 손짓했다.

"얼른! 앞으로 시장 심부름 나올 때마다 내가 너를 붙잡고 돈 갚으라고 닦달했으면 좋겠어? 그러지 말고 지금 다 털어 버리라고! 그러면 나를 볼 일도, 옛 도제 생활을 되새길 일도 다시는 없을 거야. 딱 네가 원하는 거잖아. 아니야?"

갑자기 속에서 왈칵 고통이 치밀었다. 나는 재빨리 고개를 수그려 표정을 숨기고서 단호하게 대답했다.

"좋아!"

나는 바구니를 고쳐 들고 실케의 뒤를 따라갔다. 북적이는 사람들 사이를 누비고 나아가면서, 머리를 계속 낮춘 채 마음속의 감정을 힘껏 억눌렀다.

그렇게 몇 분쯤 걸었을까, 아무것도 느끼지 않고 생각하지도 않는 데에 온 정신을 집중하던 나는 실케가 걸음을 멈췄다는 것을 뒤늦게 깨닫고 비틀거리며 멈춰 섰다. 그녀는 두어 발짝 뒤에 서서 나를 보며 짓궂게 빙글거리고 있었다. 그 얼굴을 보니 불안감에 속이 울렁거렸다. 여기는 시장의 중심 구역에서 벗어난 곳이었다. 점포들은 멀찍이 떨어져 있었고, 근처에 커다란 석조 분수대와 그 한가운데에 세워진 동상이 눈에 띄었다. 나는 바짝 긴장한 채 실마리를 찾아 주위를 둘러보았다.

광장의 이 구역은 비교적 한산하긴 했지만 그래도 사람이 꽤 있었다. 몇 걸음 떨어진 곳에 있는 크레페 노점의 화덕에서 달콤한 설탕 냄새, 익힌 딸기와 바나나 냄새가 피어올라 차가운 공기 중에 퍼졌다. 커다랗고 알록달록한 타일들이 깔린 바닥 위에는 비둘기들이 구구 울면서 돌아다니며 빵 조각을 쪼아 먹고 있었다. 분수 가장자리에 둘러진 널따란 석조 테두리에 혼자서 또는 여러 명이 함께 앉아 있는 사람들은 저마다 수다를 떨거나 크레페를 먹고 있었고…….

그중에는 혼자 앉아서 나를 지켜보고 있는 마리나가 있었다.

마리나가 팔짱을 끼고는 말했다.

"안녕, 어벤추린."

17
장

실케가 내 팔을 붙들었다. 하지만 그러지 않아도 나는 어차피 움직이지 못했을 것이다. 내 몸이 마치 마리나가 앉아 있는 저 분수대처럼 돌덩이로 변해 버린 것 같았다. 또 도망치고 싶어도 그럴 수가 없었다.

그런데 마리나의 흔들림 없는 눈을 마주 보고 있으니, 이제는 도망치는 짓도 그만해야 한다는 깨달음이 들었다. 싫건 좋건 이제는 내게 닥쳐올 결과를 똑바로 맞이해야 할 때였다.

마리나가 엄한 표정으로 실케에게 고갯짓했다.

"괜찮다면 내 도제와 몇 분쯤 이야기하고 싶은데."

"그럼요."

실케는 마리나에게 절하는 시늉을 하고는 나를 팔꿈치로 쿡 찌르더니 물러났다. 나는 그녀가 가는 모습을 굳이 돌아보지 않았다.

"앉아라, 어벤추린."

나는 천천히 걸어가서 그녀의 옆에 앉았다. 분수대 테두리 표면이 싸늘했다. 얇은 드레스 천으로 한기가 스며들었지만 나는 불평하지 않았다.

첫 가족을 잃었던 날, 친할아버지가 내게 불덩이를 쏘았어도 나는 살아남았다. 이 상황에서도 살아남을 수 있을 것이다.

마리나가 내 팔에 걸려 있는 바구니를 향해 고갯짓했다.

"네 새 고용주가 시켰나 보지?"

나는 시선을 피하며 묵묵히 고개만 끄덕였다. 그러자 마리나가 "흐으음." 하는 소리를 냈다. 곁눈으로 흘끔 보니 마리나는 내 수수한 갈색 드레스를 뜯어보고 있었다.

"숨어 지내느라고 옷도 그렇게 입은 거야?"

나는 한쪽 어깨를 어색하게 으쓱해 보이고, 나오지 않는 목소리를 억지로 쥐어짜 냈다.

"예전 드레스가 흉하다고 하셨잖아요."

"물감들을 마구 엎질러 놓은 것처럼 생긴 옷이었으니까. 그래도 엎질러 놓은 모양새가 흥미롭기는 했지. 이제 너는 특이해지려는 노력도 안 하는 모양이로구나."

나를 꿰뚫을 듯 응시하는 마리나의 눈길이 느껴졌다. 공기가 차가운데도 얼굴이 뜨겁게 달아올랐다. 나는 턱을 든 채로 호흡을 가지런히 유지하려 안간힘을 썼다. 이번에는 절대로 수치스러운 행동은 하지 않을 작정이었다. 이제까지 당한 굴욕만으로도 충분했다.

마리나가 침묵 끝에 한숨을 내쉬더니 팔짱을 풀었다.

"좋아. 어벤추린, 내가 이야기를 하나 들려주마. 딱 한 번만 들려줄 테니 주의 깊게 잘 들어야 한다. 그리고 지금 경고해 두겠는데, 이후에 네가 이 이야기를 다시 꺼내는 일은 없길 바란다."

그녀는 내 옆에 있는 쪽 손을 분수대 표면에 내렸다. 그녀의 튼튼한 손이 석재 테두리를 꽉 움켜쥐자, 황금빛이 도는 피부의 뼈마디 부근이 하얗게 변했다.

"나는 드라헨부르크 출신이 아니야. 너와 마찬가지로 이방인이었지."

마리나를 슬쩍 곁눈질하니 그녀는 이제 나를 보고 있지 않았다. 나는 일단 안심했다. 그녀의 울적한 시선은 멍하니 허공을 향하고 있었다. 우리 앞에서 종종거리는 비둘기들과 그 너머에 늘어선 시장 가판대들 외에 무언가 다른 것을 보고 있는 것만 같았다. 이내 그녀는 먼 데서 들려오는 듯 나지막한 음성으로 말을 이었다.

"처음에는 나도 너와 별반 다를 것 없었어. 초콜릿을 알게 된 순간부터 초콜릿에 미쳐 버렸지. 원래는 어부의 아내가 될 예정이었어. 우리 집 여자들은 다 그렇게 살도록 키워지니까. 하지만 나는 그럴 수 없었지."

그녀가 천천히 고개를 흔들었다.

231

"어느 날 우리 마을 항구에 들어온 배에서 얻은 초콜릿 샘플을 처음 먹어 보고는, 나는 그 길로 쭉 걸어서 수도까지 갔어. 그런 다음에는 바다 건너 빌렌의 초콜릿 장인들이 최고라는 말을 주워듣고 또 그리로 갔지. 나는 항상 최고가 되고 싶었으니까. 빌렌에서 나를 받아 주는 공방을 찾아내서 일을 배웠고, 나는 그 도시에서 최연소 초콜릿 장인이 되었단다. 여자로서도 유일했고. 아, 그 사실이 얼마나 자랑스러웠는지."

그녀가 코웃음을 쳤다.

"앞날에 대한 걱정은 전혀 하지 않았지. 뭐가 잘못될 수도 있다는 생각조차 안 했어. 온 세상이 보는 앞에서 내가 뭘 시도하든, 누구에게 반감을 사든, 무엇에 도전하든…… 다 잘될 거라고 자신했던 거야. 그러다가……."

마리나가 목소리를 낮춰 속삭였다.

"전국 대회 결승전까지 올라간 나는, 왕족들과 조정 신료들, 내 라이벌 모두가 나를 지켜보는 그곳에서, 빌렌의 여왕에게 초콜릿 푸딩을 바쳤어. 온 나라에서 음식의 맛에 대해 가장 결정적인 평가를 내릴 수 있는 바로 그 사람에게 말이야. 그런데 그 푸딩에 들어간 우유가 쉬어 있었지 뭐냐."

그녀는 떨리는 숨을 내쉬었다.

"음모였어. 누군가가 내 주방에 있던 우유를 상한 우유로 몰래 바꿔치기했던 거야. 내게 무례를 당한 앙갚음이었겠지. 하지만 누가 그랬든 간에 나는 진작 알아차리고 대처를 했어야 했어. 우유를 넣기 전에 맛부터 봤어야 했는데. 늘 그렇게 했건만, 하필 그때만은 괜찮겠거니 하고 넘겼던 거야."

마리나의 입술이 뒤틀렸다.

"왜냐하면 나는 대회에서 이기고 나서 어떤 위대한 일들을 할지 궁리하느라 바빴거든. 오랫동안 대회에 나가기만 하면 반드시 이겼으니, 이번에도 우승은 떼어 놓은 당상이라 생각했던 거지…… 그런데 여왕이 스푼을 입에 넣는 순간 그 모든 게 무너졌어. 한입 맛보자마자 여왕은 끔찍한 표정을 짓더니 아예 뱉어 버렸거든. 모두의 눈앞에서 말이야. 너무 역겨워서 삼킬 수도 없었으니까!"

마리나는 눈을 질끈 감았다. 일그러진 그녀의 뺨에 주름이 잔뜩 생겼다. 그녀는 한숨을 푹 내쉬고는 말을 이었다.

"뭐, 그래서 그날 밤 저 호화찬란한 궁중에서는 내 초콜릿에 대한 농담이 넘쳐났다지. 여왕도 한두 마디 보탠 모양이고. 여왕의 발언은 다음 날 신문에 고스란히 실렸고, 그로부터 하루가 더 지나자 온 도시 사람들이 그 농담을 주고받게 되었어. 내 초콜릿 공방 자체가 웃음거리가 된 건 순식간이었지. 그 뒤에 내가 겪은 온갖 고약한 수모는 말하자면 한도 끝도 없지만…… 결국 핵심은 내가 실패했다는 거야."

그 말끝에서야 마리나는 눈을 떴다. 하지만 그녀의 무거운 시선은 여전히 나를 피하고 있었다.

"나라에서 가장 권위 있는 사람들의 기준에서도 실패했지만,

무엇보다도 중요한 건 나 자신의 기준에서도 실패했다는 점이야. 그때 나는 어디엔가 처박혀 영원히 사라지고만 싶었어. 그런 실패를 떠안은 채로는 도저히 살고 싶지 않았으니까."

나는 마른침을 삼키고, 묵직한 시장바구니의 손잡이를 틀어쥔 손에 힘을 꽉 주었다.

"뭐, 내가 머저리였지. 요약하자면 그런 거야."

마리나가 가볍게 말하고는 나를 흘긋 보았다. 어딘가 위험스러운 빛이 번뜩이는 눈이었다. 마치 지금은 잠들어 있지만 누가 건드리면 금방이라도 불을 뿜을 준비가 된 드래곤처럼.

"어벤추린, 늘 완벽하기만 한 사람은 세상에 아무도 없어. 아무도! 그리고 누구든지 인생에서 돌이키고 싶은 실수 몇 가지는 있는 법이야. 그때 내 실수는……."

그녀가 얼굴을 잔뜩 구겼다.

"그래, 그때 나는 모든 걸 잃었어. 내 공방도, 입지도, 소위 친구라던 사람들도…… 전부 사라져 버렸지. 단 하룻밤의 부주의와 멍청한 교만 때문에."

마리나는 시선을 떨구고 분수대 테두리에 얹은 자신의 손을 노려보았다.

"그러니까, 그게 어떤 기분인지는 이해한다. 아무도 너를 모르는 곳에 숨어서 네 상처를 핥고 싶은 기분 말이야. 하지만……."

그녀가 매서운 얼굴로 나를 돌아보았다.

"내가 계속 그렇게 주저앉아 자책만 하고 있었는지 알아? 아니. 내가 호르스트를 만난 게 그때였어. 마침 호르스트는 새로운 도전에 뛰어드는 데에 관심이 있었고, 자기 나름의 문제들 때문에 빌렌을 떠나고 싶어 하던 참이었지. 그래서 우리는 같이 계획을 짜 보고 드라헨부르크에서 사업을 차리기로 결정했어. 부유한 왕국에 있는 번화한 대도시이고, 세계 방방곡곡과 교역로로 연결되어 있고…… 게다가 빌렌과는 멀리 떨어진 곳이라 우리 이름을 아는 사람도 없을 테니까. 새 출발할 곳으로는 나쁘지 않겠다 싶었지. 어쨌든 그때 우리 생각은 그랬어."

마리나는 한숨을 쉬고 나를 올려다보았다.

"죄송해요."

나는 웅얼거렸다. 내 평생 미안하다는 말을 소리 내어 해본 적은 한 번도 없는데, 그녀의 눈을 마주하니 그 말이 목구멍에 걸려 있던 자갈처럼 쑥 빠져나왔다. 양어깨가 한껏 움츠러들어서 내 몸을 보이지도 않을 만큼 작게 접을 수도 있을 것 같았다.

"그렇게 시작하신 일을 제가 다 망쳐 버렸네요."

그 말에 마리나가 눈을 크게 떴다.

"뭐라고? 여태 내 말을 한 마디라도 듣기는 했니?"

나는 어리벙벙해진 채 그녀를 마주 보았다. 마리나는 고개를 휘휘 저었다.

"어벤추린, 나는 내가 이번 일을 왜 그르쳤는지를 이야기하는 거야! 왕과 두 딸이 우리 가게에 왔을 때 내가 잠깐 미쳐 버렸던 이유 말이야! 내가…….”

그녀가 말을 끊더니 격하게 달리기라도 한 것처럼 숨을 들이켰다.

“살다 보면, 과거에 실패한 경험에 눈이 가려서 그 너머는 안 보일 때도 있어. 전혀 생각지도 못한 순간에 그 실패가 불쑥 튀어나와 내 앞을 가로막는 거지. 하지만…….”

나를 보는 그녀의 눈이 이글이글 타올랐다.

“그렇다고 해서 더 이상 노력하지 않는다면 그건 변명조차 안 돼! 우리 〈초콜릿 하트〉가 망한다면, 뭐 어때? 그럼 다시 시작하면 되지. 또 다른 나라들을 다섯 군데쯤 걸어 다녀서라도 새로운 터전을 찾으면 돼. 내가 그렇게 쉽게 포기할 줄 알았어?”

나는 숨이 막혀 왔다.

“하지만…… 스승님은 아무것도 그르치지 않았는걸요. 그건 제 책임이었잖아요. 시장이 보낸 부하들이 왔을 때 우리 가게를 지키는 일은 제 몫이었다고요. 저 때문에…….”

“맞아. 그리고 애초에 그런 상황이 된 건 누구 잘못이지? 우리 초콜릿 공방에서 누구보다도 숙련된 사람이 나서서 처리해야 할 일을, 겨우 2주도 채 일하지 않은 신참 도제에게 떠맡기고 방치한 게 누구냔 말이야?”

마리나가 답답한 듯 숨을 푹 내쉬었다.

"답을 도저히 모르겠다면 내가 알려 주지. 나, 그리고 호르스트. 두 사람 모두의 잘못이었어. 나는 드라헨부르크에서 가장 맛있는 초콜릿을 만들 수는 있을지언정 사람 상대하는 데에는 그다지 소질이 없지. 그건 호르스트가 할 일인데, 그날은 호르스트도 가게에 없었어. 우리 둘 다 위층에서 서로 고래고래 소리 지르느라 바빴으니까. 그 어느 때보다도 우리가 필요한 순간이었는데도!"

그녀가 콧김을 내뿜으며 씨근거렸다.

"우리 때문에 어떤 난장판이 벌어졌는지 확인하자니 기가 막혔지. 그런데 그 와중에 내가 뒀던 도제들 중 최고의 도제가 자리를 박차고 도망치기까지 했으니, 내 기분이 어땠을 것 같니?"

나는 호흡을 아예 멈췄다. 그녀에게서 눈을 한 치도 뗄 수가 없었다. 마리나는 넌더리를 내며 머리를 흔들었다.

"제발, 이 녀석아, 바보 흉내는 그만둬. 나는 네가 허둥거리다 태워 먹은 타르트도 봤지만, 네가 만든 핫초콜릿 맛도 봤어."

나는 그제야 숨을 몰아쉬다 기침을 했다.

"어땠어요?"

마리나는 어깨를 으쓱하고 객관적인 태도로 대답했다.

"나쁘지 않더군. 첫 시도라는 것을 감안하면 더더욱."

그 말에 가슴이 부풀고 어깨가 펴졌다. 입술도 저절로 구부러졌다. 아마 인류 역사상 가장 얼빠진 미소였을 것이다.

내가 처음으로 만든 핫초콜릿이 '나쁘지 않았다'니. 다른 누구도 아닌 마리나가 그렇게 평가해 주다니! 공치사 따위는 절대로 하지 않는 사람인데.

"호르스트는 심지어 타르트도 문제 삼지 않았어. 너무 심하게 탔길래 나는 다 내버리려고 했는데, 그가 한 개 가로채서 먹어 보더니⋯⋯."

그녀가 얼굴을 찌푸리며 말을 골랐다.

"뭐라고 했더라? 아, 그래. '딱 굽기 전의 타르트 반죽에서 나는 냄새와 같은 맛이 난다'고 하더군."

나는 눈을 휘둥그레 떴다.

"굽기 전의⋯⋯ 뭐라고요?"

어쩐지 너무나 귀에 익은 말이었다. 어디서 들었더라⋯⋯ 아! 내가 타르트를 만들면서 바랐던 결과가 바로 그것 아니었나?

'불에 굽고 나서도 딱 지금의 이 냄새만큼 좋은 맛이 나기를⋯⋯.'

"괴상한 표현이긴 하지. 하지만 호르스트는 원래 자주 그래. 겉보기에는 전혀 안 어울리지만 제 딴엔 시인이 되고 싶어 하는 친구거든. 그리고 광고 전단을 썼던 네 친구는⋯⋯ 그 애는 그날 네가 만든 핫초콜릿을 두 잔이나 마신 뒤로 줄곧 우리 초콜릿 공방을 살려야 한다고 난리법석이야. 우리가 망한다는 생각만 해도 견딜 수가 없나 봐."

"정말요?"

냉소적이고 현실적인 실케가 그런 행동을 하다니, 아무래도 믿기지가 않았다. 하지만 마리나는 아무 감정도 드러나지 않는 얼굴로 고개를 끄덕였다.

"그렇다니까. 걔가 네 행방을 찾느라 노력깨나 했지."

그건 또 무슨 뜻인가 싶어서 나는 얼굴을 찌푸리며 되물었다.

"나한테 핫초콜릿을 더 만들어 달라고 하려고요?"

"흠. 걔가 왜 그랬는지 정 모르겠다면 직접 물어보려무나."

마리나는 몸을 일으켰다.

"자, 너는 어떨지 몰라도 나는 이제 일하러 가 봐야겠다. 여기서 귀족 나리처럼 한가롭게 잡담하고 앉아 있을 여유는 없어."

"그렇군요."

나는 멍하니 말하고 무릎 위의 바구니를 움켜쥐었다.

이게 끝인가? 이제 그녀는 떠나는 건가?

"그래서, 네 생각은 어떠냐?"

마리나가 나를 엄하게 마주 보았다.

"다시는 실패하지 않으려고 영원히 안전한 곳에 숨어만 있을래? 아니면 이미 쉬어 버린 네 삶의 한 부분은 내다 버리고, 새 반죽을 만들어서 그걸로 최대한 훌륭한 결과물을 끌어내기 위해 사력을 다해 싸워 볼래?"

그녀가 튼튼한 두 팔을 다시금 포개 팔짱을 꼈다.

"다시 묻지. 내 도제야, 나를 따라올 테냐, 말 테냐?"

나는 입을 떡 벌리고 그녀를 쳐다보았다. 한순간 눈앞의 모든 것이 휘청이는 것 같았다. 그리고…….

가슴속에서 솟구치는 드래곤의 맹렬한 포효와 함께 나는 두 팔을 뻗어 그레타의 시장바구니를 최대한 멀리 내던졌다. 초콜릿을 향한 나의 사명을 온 마음으로 선택하겠다는 뜻으로.

벌떡 일어난 내 발밑의 타일 바닥에 채소와 과일과 곡물 자루 같은 것이 이리저리 나뒹굴어 비둘기들의 먹잇감이 되었다. 나는 머리를 젖히고서 내 목소리가 광장에 쩌렁쩌렁 울려퍼지도록 크게 환성을 내질렀다. 인간들의 눈에는 내가 두 팔을 허공에 쳐들고 있는 모습만 보이겠지만, 사실 지금 나는 양 날개를 활짝 펼치고서 꼬리를 격렬히 휘두르고 있었다.

분수대 앞에서 현기증이 나도록 빙글빙글 돌며 뜀박질을 하는 내 주위로 마리나의 우렁찬 웃음소리가 메아리쳤다. 비둘기들은 종종걸음으로 달아났고, 주변의 인간들은 드래곤이 행복에 들뜬 모습을 생전 처음 보는 듯 나를 쳐다보고 손가락질하며 수군거렸다.

"따라오겠다는 뜻으로 받아들여도 되겠지?"

마리나가 여전히 만면에 웃음을 띤 채 고갯짓을 하더니 걸음을 옮겼다. 우리에게로 쏠린 인간들의 얼빠진 눈길에는 아랑곳도 하지 않았다.

"오두방정은 지금 다 떨어 두는 게 좋을 거야. 내 주방에서 방방 뛰는 짓은 용납할 수 없으니까. 가뜩이나 골치 아픈데 그

룻까지 깨 먹으면 곤란해."

"걱정 마세요. 절대 안 그럴게요."

나는 재빨리 마리나의 뒤에 따라붙었다. 때맞춰 사람들 사이에서 모습을 드러낸 실케를 보고 나는 더욱 활짝 웃었다.

결국 나는 드래곤이었던 것이다. 내 보물과 가족을 지키는 것보다 중요한 일은 없다는 뜻이다. 하마터면 그 모든 것을 잃을 뻔했음을 알게 된 지금은 더더욱 그랬다.

"다 해결된 거지?"

실케가 내 옆에 다가와 보폭을 맞추며 물었다.

"잘됐네. 나는 네가 만든 핫초콜릿을 꼭 다시 마시려고 벼르고 있었거든. 그리고……."

"어벤추린!"

그레타의 새된 고함 소리가 내 귀청을 찢을 듯 파고들었다. 그녀가 인파를 비집고 우리 쪽으로 다가오고 있었다.

"지금 대체 뭘 하고 있는 거야? 바구니는 어디다 뒀고? 그리고 이 사람들은 대관절 누구니?"

우리 앞에 우뚝 멈춰선 그녀는 숨을 들이켜며 자기 가슴에 손을 얹었다.

"맙소사."

그녀는 한탄스러운 듯 고개를 설레설레 저으며 마리나와 실케를 번갈아 보았다. 실케의 재킷과 바지 차림을 훑어보는 그녀의 눈에는 경악한 빛이 역력했다.

"저 배은망덕하고 못된 계집애가 무슨 거짓말을 했는지는 모르겠지만, 저 애는 내 집에서 일하는 하녀예요. 나는 허락한 적 없는데 쟤가……."

마리나가 단호하게 그녀의 말을 잘랐다.

"어벤추린은 내 초콜릿 공방에서 일하는 아인데요. 두 주 전에 내 도제가 되었습니다만."

"네?"

그레타가 입을 쩍 벌렸다.

"나는 너를 해고한 적 없는 것 같은데, 어벤추린. 안 그러니?"

마리나가 눈썹을 치켜세우며 물었다. 나는 그녀를 마주 보며 씩 웃었다. 안도감이 온몸에 황금물결처럼 흘러넘쳤다.

"네. 제가 스스로 나왔죠. 쫓겨난 게 아니에요."

"그러면 도제 계약을 깼다는 뜻이네? 흐음."

실케가 심각한 표정으로 고개를 흔들며 혀를 쯧쯧 찼다.

"이 사실이 시의회에 알려지면 문제가 될 텐데요! 남의 공방에 소속된 도제를 꾀어내서 일을 시키다니, 이런 범죄에 대한 법적인 처벌은 어떻게 되더라?"

그녀가 짐짓 해맑게 말하며 그레타를 향해 고개를 갸웃했다.

"벌금형이던가? 아니면 사흘 구금형? 기억이 영 가물가물하네. 아줌마는 혹시 아세요?"

그레타가 컥, 소리를 냈다.

"나는…… 시의회라니, 무슨…… 뭐라고?"

실케가 상냥하게 되물었다.

"아니면 그냥 어벤추린에게 한 주 치 급료를 지급하고 이 문제를 일단락 짓는 게 어떠세요?"

"아니, 하지만…… 급료는 줄 필요 없어. 나는 쟤한테 친절을 베풀었다고! 그리고 뭐? 초콜릿 공방이라니……? 어벤추린!"

"됐어, 그쯤 해 둬."

나는 실케를 막고 앞으로 나섰다. 그리고 호주머니에 든 그레타의 동전들을 꺼내 그녀를 향해 내동댕이쳤다.

"자, 이거나 가져가요. 당신 바구니는 분수대 근처에 있어요. 거기 들어 있던 식료품을 비둘기들이 벌써 다 먹어 버리진 않았겠죠. 이미 먹혀서 없어진 것들이 있다면, 그 값은 내 급료에서 빼도 좋아요."

"급료? 하지만 내가 언제……."

"이제 일하러 가야지?"

마리나가 내게 말했다. 나는 보닛을 벗어서 땅바닥에 팽개치고 짧은 머리를 시원하게 드러냈다.

"그럼요."

실케가 벌써 초콜릿 냄새를 맡는 듯 "흐으음." 하며 콧노래를 불렀다. 나란히 걸어가는 우리 셋 뒤에서 그레타는 하릴없이 비틀거리고 있었다.

18
장

사흘 만에 〈초콜릿 하트〉에 돌아와 보니 빨간색과 금색으로 칠해진 벽이 유리창으로 비쳐 드는 햇빛을 받아 환히 타올라서 마치 불꽃의 심장 안에 들어온 듯 느껴졌다. 너무나 따스하게 나를 맞아 주는 듯해서 첫눈에는 마냥 감격스러웠지만, 문득 주위를 둘러보니 홀의 테이블이 죄다 텅 비어 있었다.

호르스트가 주방 문을 탕 소리 나게 열어젖히고 튀어 나왔다. 눈을 커다랗게 뜨고 이가 다 드러나도록 벌쭉 웃고 있던 그의 얼굴이 우리를 본 순간 순식간에 굳었다.

"아, 너희였구나."

그가 어깨를 축 늘어뜨리며 중얼거렸다. 그러자 마리나가 눈알을 굴리곤 대꾸했다.

"눈치 못 챈 모양인데, 여기 우리 도제도 있어."

"뭐? 아, 미안."

호르스트가 나를 돌아보곤 겸연쩍은 듯 입술을 비죽였다.

"반갑다, 어벤추린. 네가 우리를 영영 떠나 버린 게 아니라니 다행이야. 내가 네 타르트를 마음에 들어 하더라고 마리나가 말해 주던?"

듣기 좋은 인사말이었다. 하지만 빈 테이블들을 훑어보며 어깨를 더욱 심하게 늘어뜨리는 호르스트를 보니 나도 덩달아 기분이 처졌다.

"이제 우리 가게엔 아무도 안 오나 보네요."

마리나가 굳은 입매로 말했다.

"거짓말과 헛소문 때문에 다들 그렇게도 겁이 난다면 그냥 오지 말라고 해. 우리가 꼭 드라헨부르크에 뼈를 묻어야 할 필요는 없어. 임대 기간이 끝나면 어딘가 다른 데서 새로 가게를 열어도 돼."

그러자 호르스트는 마리나에게 눈길조차 주지 않은 채, 이미 똑같은 이야기를 지난 사흘 동안 누누이 되풀이한 듯 진력이 난 투로 대꾸했다.

"새로 가게를 열 돈만 있다면야 얼마든지 그래도 되지. 하지만 너도 잘 알다시피 우리는……."

"어쨌든 다른 데로는 못 가요."

실케가 경쾌하게 딱 잘라 말했다.

"저는 어떡하라고요! 전 여기가 고향이라고요. 떠날 수 없어요. 그리고 드라헨부르크의 다른 초콜릿집들은 내가 아무 때

245

나 찾아간다고 들여보내 주지도 않을 테고, 핫초콜릿을 만들어 주지도 않을 거 아녜요?"

마리나는 코웃음을 치고는 주방 쪽으로 성큼성큼 걸음을 옮겼다.

"말 나온 김에, 어벤추린, 이리 와서 핫초콜릿을 다시 만들어 보거라. 이번에는 내 감독하에 해 보는 거다."

나는 서둘러 그녀의 뒤를 따라 들어갔다. 실케도 내 옆에 따라붙었다. 하지만 간이 문이 닫히기 직전, 텅 빈 홀을 둘러보는 호르스트의 움츠린 뒷모습에 다시금 눈길이 가지 않을 수 없었다.

나는 세상 그 누구보다도 마리나를 존경했지만, 돈에 관해서라면 호르스트의 판단이 더 낫지 않을까 하는 생각을 지울 수 없었다. 나는 밤마다 금과 보석 더미 위에서 잠들며 어린 시절을 보냈는데. 이 초콜릿 공방을 구할 수만 있다면 내 옛 이부자리의 일부라도 떼어 주고 싶은 마음이었다.

그런데 그 생각을 하니 불현듯 내 새 이부자리가 떠올랐다. 나는 즉시 찬장으로 뛰어가서 내 비늘 옷을 넣어 두었던 자리를 확인했다. 그리고…… 안도의 한숨을 내쉬며 옷을 꺼내 들었다. 그래, 아직 고스란히 있었다.

은빛과 진홍빛의 천 자락이 손 위에서 물결치듯 흘러내리며 내 아름다운 비늘무늬를 드러냈다. 비늘 하나하나가 서로 포개지고 맞물리며 완벽한 조화를 이루는 그 무늬를 보니 가슴이 꿰찔린 듯 아려 왔다. 나는 옷을 두 손으로 꽉 그러쥐고서 그 위에 얼굴을 파묻었다. 그러지 않으면 너무나 깊은 안도감 때문에 눈물이 터져 나올 것 같았다.

하지만 그래 봤자 마리나와 실케는 당연히 눈치챘다. 그 두 사람에게 내 감정을 숨기는 건 쓸데없는 짓이었다. 마리나는 손을 씻는 데에 주의를 기울이는 척하면서 말했다.

"걱정 마. 그동안 네 물건은 건드리지 않았으니. 찬장 안에 강렬한 색깔로 된 무언가가 하나쯤 있으니 좋더구나. 정작 너는 여느 드라헨부르크 시민들처럼 딱 나무 같은 색깔로 차려입기 시작했다마는."

마리나가 콧방귀를 뀌며 실케의 진녹색 옷을 곁눈질했다. 그러자 실케가 받아쳤다.

"저기요, 이건 첩보 활동을 위한 옷인데요. 어벤추린을 추적하려고 일부러 남들 눈에 안 띄게 입은 거라고요."

그녀가 길쭉한 갈색 손가락 하나를 내밀어 내 비늘 옷을 훑었다. 그런데도 나는 으르렁거릴 생각조차 들지 않았다. 내가 실케를 얼마나 신뢰하게 되었는지 새삼 깨닫는 순간이었다.

"처음 만났을 때 네가 이 옷 입고 있었던 거 기억나. 희한하게 생긴 옷이야."

그녀가 눈썹을 내려뜨리며 옷을 찬찬히 들여다보았다.

"그때는 무늬를 별로 눈여겨보지 않았는데, 지금 보니까 이건 꼭……."

"잡담 그만!"

마리나가 팔짱을 끼며 소리쳤다.

"어벤추린, 이제 일할 준비는 됐겠지? 그리고 너는……."

그녀는 실케를 노려보았다.

"앞으로도 우리 음료를 맛보고 싶다면 너도 무슨 일이든 거들어라. 멋들어진 광고문을 또 쓸 생각이 아니라면 저기 가서 설거지라도 하든지."

마리나가 고갯짓으로 가리킨 개수대에는 더러운 그릇, 냄비, 주전자가 한가득 들어차 있었다. 그간 손님이 없었어도 마리나는 여느 때처럼 전쟁 치르듯 요리를 한 모양이었다. 실케는 재킷을 벗으며 명랑하게 말했다.

"그러죠, 뭐. 하지만 미리 경고해 두겠는데, 아주 특별한 것을 대가로 주셔야 할 거예요."

"이미 내 주방 안에 들어와 있잖아?"

"괜찮은 조건이네요."

실케가 휘파람을 불며 펌프로 개수대에 물을 퍼 올렸다. 나는 눈을 감고서 카카오 씨앗 볶는 냄새를 한껏 들이마셨다. 틀림없이 집에 돌아왔구나 하는 실감이 들었다.

하지만 달콤한 위안에 젖었던 것은 고작 1분 정도였다. 마리나가 조리대 위의 핫초콜릿 만드는 데에 필요한 도구들을 꺼내는 것을 보고 나는 즉시 비늘 옷을 찬장에 도로 집어넣고 손을 씻었다. 처음에는 마냥 웃음이 나왔지만 조리대 위의 그릇들이 덜그럭덜그럭 부딪히는 소리를 들으니 웃음이 쏙 들어갔고 등 근육이 돌처럼 단단하게 굳었다. 마음만 먹으면 정적에 가까운 상태에서 일할 수도 있는 마리나가 저렇게 시끄러운 소리를 내는 게 무슨 뜻인지는 뻔했다. 호르스트와 내 앞에서는 큰 소리를 떵떵 쳤지만 마리나도 내심 적잖이 불안했던 것이다.

또다시 슬며시 고개를 드는 죄책감을 나는 힘껏 억눌렀다. 이건 내 잘못이 아니지 않은가. 비록 지난 사흘간은 그런 생각에 파묻혀 있었지만…… 그리고 진정한 드래곤이라면 자기 보물을 지키는 게 불가능해 보일 때라도 절대로 포기하지 않는 법이다.

우리 공방은 정말로 부활할 수도 있었다. 왕과 두 딸이 핫초콜릿을 맛보기만 했더라면…… 적들이 들이닥치기 전에 시간이 아주 조금만 더 있었더라면…….

"자, 됐다."

마리나의 목소리에 내 생각은 끊어졌다.

"이제 여기 서서 핫초콜릿을 만들어 봐. 지난번과 정확히 똑같은 방식으로 해야 한다. 아무것도 바꾸지 말고! 네가 다 할 때까지 나는 한 마디도 않고 보기만 할 거야. 그런 다음 내가 가르치는 대로 다시 해 본 뒤, 네 기술을 여러 다른 요리에 적용해 보는 거다."

"이번 것도 내가 기꺼이 마셔 줄게."

실케가 펌프질 소리와 개수대에 쏟아지는 물소리 너머로 들리게끔 큰 소리로 말했다.

"어벤추린, 진심으로 말하는데 지난번에 네가 만든 핫초콜 릿을 먹고 나니 이 공방을 살려야겠다는 결심이 들더라. 이건 무슨 일이 있어도 구해야 한다 싶더라니까!"

마리나가 눈을 굴리며 비꼬았다.

"초콜릿의 전문가 말씀이 그렇다면야."

실케는 어깨를 으쓱했다.

"정말이에요. 원래는 내가 받을 돈만 받고 나면 여기서 발을 뺄 생각이었거든요. 물론 그랬더라도 어벤추린이 다른 일자리 를 찾게 도와주긴 했겠지만, 그 이상으로 뭘 더 하려고 나서진 않았을걸요. 그런데 그 핫초콜릿을 다 마시고 나니……."

그녀는 말을 맺는 대신 우리를 돌아보고 씩 웃었다.

"아하, 그래서 네가 우리한테 들러붙었다, 이거구먼."

말은 그렇게 해도 마리나의 입가에 설핏 스친 미소를 나는 분명히 보았다. 그녀는 숯불 화로를 손짓하며 내게 말했다.

"너, 어서 시작해야겠다. 요 며칠간 저 애가 우리 공방 식재 료를 거덜 낼 정도로 먹어 댔단 말이야. 그러다 30분에 한 번 꼴로 온갖 해괴망측한 마케팅 작전들을 끄집어내 나를 괴롭혔 지. 이제는 네가 저 애 배를 채워 줄 차례야. 핫초콜릿 만드는 법, 기억은 나겠지?"

다른 건 몰라도 그 부분만큼은 자신 있었다. 사흘간 떠나 있 었다고는 해도 이 주방은 엄연히 내 집이었고 구석구석 친숙하지 않은 데가 없었다. 이 안에서 일하는 것은 내게 한때 있었던 날개를 펴는 것만큼이나 자연스럽게 느껴졌다.

그런데 재료들을 고르다 보니 기억 속에서 무언가가 꿈틀거렸다. 멀리서 무언가가 움직이는 그림자를 언뜻 본 듯이, 막연한 위험을 감지한 느낌이었다. 실케가 한 말의 뭔가가 마음에 걸렸다…… 그리고 호르스트가 타르트를 두고 했던 말도…….

"정신 차려."

소복이 쌓인 설탕 가루 위에서 머뭇거리는 내 손을 보며 마리나가 말했다.

"괜히 얼어붙을 것 없어. 너는 제대로 된 훈련 한번 받지 않고도 왕이 마실 핫초콜릿을 만들었잖아. 그럼 지금 나한테도 당연히 만들어 줄 수 있어. 그냥 네가 처음 레시피를 구상했던 순간을 돌이켜 보면 돼."

나는 얼굴을 찡그렸다.

사실 그때 처음으로 레시피를 구상한 것은 아니었다. 평소 눈여겨보고 외워 두었던 마리나의 행동들을 토대로 본능에 따라 움직였을 뿐이다. 아니, 본능이라기보다는 절박감이라고 해야 할 것이다. 왕과 공주들이 우리 초콜릿 공방을 구해 주기를 바라는 마음이 너무 절실해서, 내 초콜릿으로 그들을 설득할 수 있다면 무슨 짓이라도 할 각오였다.

마음 한구석이 바르르 떨리는 느낌이 들었다. 알고 싶지 않았던, 아니, 기억하고 싶지 않았던 무언가가 떠올랐다…….

누군가가 두려움에 벌벌 떨며 내가 마실 핫초콜릿을 만드는 모습이 보였다. 내가 지켜보는 앞에서 그는 끊임없이 어떤 말을 읊조리며, 자신의 절박한 마음을 핫초콜릿에 담아냈다. 그것이 내 뼛속에 스며들어 내 통제력을 무너뜨리고 내게 중요한 모든 것을 빼앗아 갔다. 심지어는…….

'그만.'

나는 공포를 애써 억누르고 몸을 꼿꼿이 세웠다.

이 주방에 요리 마법사 따위는 없다. 그런 자를 상대할 일은 다시는 없을 것이다. 요리 마법사가 우리 공방에 있을지도 모른다는 암시만으로도 홀이 미어터질 만큼 손님이 몰려왔던 걸 보면, 얼마나 희귀한 존재인지 알 만하지 않은가. 심지어는 왕도 평생 한 번도 만나 본 적이 없다는데.

나도 앞으로는 두 번 다시 만나고 싶지 않았다.

"마음 편히 가져. 너무 깊이 생각하지 말고. 그냥 네가 뭘 하고 싶은지 결정하고 그대로 하면 돼."

마리나가 타일렀다.

'해 보는 거야.'

나는 나 자신을 다잡고서 손을 움직이기 시작했다.

무력하고 공포스러웠던 그때의 기억은 머릿속에서 지워야 했다. 그 감정들이 되살아났다가는 또 좌절감에 휩싸여서 주저앉게 될지도 모른다. 그 자리에 무언가 다른 것을 채워 넣어야 한다. 어떤 확고부동한, 부정할 수 없는 진실을. 그 진실의 힘을…….

즉 나 자신을.

나는 내 과거를 향해 마음을 활짝 열어젖혔다. 그러자 두 주 전부터 내내 온 힘을 다해 억눌러 왔던 기억들이 내 안으로 불길처럼 화르륵 번져 들었다. 비늘과 발톱을 지녔던 때의 감각, 내 힘에 대한 당연스러운 확신, 내 안에서 그토록 핵심적이었던 요소들을 잃었을 때의 아픔까지도…… 이제껏 나는 그 기억들이 꿈속에서가 아니면 나를 괴롭히지 못하게끔 철저히 차단하는 데 급급했다. 하지만 그건 내가 드래곤이었을 적의 과거가 아닌가…… 아니, 그건 과거가 아니다. 지금도 나는 본질적으로 드래곤이다.

'나는 이 도시에서 가장 사나운 맹수야.'

나에 대한 그레타의 평가는 틀려도 단단히 틀렸다. 하지만 그녀의 말에 현혹되어 고개를 수그렸던 나 역시 틀렸던 것이다. 부드럽고도 잔인하게 나를 비웃던 말들과, 마리나의 주방에 있는 그 어떤 재료보다도 쓰디쓴 독 같은 연민에 휘둘려서, 내가 정말로 그레타의 생각처럼 무력한 존재라고 믿어 버렸다니.

그건 결국 나 자신의 두려움 때문이었다. 인간의 몸으로 변신한 이래 나는 스스로가 무력한 존재일지도 모른다는 은밀한 두려움을 품어 왔다. 보잘것없는 인간의 몸뚱이에 갇힌 나를 볼 때마다 절망스러웠고, 가족들의 예견대로 나는 역시 잘난 구석이라고는 하나도 없는 실패작이었구나 하는 생각을 떨칠 수가 없었다.

하지만 더 이상은 아니다.

나는 드라헨부르크 최고의 초콜릿 공방에 소속된 견습생이다.

나는 드래곤이자 또 인간 소녀이기도 하다.

나는 과거의 그 어느 때보다도 나은 존재가 되었다. 나는 바로 '나'다.

나는 주전자에 재료들을 마저 넣고, 굳건하고 흔들림 없는 손길로 내용물을 저었다.

'나는 내가 원하는 그 무엇이든 될 수 있어. 앞으로도 영원히.'

그 확신과 함께 비로소 평화가 찾아왔다.

주전자 안의 핫초콜릿이 다 끓었다. 나는 휘젓개로 정성껏 거품을 내서 완벽하게 부드러운 질감을 만들어 낸 다음 핫초콜릿을 도자기 잔에 따랐다. 그동안 마리나는 모든 과정을 주의 깊게 지켜보았다.

실케는 설거지를 마치고 옆에서 기다리고 있었다. 그런데 내가 잔을 건네주자 놀랍게도 그녀는 도리질을 치고는 뒤로 물러섰다.

"나는 두 번째 잔을 마실게. 너는 지난번에도 네가 만든 핫초콜릿 맛을 못 봤잖아. 이번에는 첫 잔부터 꼭 네가 먼저 마셔 봐야 해."

내가 마리나를 돌아보자, 그녀는 입술을 묘하게 뒤틀며 고개를 끄덕였다.

"발전하고 싶다면 당연히 그래야 하지 않겠니? 네가 만든 음료의 맛이 어떤지는 너 스스로가 알아야지. 그래야 네가 이다음에 정확히 뭘 할 수 있을지도 파악이 될 거야."

나는 마음을 가다듬었다.

'할 수 있어.'

그렇다. 맛을 봐야 한다. 그리고 만약 내가 낸 맛에 충분히 만족한다면, 거기서 용기를 얻어 또 다른 일까지 해낼 수 있을지도 모른다. 새로운 가족에게 내 진실한 정체를 밝히는 일 말이다.

도자기 잔을 두 손으로 쥐어 보았다. 따스한 온기가 내 팔을 타고 올라와 온몸에 퍼졌다. 작지만 결코 보잘것없지는 않은, 인간으로서의 내 몸에.

그런데 첫 모금을 마시려는 순간, 가게 출입문 위에 달린 종이 요란하게 딸랑딸랑 울리는 소리가 들렸다.

나는 눈을 퍼뜩 뜨고 잔을 내렸다. 손님이 온 걸까? 마리나의 얼어붙은 표정을 보니 그녀도 같은 생각을 하고 있음을 알 수 있었다. 실케가 바깥 상황을 확인하려고 주방과 홀 사이에 난 조그마한 유리창 쪽으로 다가갔다. 하지만 그 유리창을 덮은 장식 접시를 그녀가 들어 올리기도 전에, 주방 간이 문이 벌컥 열렸다.

문 앞에는 짙은 갈색 피부의 소년 한 명이 숨을 헐떡이며 서 있었다. 키가 크고 깡마른 체구였고, 안경알 너머 커다랗게 뜬 두 눈에는 공포가 역력히 배어났다. 뒤따라온 호르스트가 소년에게 뭔가 따져 물으려는 듯 입을 벌렸지만, 소년이 먼저 말을 꺼냈다.

"실케!"

그는 몸을 가누기 힘든 듯, 한 손으로 문짝을 덥석 부여잡고서 말했다.

"여기 있었구나! 동네방네 다 찾아다녔잖아!"

아하, 어쩐지 낯이 익더라니만. 실케의 오빠였다.

실케가 그에게 눈살을 찡그리며 쏘아붙였다.

"어휴, 디터 오빠. 대체 무슨 일이야? 당분간은 시장 일을 도울 수 없다고 했잖아."

디터는 답답한 듯 손사래를 쳤다.

"그게 문제가 아니야. 나는 경고하러 온 거야. 네게도, 그리고 다른 분들에게도……."

그가 좁은 안경을 쓴 눈을 돌려 마리나와 나를 보았다. 무언가가 너무 무서워서 혼자서는 감당할 수 없다는 듯한 눈빛이었다. 그는 떨리는 손으로 홀의 큰 창문을 가리키며 말했다.

"지금 저 밖에만 나가도 놈들을 볼 수 있어요. 30분 전부터 소문이 돌긴 했지만 아무도 안 믿었는데…… 이제는 훤히 보인다고요. 빠져나갈 길이 없어요."

디터가 마른침을 삼켰다.

"속도가 너무 빨라요. 지금 당장 도망친대도 늦었어요."

호르스트가 디터의 어깨를 잡고 흔들었다.

"뭐가 늦었다는 거야? 대체 무슨 소릴 하는 거냐?"

나는 이어질 디터의 대답을 이미 직감했다.

"드래곤들요. 산에 살던 드래곤들이 떼 지어 몰려오고 있어요. 드라헨부르크로."

19

장

나는 핫초콜릿 잔을 손에서 놓칠 뻔했다가 가까스로 붙잡았다. 눈부신 희망의 빛에 꿰찔린 가슴이 아프도록 벅차올랐다. 가족들이 나를 구하러 온 것이다!

하지만…….

'아니, 그럴 리 없어. 멍청한 생각 마.'

나는 도자기 잔을 단단히 감싸 쥐고서 그 온기로 마음을 도슬렀다.

지난번에 할아버지는 집에 돌아가려던 내게 불덩이를 쏘지 않았던가. 가족들이 나를 찾으러 여기로 왔을 턱이 없다. 한심한 내 마음이 잠깐 거짓 희망에 부풀었을 뿐이다.

하지만 내가 더 이상 우리 가족의 일원이 아니라 해도, 인간은 가능한 한 피하는 것이 우리 집안의 규칙이라는 사실은 잘 알았다. 심지어 혼자 있는 인간이라도 건드리지 않아야 정상이었다. 그런데 하물며 사람이 이렇게나 많은 대도시로 몰려오고 있다니. 게다가 떠도는 목격담이 사실이라면 우리 가족은 적어도 일주일 전부터 무모하고 불안한 방식으로 행동하고 있었다……. 이건 그들에게 뭔가 심각한 문제가 생겼다는 뜻이었다.

멍청한 전투 마법사들은 어떻게 생각할지 몰라도 이 도시의 모든 사람이 위험에 빠졌다는 것은 분명했다.

나는 숨을 씨근거리며 도자기 잔을 조리대 위로 가져가, 나머지 핫초콜릿이 들어 있는 포트 옆에 고이 내려놓았다. 주방 안은 경악한 사람들의 말소리로 시끌시끌했다.

"드래곤이라니!"

"그럴 리가…….”

"대체 왜?"

디터가 호르스트의 손을 뿌리치고 말했다.

"모두 숨어야 해요! 여기서 노닥거릴 시간이 없어요!"

마리나는 금빛 피부가 거의 잿빛으로 변할 만큼 아연실색했지만 자기 자리에서 움직이지는 않았다.

"이봐, 정확히 어디로 숨는단 말이야? 드래곤 무리가 정말로 이 도시를 습격한다면 건물이란 건물은 죄다 불탈 거야. 숨을 곳은 아무 데도 없어."

디터가 다급하게 말했다.

"강가로 가야 해요. 그게 그나마 안전해요. 우리 모습이 훤

히 노출되긴 하겠지만, 적어도 물이 가까이에 있으니 살아남을
수 있을……."

실케가 끼어들었다.

"하지만 대체 왜 드래곤들이 우리를 습격하는 건데? 말이 안
되잖아! 산을 지나던 여행자들이 드래곤을 목격했다는 무서운
이야기는 들어 봤어도, 드래곤이 사람 사는 도시 근처에 온 적
은 한 번도 없었어. 그런데 갑자기 왜?"

"그게 뭐가 중요해?"

디터가 실케를 다그치며 팔을 휘어잡으려 했다. 하지만 실
케는 홱 피했다.

"난 아직 생각중이야!"

그녀가 눈을 가늘게 뜨고서 말을 이었다.

"저기, 이 사실을 우리가 알았으면 왕도 당연히 알고 있을 거
예요. 게다가 안 그래도 최근에 상인들 사이에서 청원 운동이
있었잖아요. 군사들과 전투 마법사들을 산으로 보내 드래곤
소굴을 아예 소탕해 달라고. 그러니 지금쯤이면 왕이 벌써 군
대와 마법사 부대를 전부 출동시켰을 게 틀림없어요. 드래곤
들은 이 도시에 불똥 하나 튀기기도 전에 몰살당할걸요."

"안 돼!"

나는 갈라지는 목소리로 버럭 외쳤다.

"군대로는 드래곤을 상대할 수 없어. 전투 마법사로도 못 당
해. 그리고 드래곤들이 뭘 원하는지도 모르면서 다짜고짜 공

격부터 하다니, 절대로 안 돼. 그랬다간 재앙만 닥칠 거야!"

디터의 안색이 창백해졌다.

"그렇다면……."

그러나 날카로운 눈으로 나를 주시하던 실케가 디터의 말을 가로막았다.

"잠깐, 어벤추린. 넌 드래곤들에 대해 뭘 알고 있지?"

나는 그녀의 눈을 마주 보고 심호흡을 했다.

"너는 내가 어디서 왔는지 늘 궁금해했지. 내 출신을 왜 이렇게까지 비밀로 하는지도. 지금 그걸 다 설명할 시간은 없지만…… 우리가 정말로 친구라면 나를 믿어 줘야 해. 왕이 군대를 보냈다가는 학살만 벌어질 거야. 틀림없어. 그리고 학살당하는 쪽은 당연히 드래곤이 아닐 테고."

나는 마리나를 돌아보았다.

"스승님 말씀이 옳아요. 인간의 군대가 공격한다면 드래곤들은 그 보복으로 이 도시 전체를 불태울 거예요."

할아버지의 음성이 벌써부터 귓가에 들려오는 듯했다.

"그런 대학살을 꾀할 자들의 가슴에 공포를 불어넣어 주는 것만으로도 충분한 징벌이 될 게다. 만약 그거로도 부족하다면……."

절대로 그런 일이 벌어지게 놔둘 순 없다. 이 도시는 이제 내 영토가 아닌가.

할아버지가 내게 불덩이를 쐈던 일 정도는 약과였다. 드래곤들은 자기 보물과 가족을 지키기 위해서라면 그보다 더 심한 짓도 불사하는 종족이다. 적어도 제구실을 하는 드래곤이라면 그래야 한다. 나의 보물들과 새로운 가족 모두가 이 주방 안에 모여 있는 지금, 나는 이곳에 있는 어느 누구도, 무엇 하나도 다치지 않도록 지킬 작정이었다.

"막아야 해."

나는 실케에게 말했다. 그러자 호르스트가 헛웃음을 터뜨렸다.

"막다니, 어떻게? 드래곤을 한 번이라도 실제로 본 적이 있다면⋯⋯."

"제가 가장 먼저 만나야 할 상대는 드래곤이 아니에요."

나는 여전히 실케에게만 눈길을 고정한 채 말했다.

"실케, 너는 이 도시 구석구석을 꿰고 있지. 나를 왕이나 첫째 공주에게 데려가 줄 수 있을까? 둘 중 어느 쪽이든 만나야겠어. 당장."

실케는 나를 빤히 쳐다보았다. 그러다 소리 내어 웃으며 머리를 천천히 흔들었다.

"오, 어벤추린. 네가 남들과는 약간 다르다는 건 알았지만, 이렇게까지 미친 애인 줄은 몰랐어."

"됐어, 그럼."

나는 입도 대지 않고 조리대 위에 올려 둔 핫초콜릿을 등지고서 걸음을 옮겼다.

"그러면 나 혼자서라도 방법을 찾아봐야지."

어떻게든. 무슨 수를 써서라도.

"무슨 소리야? 안 돼. 이런 엄청난 기회를 내가 놓칠 줄 알고?"

실케가 내 옆에 다가붙으며 팔을 붙잡더니, 측은한 눈빛으로 나를 위아래로 훑어보았다.

"그리고 솔직히 인정할 건 인정해야지. 지금 네가 대단한 초콜릿 전문가가 되었다고는 해도, 네 옷차림은 예나 지금이나 왕족을 상대하기에는 부적절해. 하녀 같은 옷을 입고서 근위대의 경비를 뚫고 들어가겠다……? 내 도움 없이는 힘들걸."

그야, 애초에 그런 문제 때문에 실케의 도움을 부탁했던 것이긴 했다. 하지만 그녀의 얼굴에 은근히 감도는 웃음을 보니 가슴속에 낯선 열기가 피어올랐다. 조용하게 그리고 한결같이 타오르는 불꽃이 그 안을 데워 주는 느낌이었다.

그리고 옷차림 얘기가 나왔으니 말이지만…….

나는 비늘 옷을 넣어 둔 찬장으로 부랴부랴 걸어갔다. 왕을 만나는 데에 이 옷이 무슨 도움이 되지는 않을 것이다. 하지만 만약 실케가 드래곤과의 전투에 나선 인간들을 제치고 나를 옛 가족과 대면시켜 줄 수 있다면, 그래서 그들과 대화할 기회가 주어진다면, 가족들이 내 말에 귀를 기울이도록 유도하는 데에 이 옷을 쓸 수 있을 것 같았다.

비늘 옷은 내가 가진 유일한 행운의 부적이다. 그리고 나의 진실한 정체성, 즉 인간의 피부와 더불어 드래곤의 비늘도 가진 나 자신을 상징하는 증표이기도 하다. 그래, 마리나의 말이 옳았다. 이제 다른 이들 사이에 숨는 짓은 그만하고 나만의 색깔을 드러낼 때였다.

나는 은색과 진홍색 비늘무늬가 새겨진 옷을 소매 안에 뭉쳐 넣었다. 그리고 드래곤의 불길을 온몸으로 맞을 각오를 하고서 실케와 함께 주방 문으로 걸어갔다. 하지만 디터가 우리 앞을 가로막았다.

"말도 안 돼! 실케, 네가 아무리 비상식적인 애라지만 이건 미친 짓이야. 드래곤들이 들이닥치는데 길거리를 활보하겠다니!"

실케가 한쪽 눈썹을 치켜세웠다.

"드래곤들이 들이닥쳐서 어차피 다 죽을 판이라면, 나는 겁먹고 웅크려 있기보다는 차라리 과감한 모험에 뛰어들겠어."

디터는 팔짱을 끼고 그녀를 노려보았다.

"너는 겨우 열세 살이야! 지금 네 행동이 얼마나 철없고 무책임한지도 모르는 모양인데, 어머니와 아버지가 살아 계셨으면 분명히 야단치셨을 거라고!"

그런데 마리나가 갑자기 말을 보탰다.

"아니, 실케의 말이 맞아. 호르스트?"

그녀가 호르스트를 돌아보았다.

"너는 어떤지 모르겠지만, 오늘이 내 인생 마지막 날이라면 내게 가장 중요한 일을 하면서 보내고 싶은데. 너도 나한테 늘 궁금해하던 게 있었지?"

호르스트는 마리나를 멀거니 쳐다보더니, 벽에 기대고 있던 몸을 퍼뜩 일으켜 세웠다.

"지금? 지금 나하고 결혼해 주겠다는 거야?"

마리나가 코웃음을 쳤다.

"미쳤어? 지금 이 시간에 결혼식을 올려 줄 혼인재판소가 어디 있겠어? 나는 초콜릿 이야기를 하는 거야."

그녀가 화덕을 가리켰다. 그러자 호르스트는 시큰둥하게 눈알을 굴리며 중얼거렸다.

"그러면 그렇지."

하지만 말은 그렇게 해도 호르스트의 어깨는 한결 가뿐해 보였고 얼굴에는 옅은 미소가 떠올라 있었다.

"그러면 내가 제안한 실험을 드디어 해 보겠다는 뜻이군? 내 레시피로 초콜릿 커스터드를 만들겠다는 거지?"

마리나는 그에게 마주 웃으며 나무 숟가락을 집어 들었다.

"못 할 것 없지. 물론 끔찍하게 맛없는 결과물로 내 주방을 더럽히는 짓이 되겠지만…… 어차피 다 불타 죽을 거라면 이렇게라도 너를 행복하게 해 주는 편이 낫잖아?"

그녀가 호르스트를 향해 위협적으로 숟가락을 겨누며 말을 이었다.

"하지만 경고해 두겠는데, 만약 살아남는다면 이 쓰레기는 다 네가 먹어 치워야 해. 냄비째로 몽땅 핥아 먹어야 한대도 군소리하지 말도록."

그 말에 호르스트는 미소를 슬며시 거두며 고개를 젓더니, 조용히 대답했다.

"너희들과 달리 나는 드래곤을 실제로 본 적이 있어. 비록 오래전 일이었고, 멀리 떨어져서 본 것이긴 했지만…… 그래도 난 알아. 오늘 우리가 살아남을 가능성은 없다는 것."

그는 한숨을 쉬고는 주방 문을 밀어 열었다.

"홀에서 테이블과 의자 가져올게. 디터, 너도 여기서 같이 있겠니? 우리가 새로 개발한 초콜릿 맛 한번 볼래?"

디터는 입을 벌린 채 우리 모두를 둘러보며 도리질을 쳤다.

"여기 사람들은 다 미쳤어."

실케가 그를 향해 칼날처럼 예리한 미소를 날렸다.

"아하, 그래서 내가 여기를 엄청 좋아하나 보네. 이젠 좀 비켜 주시지, 오라버니."

두 남매가 서로를 노려보는 동안 나는 결연한 마음으로 마리나에게 말했다.

"저는 꼭 가야 해요."

마리나가 단호히 고갯짓했다.

"이해한다. 가 보렴. 가서 그 우둔한 임금이 정신 차리게끔 잘 이야기해 봐. 하지만 그런 다음에는 꼭 돌아와야 한다. 내 도제를 또 잃고 싶지는 않으니."

이제 드라헨부르크에서 내가 발을 안 디뎌 본 길은 거의 없을 줄 알았다. 내 오산이었다.

실케를 따라가면서 나는 이제껏 한 번도 본 적 없는 꼬불꼬불한 뒷골목들과 겁먹고 도망 온 사람들이 잔뜩 모여 있는 다리 밑 길을 지나갔다. 그들은 저마다 가장 귀중한 물건들을 담은 커다란 자루들을 챙겨 들고서 옹송그리고 있었다.

하늘을 올려다보면 저 멀리 날개 달린 형체들이 아주 조그맣게, 하지만 또렷하게 보였다. 그때마다 숨이 턱 막히는 듯했다. 너무나 많은 감정이 뒤죽박죽 뒤섞여서 그중 어느 감정이 가장 큰지 구분할 수조차 없었다. 하지만 내 주위의 인간들이 느끼는 감정은 마냥 단순해 보였다. 오로지 공포였다.

사람들에게 다리 밑에 숨을 필요는 없다고 말해 줄까 싶기도 했다. 어차피 지금은 거리가 너무 멀어서 드래곤들이 불을 쏘지 못할 테고, 일단 그들이 도착하고 나면 다리 따위는 전혀 방어벽이 되어 주지 못할 테니까. 차라리 다들 밖으로 나와서 자신들이 사는 도시를 즐길 수 있을 만큼 즐기며, 삶의 마지막이 될지도 모르는 시간을 음미하는 것이 더 합리적인 행동일 터였다.

하지만 인간들에게 좋은 충고를 해 봤자 어떤 반응이 돌아올지는 예측불허였다. 가뜩이나 이 도시를 지키는 문제로 골치가 아픈 지금 그런 데에까지 신경 쓸 여력은 없었다.

"이쪽은 왕궁으로 가는 길이 아니지 않아?"

나는 실케에게 물었다. 우리는 마차들로 꽉 막혀 마비되어 버린 2지구의 혼잡한 길들을 종종걸음으로 나아가고 있었다. 드라헨부르크 시민의 절반쯤은, 아니 더 정확히 말하자면 자기 소유의 마차나 수레를 둘 형편이 되는 사람들은 모두 도시 밖으로 탈출하려 하는 것 같았다. 길이 너무 막혀서 마차들은 아예 움직이지도 못했고 뒤 마차 말의 주둥이가 앞 마차에 찧을 만큼 다닥다닥 붙어서 꼼짝도 할 수 없는 상태였다. 마부들은 서로 고함치며 싸우느라 바빴고, 마차 안에 탄 점잖은 옷차림의 신사, 숙녀도 차창 밖으로 몸을 내밀고 저마다 뭐라고 비명을 질러 대는 통에 온 사방이 시끌벅적했다. 승객들은 저마다 무릎 위에 커다란 여행 가방을 얹고서 말들과 마찬가지로 공포에 질린 얼굴을 하고 있었다.

"왕궁? 왕궁엘 뭐 하러 가겠어?"

나를 앞서서 인도를 뛰어가던 실케가 힝힝거리는 말 한 마리를 피해 몸을 틀면서 대꾸했다. 성이 난 말이 울부짖으며 뒷걸음을 치자 그 뒤에 탄 마부가 나는 알아듣지 못할 욕설을 지껄였다. 실케는 그에게 경멸조로 손을 내저었다.

"어차피 못 움직이잖아요! 이렇게 막혀서야 아무 데도 못 가요. 굳이 무례하게 굴 필요도 없다고요!"

실케가 마부에게 대거리를 하는 동안 나는 말 앞에 버티고 서서 녀석과 눈싸움을 하고 있었다. 실케는 내 손을 붙잡고 우리 앞에 있는 두 상점 사이의 샛길을 향해 걸음을 재촉했다. 그 길은 우리 둘이 지나가기에도 빠듯할 만큼 좁았고, 아무런 칠도 되어 있지 않은 맨벽 아래 배수로에서 지독한 악취가 풍겼다.

"지금 진짜 중요한 사람들은 왕궁에 없을 거야."

실케는 골목길 한가운데를 가로지르는 더러운 도랑물을 조심조심 피하면서 서둘러 발을 옮겼다.

"이런 비상사태에 왕이나 첫째 공주가 궁에 남아 있을 리 없어. 시청에서 시장과 추밀원 관원들과 함께 있겠지. 추밀원은 시의회와 비슷한 건데, 도시가 아니라 나라 전체를 담당하는 조직이야. 오, 그리고 군대의 수장도 지금쯤 거기 있을 거야. 정치적으로 그 사람들 모두가 같이 일하고 있는 것처럼 보여야 하거든. 어차피 전쟁에 관한 한 최종적인 결정은 왕만 내릴 수 있지만."

하여간 인간들이란. 이들의 규칙은 도무지 이해가 안 된다.

어쨌거나 내가 처음 드라헨부르크에 왔을 때부터 내내 〈초콜릿 하트〉를 망가뜨리려 갖은 애를 쓰던 남자를 드디어 만날 수 있을 모양이었다. 시장을 대면할 생각을 하니 나도 모르게 살벌한 미소가 나왔다. 나는 인간의 짧은 손톱이 드래곤의 발톱처럼 손바닥에 파고들도록 주먹을 힘껏 말아 쥐었다.

"아무도 공격하진 말고!"

실케가 나를 보지도 않고 내 생각을 읽기라도 한 듯 경고했다.

"그 사람들을 말로 상대하는 건 내 역할이야. 유념해 둬."

"흐응."

'말로 상대'하는 일이야 얼마든지 실케에게 맡길 수 있었다. 적어도 우리 앞길을 가로막는 인간들을 상대로라면. 하지만 아무도 공격하지 않겠다고는 약속할 수 없었다. 내 보물을 위협한 존재에겐 보복을 해야 마땅하지 않은가?

어느덧 우리는 좁은 골목길을 벗어나, 널따랗고 탁 트인 광장의 한쪽 귀퉁이에 이르렀다. 실케가 주위를 둘러보며 숨을 몰아쉬었다.

"음, 이미 다 모여 있는 것 같네."

광장 저편 끝에 솟은 으리으리한 회색 석조 건물이 보였다. 벽에 난 아치 모양의 창문들을 따라 가고일 조각상들이 빽빽이 줄지어 붙어 있었다. 장엄한 느낌을 주려고 한 모양이었지만, 내 눈에는 마리나가 비웃는 고급 제과점의 케이크들처럼 장식이 너무 과해 우둘투둘 못나 보였다. 마리나는 진정한 요리사라면 음식의 겉모양보다는 맛에 더 정성을 쏟아야 한다고 말하곤 했다.

그래도 저 건물이 크다는 사실만큼은 인정하지 않을 수 없었다. 건물의 모퉁이마다 높다랗고 뾰족한 탑이 붙어서 있었는데, 그중에서도 가장 높은 중앙 탑의 꼭대기에는 거대한 시계가 달려 있었다. 드라헨부르크 어디에서나 볼 수 있는, 내가 지금까지 백 번은 보았을 바로 그 시계탑이었다. 그걸 보고 있으니 머릿속에 구체적인 계획이 떠올랐다. 마리나의 레시피처럼 명쾌하고 적절한 계획이었다.

물론 아무리 좋은 레시피라도 요리하는 사람의 솜씨가 못 따라간다면 소용없는 법이다. 하지만…….

저 탑 꼭대기에서라면 이 도시 전체를 볼 수 있다. 그러면 이 도시로 날아오는 드래곤의 눈에 가장 먼저 띌 수도 있을 것이다.

"완벽하네. 난 저기 올라가기만 하면 되겠어!"

나는 실케에게 시계탑을 가리켜 보이며 말했다. 그러자 실케가 한숨을 쉬었다.

"그래? 뭐, 잘해 봐."

그녀는 내 팔을 잡아 돌려서 건물 앞의 광장 쪽을 가리켰다. 그곳에는 빨간색과 검은색이 섞인 제복을 입은 남자들이 햇빛에 반짝이는 무기를 들고 서 있었다.

"먼저 저 사람들부터 통과해야 할 테지만."

20
장

나는 뻣뻣한 자세로 줄지어 늘어선 제복 차림의 남자들을 노려보았다. 최소한 백 명쯤은 되어 보였다. 그 모두가 중무장을 했고, 하나같이 내 앞길을 막고 있었다.

"지금 저기서 뭐 하는 건데?"

"왕족들과 관원들을 지키는 거겠지. 아마도."

실케는 얼굴을 찌푸리며 아랫입술을 깨물었다.

"근위대가 있을 줄은 알았지만 이렇게까지 많을 줄은 몰랐네. 막판에 여기를 피신처로 삼을 작정인가 봐. 왕족들이나 시장은 저 돌벽 안에서 안전하게 숨어 있고, 근위병들은 최후의 저지선 역할을 하려는 거겠지."

나는 딱 마리나처럼 콧방귀를 뀌었다.

"안전 좋아하시네. 드래곤들이 겨우 저런 돌벽쯤 못 무너뜨릴까 봐?"

내 말에 실케의 눈이 땡그래지면서 흰자위가 커다랗게 드러났다.

"무너뜨릴 수 있단 말이야?"

나는 어깨를 으쓱하고 대꾸했다.

"드래곤이 쏘는 불이잖아. 주방 화덕 불하고는 차원이 다르다고."

"하지만…… 아니, 됐다. 이런 걸 대체 어떻게 아는 건지 나중에 꼭 설명해 줘. 일단 지금은……."

실케는 어깨를 반듯이 펴고서 엄한 표정으로 나를 마주 보았다.

"주먹 쥐지 마. 다른 사람 눈 마주치지도 말고. 기억해, 너는 이제부터 비천한 하녀인 거야. 딱 그레타 같은 재수 없는 여자 밑에서 일하는 하녀. 그게 어떤 느낌인진 잘 알지? 자, 고개 숙이고…… 가자!"

그녀가 내 팔을 잡고서 앞으로 질질 끌고 갔다. 다섯 발짝도 채 안 갔을 때 병사들 중 한 명이 그녀를 불러 세웠다.

"어이, 거기!"

병사는 기껏해야 디터의 또래로 보이는 앳된 청년이었다. 그는 저벅저벅 걸어 나와 우리 앞을 가로막고 서서 검을 뽑았다.

"시청 관사 앞에서 뭘 하고 있는 거냐?"

"뭘 하고 있는 것 같아요?"

실케가 톡 쏘아붙였다. 나는 실케에게 약속한 대로 바닥에만 시선을 고정하고 있었지만 그녀가 눈알을 굴리는 모습이 다 보이는 듯했다. 실케는 무거운 한숨까지 푹 내쉬고는, 나를 거칠게 끌어다 자기 앞에 돌려세웠다. 나는 이를 뿌득 갈면서 참았다.

"첫째 공주 저하의 시녀를 드디어 찾았어요. 시내를 절반쯤 건너갔다가 붙잡혔죠. 도망치려고 하다니, 멍청한 것 같으니라고!"

"오, 음."

앳된 병사가 갈라지는 목소리로 웅얼거렸다. 그가 나를 위아래로 훑어보는 시선이 느껴졌다. 짜증이 나서 피부가 온통 곤두서는 느낌이었다. 그냥 눈을 들고 그를 노려보며 이빨을 확 내보이고 싶었다. 저 녀석이 겁먹고 뒷걸음질할 만큼…….

'안 돼! 지금 나는 드래곤이 아니야. 지금은 아니라고.'

나는 애써 나 자신을 다잡았다.

그 상태로 영원처럼 길게 느껴지는 시간이 흘렀다. 마침내 병사가 콧방귀를 뀌고 고개를 흔들며 말했다.

"겁먹고 도망친 거로군? 자기 임무를 팽개치고?"

먼젓번보다 목소리가 더 컸다. 자기보다 더 겁에 질린 사람을 보는 것만으로도 목에 근육이 조금 더 붙기라도 하는 모양이었다. 그것도 모자라 그는 내 턱을 손가락으로 톡톡 두드리며 역겹도록 달콤한 어조로 거들먹거렸다.

"걱정하지 마, 애야. 이 도시를 침범하는 드래곤은 우리 병사들이 다 처치할 테니까."

'네놈은 우리 가족한테 한 입 거리야.'

나는 마음속으로만 그렇게 으르렁거리고 입은 꾹 다물었다. 그가 내 턱에서 손을 거두는 순간 손가락을 확 깨물고 싶은 충동도 힘껏 참아 냈다. 뒤에서 지켜보던 실케가 말했다.

"오, 무식한 촌것들이야 다 이렇죠 뭐. 하지만 당신은 드라헨부르크 토박이 같은데, 맞죠? 딱 보기만 해도 알겠네."

병사가 어깨를 쫙 펴고 턱을 약간 들어 올리며 대답했다.

"그렇소!"

"그럴 줄 알았어요. 이런 일에 노련한 티가 팍 나거든."

실케는 내 팔을 여전히 잡은 채 그에게 몸을 가까이 기울이고는 비밀스러운 투로 말을 이었다.

"이 머저리를 최대한 빨리 공주 저하께 데려가는 게 좋겠어요. 하필이면 이런 때에 왕실을 받들 의무를 저버리다니⋯⋯."

"물론이오! 여기서 기다리시오."

병사가 몸을 빙글 돌려 걸어갔다. 몸짓이 얼마나 뻣뻣한지, 예전에 오후 휴가를 받았던 날 장난감 가게 진열창으로 보았던 시계태엽 인형들과 다를 바 없었다. 저런 놈이 내 가족과 싸운다고?

"저놈이 또 내 턱을 만지면 잡아먹어 버릴 거야."

나는 실케에게만 들리도록 악문 이 사이로 나지막이 내뱉었다.

"쟤는 신경 쓰지 마. 다음 단계나 신경 써."

실케가 대꾸했다. 아니나 다를까, 잠시 뒤에 병사가 자기보다 나이가 많은 남자를 데리고 돌아왔다. 칙칙한 회색 머리카락의 남자였는데 그가 입은 제복의 어깨 부분에는 선명한 빛깔의 줄 두 개가 그려져 있었다.

"첫째 공주 저하의 여종이라고? 흠?"

새로 온 병사가 실눈을 뜨고서 나를 또 위아래로 훑어보았다. 실케가 내 팔을 잡은 손에 힘을 꽉 줘서 경고했지만, 그러잖아도 나는 얌전히 시선을 내린 채 입을 다물고 있었다.

"처음 듣는 얘긴데."

그가 동굴 안에서처럼 우릉우릉 울리는 음성으로 말했다.

"그럴 만도 하죠. 궁에서 나오는 길에 벌어진 일이니까요."

실케가 어깨를 으쓱하며 말했다.

"일행이 마차를 타기도 전에 내뺐더라고요. 그래서 제가 직접 추적해서 잡아 오겠다고 저하께 약속드렸죠. 보시면 알겠지만 신참내기인 데다, 드래곤들이 쳐들어온다니까 겁에 질려서 그랬다지만, 자기 본분을 잊어버리지 않게끔 잘 타일러 뒀어요. 이제 다시는 감히 공주 저하를 저버리지 않을 거예요."

남자가 나와 실케를 번갈아 보았다.

"흐으음. 하지만 그 이야기가 사실이라면, 어째서 너희 둘 다 궁중 관복을 입고 있지 않지?"

나는 곁눈으로 실케를 흘긋 보았다. 그녀는 남자를 똑바로 쳐다보며 빙긋 웃고 있었다.

"도망치는 입장에 관복을 입는다뇨, 애가 아무리 바보라도 그 정도로 멍청하진 않은데요. 그리고 공주 저하께서는 제가 평상복을 입고 다니기를 원하세요. 저를 통해 시내의 정황을 두루 파악하고 싶어 하시니까요."

실케는 그렇게 말을 끊더니 고개를 갸웃했다. 그러면서 아까 그가 나를 보던 시선 못지않게 노골적인 눈길로 남자를 쭉 훑어보았다.

"저기, 소령님, 이번에는 제 쪽에서 질문 하나만 하죠. 진실을 의심하는 건 좋은데, 그럼 우리의 정체가 정확히 뭐라고 생각하시는 거예요? 우리가 변장한 드래곤이라도 될까 봐?"

실케가 코웃음을 치는 걸 들으며 나는 소매 안의 비늘 옷을 움켜쥐었다.

"그쪽이 도대체 뭐가 두려운 건지는 모르겠지만, 나는 두려워하는 게 확실해요. 신입 시녀를 최대한 빨리 되찾아 오라는 공주 저하의 명령을 받은 제가 여기서 계속 잡담이나 하며 노닥거린다면, 그리고 그 사실을 저하께서 아신다면 과연 어떤 불호령이 떨어질까 하는 것이죠. 그러니……."

실케가 내 팔을 놓고는 한 발짝 앞으로 나섰다. 그리고 그의 눈을 최대한 가까이 마주한 채 상냥하게 물었다.

"이 이상 궁금한 게 있다면 공주 저하께 직접 여쭤보는 게 어떨까요?"

실케에게 드래곤다운 구석이 있음은 익히 알고 있었다. 하지만 그녀가 저 커다란 체구의 남자와 눈싸움을 하는 모습을 보고 있자니 그녀의 몸을 둘러싼 비늘이 번뜩이는 것까지 보이는 듯했다.

"세상에는 우정이라는 것도 있어."

광장 시장에서 실케에게 들었던 말이 무슨 뜻이었는지 이제야 비로소 이해가 됐다. 나도 앞으로 평생 그녀의 곁에서 싸울 것이다.

남자는 턱을 실룩이며 실케를 마주 노려보았다. 그의 손이 검의 손잡이 위로 내려가는 듯싶었다.

그러나 이내 그는 고개를 숙이고 뒤로 물러섰다.

"알겠다."

그가 노기 띤 음성으로 나지막이 말하고는 먼젓번의 젊은 병사에게 고갯짓했다.

"이봐, 중위. 이들을 왕가 처소까지 안내하게. 둘만 남겨 두지 말고 첫째 공주 저하께 '직접' 안내해야 하네. 그리고 저하께서 정확히 뭐라고 말씀하시는지 듣고, 내게 돌아와서 보고하게."

실케는 냉엄하게 고개를 끄덕였다.

"고마워요, 소령님. 그거면 됐어요."

278

그러고는 나를 돌아보더니, 내 팔을 다시 잡지는 않고 말로만 지시했다.

"따라와, 에바."

하, 나를 기어이 저 이름으로 부르다니. 나중에 꼭 복수해 줄 테다!

하지만 지금은 실케와 젊은 중위를 따라가는 데 집중해야 했다. 우리는 광장에 여러 줄로 늘어선 무장한 병사들을 지나쳐 마침내 시청 문 안으로 들어섰다. 커다란 철제 버팀대가 대어진 참나무 문짝 한 쌍이 등 뒤에서 닫히며 '쿵' 하는 불길한 소리가 울려 퍼지는 걸 들으니, 나는 환호성 한번 지를 마음조차 들지 않았다.

그래, 실케는 자신이 맡은 교섭자로서의 역할을 다했다. 이 제는 내 차례였다. 그런데 내 드래곤 가족을 어떻게 다룰지도 걱정이었지만, 왕과 공주를 어떻게 올바른 방향으로 설득할지는…… 걱정 정도가 아니라 아예 깜깜했다. 지난번에 〈초콜릿 하트〉에서 그들에게 했던 말들이 한 마디도 먹히지 않았던 걸 생각하면 더더욱 그랬다.

인간 사회는 너무나 복잡하다. 그냥 포효 한 번으로 그들을 복종시킬 수만 있다면 좋을 텐데!

그런데 복도 저편에서 여러 사람의 고함 소리가 들려오는 걸 보아하니, 이미 인간들끼리 그 방법으로 서로를 복종시키려 야단인 듯했다.

흰빛과 은빛으로 된 널따란 복도에는 시청 건물 밖에서보다도 더욱 많은 병사들이 늘어서 있었다. 그들은 마냥 무표정한 얼굴과 뻣뻣한 자세로, 복도를 장식한 섬세한 대리석 조각상들이며 높다란 창문들과 마찬가지로 아무런 미동도 없이 각자의 자리만 지키고 있었다. 저 멀리서 사람들의 고성이 점점 더 격하게 치솟아도, 우리가 그들에게 점점 더 가까이 걸어가도 마찬가지였다. 다만 앞 못 보는 차가운 조각상들과 달리, 그 옆에 선 병사들은 철제 투구 아래의 눈을 희번덕희번덕 움직이며 자기들 앞을 지나가는 우리를 눈길로나마 뒤쫓고 있었다.

변장한 처지만 아니었더라면 나는 주위를 둘러보며 코웃음을 치고 넌더리를 냈을 것이다. 이딴 곳이 드라헨부르크 권력의 중심이라고? 왕이 사는 도시와 그가 거느린 추밀원의 심장부로서, 세상 사람들에게 경탄을 불러일으키게끔 지은 건물이 고작 이런 식이란 말인가? 가소로웠다. 대리석이라는 것은 그저 더러운 흰색 돌에 지나지 않는다. 그런데 여기는 대리석 천지일 뿐, 반짝이는 금이나 다이아몬드 따위는 어디에도 보이지 않았다. 잠깐 고개를 젖혀서 천장을 확인해 보았지만, 거기엔 단순한 흰색으로 칠해진 석고 바탕에 소용돌이무늬만 새겨져 있었다. 이런 건물은 드래곤들이라면 조금도 진지하게 고려하지 않을 것이다.

이런 도시가 내 가족의 공격을 막으려 든다는 것은 사실 생각만으로도 우스꽝스러운 일이었다. 하지만 좋든 싫든 이제 이곳은 내 영토였고, 그렇기 때문에 우스꽝스럽기보다는 도리어 공포스러웠다. 저 시끄러운 인간들을 다 제치고 앞으로 나설 방법을 찾지 않으면 나는 내 영토를 지킬 기회조차 얻지 못하는 것이 아닌가.

걸으면 걸을수록 말다툼 소리는 더욱 크게 들려왔고, 그 소음이 어느 방에서 나는지도 분명해졌다. 흰칠한 병사 네 명이 그 방의 문 앞을 지키고 서 있었다. 우리를 데려온 소령의 말 한 마디에 그들은 옆으로 비켜서서 문을 열어 주었다. 그러자 그 안에 벌어진 아수라장이 우리를 맞이했다.

동굴처럼 크고 깊은 방 안은 진자줏빛 벨벳 휘장들이 걸린 높다란 벽으로 둘러싸여 있었고, 어디에나 사람들이 온통 북적거렸다. 방 한가운데에는 기다란 나무 테이블이 있었는데 한쪽 끝의 커다란 권좌 같은 의자에는 왕이, 그 옆의 작은 의자에는 첫째 공주가 앉아 있었고, 반대편 끝에 있는 중간 크기의 의자에는 챙 넓은 빨간색 벨벳 모자를 쓴 거구의 남자가 앉아 인상을 찌푸리고 있었다. 그 외의 의자들 중 절반은 차 있었지만 나머지 절반은 빈 것이나 다름없었다. 거기 앉아 있어야 할 사람들이 일어서서 테이블 주위를 서성거리며 팔을 휘두르고 악을 쓰고 있었기 때문이다.

그 사람들뿐만이 아니었다. 묵직한 자주색 휘장이 쳐진 벽을 따라 병사들이 쭉 늘어서 있었고, 여러 줄로 배치된, 쿠션이 대어진 의자들에는 화려한 옷차림의 여자들과 남자들이 앉아 있었다. 그들은 중앙의 테이블에서 벌어지는 언쟁을 구경하며 예쁘장한 부채로 얼굴을 가린 채 서로 속닥거리는 중이었다. 그리고 그들의 시중을 드는 하인들도 의자 사이를 오락가락하고 있었다.

이 사람들이 도대체 무슨 일을 어떻게 한다는 건지 이해할 수가 없었다. 너무 시끄러워서 그 모든 소리가 다 한 사람의 음성처럼 들릴 정도였다. 그래도 조심조심 인파를 헤치고 나아가는 소령의 뒤를 따라 가운데 테이블의 공주를 향해 나아가다 보니, 사람들의 말소리가 어느 정도 구분이 됐다.

"이러니까 몇 년 전에 진작 군대와 마법사 부대를 산으로 보냈어야 했다고요! 내 말을 누가 들어줬더라면……."

진녹색 정장 차림의 한 남자가 테이블을 쾅쾅 두들기며 말했다. 그러자 그 뒤에 있던 남자가 고개를 격하게 내저으며 말을 얹었다.

"숲으로 탈출할 땅굴을 파야 한다니까요! 지금 당장 굴을 파기 시작하면……."

검은 로브를 걸친 키 크고 깡마른 남자가 버럭 소리쳤다.

"우리 연구에 예산이 충분히 주어졌다면 이러고 있을 필요도 없었소. 상인 조합이 물건 값을 가지고 허구한 날 입씨름을 벌이며 세금을 다 가로채려고 드니……."

그 옆에 있던 여자가 악에 받친 듯 조그맣게 외마디 비명을 질렀다.

"이 도시가 번영한 건 순전히 우리 상인들 덕분이라고요! 껌정 망토나 뒤집어쓴 당신네 얼간이들이 할 일을 제대로 했어야지……."

또 다른 검은 로브 차림의 여자가 벌떡 일어나 외쳤다.

"이봐, 장사꾼 주제에 입조심 하시지!"

맙소사. 지금 이딴 실랑이나 벌이고 있을 때가 아니란 말이다!

예전에 나는 왕족들을 합리적으로 설득하려고 했지만 그들은 내 말을 한 마디도 들어주지 않았다. 지금 이 사람들도 침착하고 이성적인 말 따위에는 관심이 없는 것이 뻔했다.

아무래도 하녀 연기는 그만두고 그냥 드래곤답게 행동해야 할 듯했다.

"그만!"

나는 왕에게서 바로 두 발짝 떨어진 데서 우렁차게 외쳤다.

방 안의 모두가 화들짝 놀라 나를 쳐다보았다. 심지어 왕도 그 거대한 의자에서 목을 틀고서 커다랗게 뜬 푸른 눈으로 나를 보았다. 그들의 눈에 비친 내 모습이 어떨지는 정확히 알고 있었다. 앳된 얼굴, 짧은 머리카락, 칙칙한 갈색 드레스. 지금은 다들 놀라서 입을 다물었을 뿐, 곧 분노와 경악으로 장내가 다시 시끌벅적해질 터였다.

그러니 지금 이 순간을 잘 활용해야 했다. 나는 팔짱을 끼고서, 마리나만큼이나 침착하고 엄숙한 표정으로 왕을 마주

보았다.

"여러분은 절대로 드래곤을 막을 수 없어요. 하지만 저는 할 수 있습니다."

21
장

아니나 다를까, 그 순간 정적은 깨지고 테이블에 둘러앉은 십수 명의 사람들이 일제히 아우성을 터뜨렸다. 하지만 왕이 손으로 허공을 휙 가르자 그 모두가 즉시 조용해졌다.

"너는 누구냐? 이리 나오라, 아이야. 네가 누구인지 밝혀라!"

나는 여전히 팔짱을 낀 채로 왕과 첫째 공주 사이에 다가섰다. 그러자 여기저기서 숨을 헉 들이켜는 소리가 터져 나왔다. 왠지 몰라도 다들 질겁한 분위기였다. 의자에서 우리를 지켜보던 귀족들이 경악한 듯 서로 뭐라고 다급하게 속닥거리고 있었다. 왕도 숱 많은 금빛 눈썹을 찌푸렸고, 공주의 검은 눈썹은 연갈색 이마 위로 높이 치솟았다.

내가 방금 뭘 잘못한 거지? 그냥 하라는 대로 했을 뿐인데.

그때 등 뒤에서 누군가가 나를 쿡 찔렀다. 돌아보니 실케가 내게 눈을 부라리고 있었다.

285

"절을 해야지!"

아하.

나는 팔짱을 풀고 몸을 앞으로 깊이 숙였다. 인간들이 이렇게 하는 것을 더러 본 적이 있었다. 너무 급하게 수그려서 테이블 모서리에 머리를 찧을 뻔하자 내 뒤의 사람들이 키득키득 웃는 소리가 들렸다. 하지만 몸을 다시 세우고 왕을 올려다보니, 그는 웃기는커녕 더욱 심하게 인상을 쓰고 있었다. 게다가 아마도 하인인 듯한 사람들이 뭔가 대처를 하려는 듯 테이블 맞은편으로 후닥닥 뛰어가는 것이 보였다. 하지만 나는 그쪽엔 거의 신경 쓰지 않았다. 왕과 공주에게만 주의를 집중하기에도 바빴다.

"드래곤들을 공격해서는 안 됩니다. 그러면 그 보복으로 도시를 완전히 잿더미로 만들 거예요. 일단 기다리고, 저들이 무엇을 원하는지 파악해야 해요. 아무런 목적 없이 여기로 왔을 리가 없어요."

"목적?"

테이블 가운데 부근에 앉은 여자가 앙칼진 웃음을 터뜨렸다.

"놈들은 원시적인 짐승이다, 꼬마야! 목적이라면 배를 채우는 것뿐이겠지."

그 옆의 남자가 고개를 끄덕였다.

"놈들은 우리와 달라. 피와 황금 외의 무언가를 욕망할 만한 지능이 없다고!"

나는 어처구니가 없어서 머리를 흔들었다.

"당신들은 드래곤에 대해 아무것도 모르나요?"

왕이 눈을 가늘게 뜨고 나를 뜯어보며 말했다.

"드래곤들이 이 도시 역사상 가장 큰 위협이라는 것은 알지. 그런데 우리가 누군지도 모르는 너 같은 여자아이 하나의 말을 듣고, 놈들의 습격을 가만히 당하고만 있으란 말이냐? 방어 한 번 해 보려는 시도조차 않고?"

나는 조급하게 대꾸했다.

"어차피 방어해 봤자 아무 소용도 없어요. 그러니까……."

"잠깐!"

테이블 맞은편에 앉아 있던, 커다란 챙 모자를 쓴 남자가 몸을 불쑥 내밀더니 투실투실한 손가락으로 나를 가리켰다.

"전하, 전하께서는 지금 속고 계십니다. 제 보좌관이 저 아이를 압니다. 한낱 공방 도제 신분인 데다, 말썽을 저지르고 다닌 전적이 있는 녀석이에요. 우리 회의의 귀중한 시간을 일각이라도 더 낭비하기 전에 저 아이를 내쫓는 것이 옳을 줄로 아룁니다!"

그 남자의 의자 뒤에서 나를 보며 히죽 웃는 낯익은 여자의 얼굴이 보였다. 시장의 여자 부하였다. 그렇다면 저 모자 쓴 남자가 누구인지는 명백했다.

온몸의 근육이 팽팽해졌다. 실케가 내 어깨를 붙들었다.

"안 돼, 어벤추린! 지금은 참아!"

우리를 안내했던 소령이 눈을 휘둥그레 뜬 채 우리를 끌어
내리려는 듯 팔을 뻗었다. 그러나 공주가 한 손을 들어서 그를 제
지했다. 그 즉시 사방이 고요해졌다.

"어쩐지 낯이 익더군."

나는 그녀의 목소리에 실린 권위에 감탄하지 않을 수 없었
다. 전혀 언성을 높이지 않았는데도 그녀의 말은 장내에 힘 있
게 퍼져 나갔다.

"이름이 어벤추린이라고 했던가? 〈초콜릿 하트〉의 도제였지."

왕이 눈살을 찌푸렸다.

"거긴 주방이 너무 더러워서 폐쇄된 초콜릿 공방 아닌가?"

나는 톡 쏘아붙였다.

"더럽지 않았어요! 저희 공방은 검사를 통과했고 그 증명서
도 받았다고요. 애초에 그따위 검사를 하려고 든 이유는……."

"에헴."

공주가 헛기침을 했다.

"그렇다면 어린 초콜릿 요리사 견습생인 그대가, 먹이를 찾
아 날뛰는 저 드래곤 무리를 막는 방법을 어찌 안단 말인가?"

아, 드디어 이 질문이 나왔군.

나는 그녀의 눈을 마주 보며 대답했다.

"제가 그 무리의 일원이었으니까요."

실케의 손이 내 어깨를 덥석 거머쥐었다. 그와 동시에 온 사
방이 소란스러워졌다. 폭소, 야유, 코웃음…… 그 사이에서 실

케의 속삭임이 선명하게 내 귓전을 울렸다.

"그런 거였구나!"

그리고 눈 깜짝할 사이에 그녀가 내 앞으로 나서더니 왕과 공주를 향해 우아하게 절했다.

"국왕 전하, 공주 저하. 이 친구의 말뜻을 설명해 드리고 싶습니다……."

공주가 눈썹을 치켜세우며 물었다.

"무엇인가?"

실케가 몸을 세우며 밝게 웃었다.

"어벤추린은 산간 지역 출신이랍니다. 첩첩산중에서도 아주 외딴 곳에 자리 잡은 기이한 집안에서 자랐지요. 그래서 드래곤들과 점차 대화를 트고 알고 지내게 되었고……."

"스파이다!"

시장이 고함을 지르며 자리를 박차고 일어서더니 테이블을 그 커다란 손으로 탕 내리쳤다.

"그래서 여기 잠입한 건가? 우리 도시에 대한 정보를 놈들에게 팔아넘겼던 거냐?"

좌중이 그 어느 때보다도 왁자지껄해졌다. 공주는 극도의 피로감에 휩싸인 듯 눈을 질끈 감았지만, 이제는 사람들이 너도 나도 자리에서 일어섰고, 그나마 앉아 있는 사람들은 테이블을 주먹으로 두들겨 대며 법석을 피웠다. 왕은 한 손으로 입을 가린 채 그 연푸른색 눈으로 나를 관찰하듯 노려보고 있었다.

드래곤의 포효조차도 이 인간들에게는 먹히지 않을 것 같다는 고약한 예감이 들었다.

공주는 이번엔 손을 들어 사람들을 조용히 시키지 않았다. 관원들이 자기들끼리 떠드는 동안 그녀는 내게 몸을 기울여 긴밀히 물었다.

"정확히 어떻게 드래곤들의 접근을 막을 생각인가?"

"그들이 이미 출발한 이상 여기로 접근하는 걸 아예 막을 방법은 없어요. 그리고 드래곤의 비늘은 아주 단단하기 때문에 총알이나 마법으로는 뚫을 수 없고요. 우리가 할 수 있는 일은 그저 그들이 도착할 때까지 기다리는 것뿐이에요."

그러자 왕도 내게 몸을 내밀고서 물었다.

"그런 다음에는?"

나는 어깨를 으쓱했다.

"제가 얘기해 봐야죠. 시계탑 꼭대기로 올라가면 드래곤들의 눈에 가장 먼저 띌 수 있을 거예요. 그러면 제가 알아듣게끔 설득할게요."

"설득……?"

왕이 콧방귀를 뀌었다. 얼마나 세게 뀌었던지 콧바람이 내 얼굴에 와 닿았을 정도였다.

"오, 그것 참 멋지군. 우리 왕국 수도의 방어 작전이라는 게, 열두 살도 안 된 어린 여자애 하나를 불 뿜는 괴물들 앞에 내보내 '대화'를 시키는 것이라고! 드래곤들이 그만큼 '합리적'으로 대응할 수 있을 테니까 말이지!"

나는 목구멍만이 아니라 온몸을 울려 으르렁 소리를 내뱉으며 왕을 노려보았다.

"드래곤에 대해 아무것도 모르시잖아요! 그들은 그저 이 도시를 파괴하려고 오는 게 아니에요. 무슨 이유가 있어서 오는 거라고요. 하지만 우리 쪽에서 먼저 공격해 버리면 그들의 분노를 사서 몰살당하게 돼요! 그러니까 누군가가 나서서 대화를 해야 해요. 그리고 드래곤들과 대화하는 법을 아는 사람은 여기서 저뿐이고요!"

공주가 한숨을 쉬며 의자 등받이에 몸을 기댔다.

"미안하지만 그 발상은 받아들이기가 매우 난감하네. 한 아이의 말을 듣고 저 괴물들이 드라헨부르크로 진격하도록 내버려 두라니. 우리 시민들을 화염으로부터 지키지는 못할망정 가만히 손 놓고 앉아서 기다리기만 하라니……."

그때 내 뒤에서 또 다른 사람의 목소리가 들려왔다.

"그들이 도시 상공으로 날아오는 것을 막을 수는 없습니다, 저하."

그는 아까 상인들과 언쟁을 벌였던, 키가 크고 깡마른 체격의 마법사였다. 팔짱을 끼고서 나를 찬찬히 내려다보는 그의 연녹색 눈동자는 파충류의 눈을 연상케 했다.

"저는 이 아이의 제안을 따르실 것을 권고해 드립니다."

왕이 마법사에게 눈을 부라렸다.

"농담이겠지! 누군지도 모르는 여자아이의 손에 우리 도시의 안위를 맡기자는 거요?"

"아뇨. 저 아이를 이용해 드래곤들을 파멸로 몰아넣자는 것입니다. 그것이 바로 제 제안입니다."

우리 네 사람이 충격에 빠진 채 쳐다보자 마법사는 앙상한 한쪽 어깨를 으쓱했다.

"괜찮지 않습니까? 드라헨부르크의 마법사들은 원거리에서 드래곤의 가죽을 뚫을 방법을 연구해 왔습니다만 충분한 자금을 조달받지 못해 이제껏 성과를 내지 못했죠. 그러니 높은 상공에서 비행 중인 드래곤들을 우리 마법으로 공격해 봤자, 병사들이 쏘아 댄 한심한 총알과 마찬가지로 아무 효과도 없이 놈들의 비늘에 튕겨 날아갈 뿐일 겁니다. 그러나……."

그의 입술이 휘어지며 거만한 미소를 띠었다.

"최근에 저희는 비범한 전략을 새로 개발한 바 있습니다. 근거리에서 사용할 경우 성체 드래곤의 단단한 비늘까지도 뚫을 수 있는 비술이죠. 이 소녀를 미끼로 이용해 드래곤들을 시계탑 높이까지 끌어 내릴 수만 있다면, 놈들이 우리와 휴전한다고 생각하고 무방비해진 틈을 타 지상에서 기습 공격을 가할 수 있습니다. 그러면……."

듣다 못한 나는 씹어뱉듯 말했다.

"역겨운 수작이에요! 비겁하고, 부정직하고, 또……."

그러나 마법사는 내 말을 굳이 가로막지 않고, 심지어 목소리를 높이지도 않고 그냥 자기 할 말만 계속했다.

"드라헨부르크에서 가장 경험 많은 전투 마법사로서 저는 이 방법을 권합니다. 이 전투에서 우리가 승리하고 무고한 시민들을 지킬 유일한 방법이라고 사료됩니다. 그러니, 전하……?"

그가 한쪽 눈썹을 치키며 왕을 재촉했다. 왕은 무겁게 고개를 끄덕였다.

"알겠소. 그렇게 하지. 형식적으로 추밀원의 표결에 부쳐야겠지만, 필요하다면 내 권한으로 통과시키겠소. 그대가 마법사들을 지금 배치시키면……."

"안 돼요!"

나는 소리쳤다. 날개가 있었다면 지금쯤 그 어느 때보다도 높이 펼쳐 들었을 테다.

"전 그들을 속여서 함정에 빠뜨릴 수 없어요. 아무리 이 도시를 지키기 위해서라도 그건 못 해요! 말했잖아요, 제가 평화롭게 설득할 수 있다니까요. 공격 따위를 할 이유가 없다고요. 그런 수치스러운 방식으로는 더더욱! 어떻게 누군가를 그런 식으로 취급할 생각이라도 할 수가 있죠?"

왕이 윗입술을 당겨 올려 조소를 흘렸다.

"기억해라, 아이야. 우리 상대는 인간이 아니라 드래곤이다. 엄연히 달라."

"그렇게 다르진 않아요. 저도 예전엔 많이 다른 줄 알았지만."

그는 내게서 몸을 돌려 앉고는 깃털 펜과 잉크병을 집어 들었다.

"어린 아가씨, 지금 우리는 시간을 낭비하고 있어. 명령을 이행해라. 아니면 네가 더 이상 분란을 일으키지 못하도록 감옥에 구류하겠다. 드래곤들을 유인하는 일은 다른 사람에게 맡기고……."

"다른 사람은 아무도 못 해요. 오로지 어벤추린만 할 수 있어요."

실케가 불쑥 끼어들어 말했다. 왕이 그녀에게로 고개를 돌렸다.

"어째서 그렇지?"

실케는 내가 뭐라고 말하기도 전에 냉큼 대답했다.

"드래곤들에게 은밀한 신호를 보내는 법은 어벤추린밖에 모르니까요. 평화를 요청하는 신호 말예요."

평화를 어쩌고 어째? 나는 입을 떡 벌렸다. 무슨 얼토당토않은 헛소리를 하는 거지?

실케는 내 반응엔 아랑곳도 없이 말을 이어 갔다.

"어벤추린의 가족이 어떻게 그 오랜 세월을 드래곤들과 어울리면서 살아남을 수 있었겠어요? 당연히 자신이 드래곤의 친구라는 것을 나타내는 특별한 비밀 신호가 있었기 때문이에요."

왕이 얼굴을 찡그렸다.

마법사는 눈을 가늘게 떴다.

실케가 나를 쿡 찔렀다. 아, 내 차례라는 거군.

나는 턱을 치켜들고 으르렁거리며 말했다.

"그 신호는 아무에게도 밝힐 수 없어요. 가문의 비밀이라고요."

비밀 신호라니, 내 가족들이 지금 여기 있었다면 그들이 껄껄 웃느라 내뿜은 연기로 이 방 안이 온통 자욱해졌을 것이다. 하지만 왕은 그 한심한 이야기를 곧이곧대로 믿는 눈치였다. 시뻘겋게 달아오른 그의 얼굴을 보니 분노를 터뜨리기 일보 직전이었다.

그가 한 손가락으로 나를 가리키며 고함을 지르려는 듯 입을 벌렸다. 그런데 그 순간 공주가 미소 띤 얼굴로 재빨리 나섰다.

"알겠네. 적들과 교섭을 진행해 보는 것으로 하지."

그녀가 부드럽게 말하고 마법사를 고갯짓했다.

"크라카우어 경, 그대의 휘하 마법사들을 시계탑 바로 아래에 집결시켜 주면 고맙겠소. 그러나……."

공주는 나를 평가하는 듯한 차가운 시선을 던졌다.

"어벤추린이 드래곤들의 평화로운 퇴각을 요구하는 교섭을 시도하기 전까지 공격은 개시하지 않도록 하시오. 어벤추린, 동의하는가?"

어, 음.

나는 실눈을 뜨고 그녀를 바라보며, 저 차분하고 천진무구해 보이는 얼굴 너머에 숨겨진 진실을 파악하려고 안간힘을 썼다. 뭔가 익숙하고도 께름칙한 느낌이었다. 시트린 언니는 특유의 교묘한 말재주로 나나 재스퍼 오빠를 속여서 우리가 절대로 하고 싶지 않은 일을 할 수밖에 없게끔 유도하곤 했는데, 그럴 때면 꼭 저렇게 평온하고 명랑하고 당당한 태도를 취했던 것이다.

지금 저 공주도 분명 무언가 꿍꿍이속이 있었다. 하지만…… 그걸 들춰내려고 트집 잡을 시간은 없었다. 나는 찜찜함을 못 이겨 한숨을 푹 내쉬면서도 말했다.

"알았……."

그런데 실케가 나를 가로막고는 얼음장처럼 싸늘하게 말했다.

"저하. 어벤추린이 드래곤들의 평화로운 퇴각을 요구하는 교섭에 '실패하기 전까지는' 공격을 개시하지 않겠다고 약속하셔야 하는 것 아닙니까?"

아, 아! 바로 그거였다! 그래서 찜찜했던 거였어!

공주의 얼굴에 짜증이 스쳤다. 그래, 저런 반응까지도 딱 시트린 언니와 똑같았다. 나는 숨을 씨근거리며 공주에게 따졌다.

"저를 속이려 하셨군요. 제가 드래곤들과 대화를 시작하자마자 공격을 개시할 속셈이셨잖아요. 그렇죠?"

게다가 일이 그렇게 된다면…… 아, 또 다른 데 생각이 미쳤다. 나는 공주를 쏘아보며 내처 말했다.

"그리고 그때는 제가 드래곤들 바로 옆에 있을 텐데, 마법사들이 공격을 날리면 저는 어떻게 되고요? 그러고도 제가 살아남을 수 있을 거라 생각하셨어요?"

공주는 전혀 신뢰할 수 없는 미소를 지으며 지극히 상냥하게 말했다.

"미안하네. 하지만 달리 뭘 어쩌겠나? 어쨌든 그 특별한 평화 신호라는 것이 무엇인지 그대 외에는 아무도 모르지 않나. 그대가 시계탑 위에서 혼자 교섭을 진행하면, 교섭이 잘되고 있는지 아닌지 우리가 어떻게 알 수 있겠는가? 최악의 사태를 가정하는 수밖에 달리 선택의 여지가 없단 말일세."

나는 팔짱을 꼈다. 시트린 언니를 상대한다고 생각하니 어떻게 대응해야 할지 답이 나왔다.

"좋아요. 그러면 다른 사람을 한 명 더 데려가도록 하죠. 뭔가 잘못되면 그 사람을 탑 아래로 내려 보내서 알리도록 할게요. 하지만 제가 신뢰할 수 있는 사람으로 직접 선택하겠어요. 그리고 저보다 나이가 많은 사람이면 드래곤들이 위협감을 느낄 수 있으니 제 또래여야 해요."

"여기 있는 그대 친구를 말하는 건가?"

공주가 실케를 눈짓하며 소리 내어 웃었다.

"오, 저런. 우리가 저 소녀의 말만 믿고 공격 여부를 결정하라고? 영리한 소녀일지는 몰라도, 그녀가 충성하는 대상은 이

297

도시가 아니라 어디까지나 자기 친구인 것 같은데."

자식들에게 실망한 어머니처럼 우리 둘 모두를 향해 고개를 젓는 공주의 앞에서 실케는 몸을 움츠렸다. 하지만 나는 조금도 위축되지 않았다. 대신 엄숙하고도 자신만만하게 선언했다.

"그러니까 저는 저하의 동생분이 저와 함께 시계탑에 올라가야 한다고 생각합니다만."

왕이 방 전체가 흔들릴 만큼 커다란 노성을 내질렀다. 공주는 입술을 꾹 다물었다. 하지만…… 나를 보는 그녀의 눈빛에서는 처음으로 존경심이 배어났다. 그뿐만 아니라 실케 역시 나를 자랑스러워하는 표정이 역력했다.

하지만 실케와 달리 나는 웃지 않았다. 마침내 소란이 가라앉고 모두가 내 의견을 마지못해 받아들임으로써 논쟁이 일단락되었지만, 그때도 나는 여전히 웃지 않았다.

이제부터 내 가족과 대면할 시간이었으니까.

22
장

시계탑 꼭대기에 있으니 허리까지 올라오는 돌벽 위로 거세게 불어닥치는 찬바람이 내 머리카락과 얼굴을 마구 후려갈겼다. 얇은 갈색 드레스 소매 안으로도 바람이 파고들어 피부에 온통 소름이 돋았다. 소피아 공주, 즉 둘째 공주는 나와는 달리 새틴 안감이 대어진 모자 달린 망토를 덮어쓰고 있었다. 하지만 그래도 여전히 추운 듯 그녀는 몸을 웅크린 채, 내게서 멀찍이 떨어진 한쪽 모퉁이에 붙박여서 나를 노려보았다.

노려보는 것은 차라리 괜찮았다. 만약 겁에 질린 표정이었다면 내 가족이 오기 전에 그녀를 달래기부터 해야 했을 것이다. 포식자들 앞에서 두려움을 드러내면 위험하니까.

하지만 지금 나는 다른 사람은커녕 나 자신을 달래기도 힘들었다.

내가 믿을 것이라고는 오로지 나 자신의 결연한 의지, 그리고 비늘 옷뿐이었다. 그 옷은 내가 누구인지를 상기시키는 생생한 증거가 되어 주었다. 나는 비늘 옷을 가슴에 바싹 당겨 안고서 하늘 저편에서 시시각각 커져 가는 내 가족들의 모습을 지켜보았다. 그들은 도시 외곽의 상공을 넓은 대형으로 날면서, 저마다 거대한 머리를 수그리고 지상을 샅샅이 살피고 있었다. 이 정도 거리가 되니 각 드래곤의 몸 색깔도 구분됐다. 선두에는 할아버지, 그 오른편에는 어머니, 그 뒤에 투르말린 이모와 에메로드 이모, 그리고…… 왼편에 저 드래곤은 시트린 언니 아닌가! 언니가 집에 안 온 지도 까마득히 오래됐는데!

가족들이 대체 무슨 용건으로 여기 왔는지는 몰라도, 시트린 언니까지 자기 숭배자들에게 궁전을 맡기고 떠나올 정도면 정말로 중대한 일인 모양이었다.

그런데 내가 감히 그런 일을 포기하라고 그들을 설득해야 하는 것인가? 나 혼자서, 우리 집안 어른들 모두를?

내가 온전한 드래곤이었을 적에도 어른들은 내 의견을 진지하게 들어주지 않았다. 그들의 눈에 나는 그저 사고뭉치 반항아일 뿐이었다. 공부도 못 하고, 나만의 사명을 찾지도 못한 채 말썽만 일으키는 아이. 하물며 지금은…….

그들을 멍하니 보고 있으니 숨이 가빠지고 가슴이 메어 왔다. 급기야는 내가 할아버지와 우리 가족의 동굴 근처에 다가가려다 불덩이를 얻어맞을 뻔했던 일까지 떠올라 숨이 턱 막혀 왔다. 적어도 산에서는 몸을 굴려 피할 수라도 있었지만, 지금

이 평평한 시계탑 꼭대기 층에는 피할 곳조차 없었다.

품에 껴안은 비늘 옷을 내려다보고 심호흡을 했다. 돌처럼 딱딱해진 가슴 속에 겨우 공기가 스며들어 오는 것이 느껴졌다. 나는 옷을 쥔 손아귀에 힘을 풀었다.

우리 가족의 비늘무늬라면 나는 언제 어디서라도 알아볼 수 있다. 그러니 아마 그들도 내 비늘무늬를 알아볼 것이다. 그들이 이 낯익은 색깔들로 이루어진 천을 보면, 몇 주 동안 집을 떠나 있었던 나를 떠올리고 최소한 호기심이라도 느끼지 않을까. 제발 그래 주기를 바랄 뿐이었다.

나는 비늘 옷을 펼쳐 들고, 시계탑의 네 모퉁이마다 솟은 가느다랗고 뾰족한 돌기둥들 중 하나로 다가갔다. 옷의 소매 부분을 찢어서 거기다 매어 둘 생각이었다. 까치발을 딛고 서니 긴 천 자락이 거센 바람을 맞아 금방이라도 손에서 날아갈 듯 펄럭거렸다. 나는 간신히 천을 기둥에 단단히 동여 묶고서, 남은 천을 들고 탑의 다른 쪽 모퉁이로 걸어갔다.

소피아 공주가 나를 보며 피식 웃었다.

"고작 천 쪼가리로 저 괴물들을 막을 수 있을 거라고 생각하는 거냐?"

"막으려는 게 아니에요."

나는 발꿈치를 최대한 높이 들어 올려, 바지의 한쪽 다리 부분으로 돌기둥을 감아 보려고 안간힘을 썼다. 제대로 묶지 않으면 눈 깜짝할 사이에 바람에 휩쓸려 사라져 버릴 터였다.

"주의를 끌려고 이러는 거예요."

공주가 투덜거렸다.

"그것 참 멋진 생각이네. 아주 멋…… 으아아아악!"

공주의 비명 소리에 나는 몸을 홱 돌리다가 그만 비늘 옷을 손에서 놓쳐 버렸다. 옷은 돌기둥에 묶인 채로 진홍색과 은색 무늬의 깃발처럼 펄럭펄럭 나부꼈다. 공주는 그 너머의 벽 모퉁이에 몸을 딱 붙이고 있었는데, 눈을 얼마나 크게 떴는지 연갈색 얼굴 위에 두 눈만 툭 두드러져 보였다.

그녀가 무엇 때문에 겁을 먹었는지 살필 틈이 없었다. 나는 비늘 옷부터 되찾으려고 힘껏 뛰어올랐다. 하지만 이미 늦었다. 부욱 하는 소름끼치는 소리와 함께 옷은 찢어져 버렸고, 저 도시 위의 아찔한 허공으로 팽글팽글 날아가더니…… 나와 소피아 공주를 향해 똑바로 날아오던 드래곤들의 무리를 향해 직행했다.

그랬다. 어느새 그들이 방향을 급격히 틀어서 우리에게로 들이닥치고 있었던 것이다.

비늘 옷은 내 어머니 바로 옆으로 날아갔다. 어머니는 몸을 확 기울이더니, 상대적으로 너무나 조그마해 보이는 그 천 조각을 거대한 앞발로 낚아채고는 분노에 찬 포효를 내질렀다. 그 소리에 발밑의 시청 건물 전체가 뒤흔들렸고 몸이 터질 듯이 격렬한 진동이 등골과 치아를 타고 흘렀다. 시청과 그 주위의 길거리들에서 일제히 비명 소리가 터져 나왔지만 어머니는 눈도 깜짝하지 않았다.

어머니는 비늘 옷을 쥔 앞발을 배 아래로 당겨 오므린 채, 할
아버지를 제치고 선두로 훌쩍 나섰다. V자 대형을 그리는 가족
들 앞에서 어머니는 마치 거대한 화살촉처럼 나와 소피아를 향
해 일직선으로 날아오고 있었다. 나는 주먹을 꽉 움켜쥐고서
마음을 단단히 다져먹었다.

"주의를 끄는 데 성공한 것 같네."

공주가 떨리는 목소리로 말했다. 나는 그녀를 돌아보지 않
고 대꾸했다.

"무서워하는 티 내지 말아요."

그 이상의 충고는 하고 싶어도 할 짬이 없었다.

어머니가 시계탑 앞으로 단숨에 날아들며 거대한 날개를 퍼
덕였다. 엄청난 바람에 내 몸이 뒤로 떠밀렸다. 나는 등 뒤의
돌벽 윗면을 두 손으로 꽉 거머잡고서 그 너머로 자빠지지 않
으려고 온 힘을 쏟아부었다.

"말하라, 인간이여!"

어머니의 음성이 커다란 망치처럼 내 머리를 두들겼다. 온
몸의 뼈가 바스러질 듯했다.

"대체 그 아이에게 무슨 짓을 한 거냐?"

뭐라고?

나는 내 앞에서 집채보다 커다란 생명체가 콧김을 내뿜으며
격분하는 광경을 바라보며 눈을 깜빡였다. 저 드래곤이 정말

로 내 어머니란 말인가? 어머니는 내게 늘 침착하게 이성적으로 행동하라고 설교하곤 했는데. 어머니가 저렇게 길길이 날뛸 수도 있다고는 상상도 못 했다.

"무슨 짓이라니요?"

나는 어리벙벙한 채로 되물었다.

"모른 척하지 마라!"

어머니가 내 비늘 옷을 쥔 오른쪽 앞발을 거칠게 내밀었다. 어머니의 뒤로 두 날개가 높이 솟구쳐 너울거렸고, 푸른빛과 금빛이 섞인 거대한 얼굴이 내 위에 바싹 다가들었다. 내 키의 절반쯤 되는 기다란 이빨들 하나하나가 햇빛 아래 드러나 번뜩거리고 있었다.

"너희가 데려갔다는 것을 모를 줄 알고? 우리는 그 아이의 냄새를 쫓아 여기까지 왔다! 지금 네게서 바로 그 냄새가 진동하는 것을 보아하니 방금 전까지도 그 아이와 함께 있었던 것이 분명하다. 그런데 이것으로 감히 우리를 조롱하기까지 해?"

어머니가 비늘 옷을 시계탑 위에 내던졌다.

"너희가 내 딸을 감옥에 가둬 놓고 화가들을 시켜서 이따위 색칠을 한 것이냐? 그 애를 포획한 전리품 삼아서? 아니면 그보다 더 심한 짓을 했느냐? 우리 아이의 비늘 하나라도 건드렸다면 너희는 목숨보다 더한 대가를 치러야 할 것이다!"

소피아 공주가 내 뒤에서 속닥거렸다.

"뭐 해! 빨리 평화 신호를 보내!"

하지만 나는 그보다 더 중요한 문제를 생각하느라 바빴다. 노발대발한 어머니의 황금빛 눈동자를 마주 보며 내가 들은 말들을 곱씹다 보니 감동으로 가슴이 벅차올랐다.

"잠깐만요. 그러면 다들…… 나를 찾아서 여기까지 왔단 말예요?"

그 순간 내게 커다란 연기구름이 날아들었다. 어머니가 기가 차서 코웃음을 친 것이었다. 나는 재빨리 몸을 피했지만, 저 아래에서 경악한 사람들의 비명이 들려왔다. 소피아 공주와 같이 오길 천만다행이었다는 생각이 들었다. 그녀가 없었다면 마법사들이 지금쯤 흥분해서 공격을 날리고도 남았을 것이다.

어머니가 으르렁거리며 대꾸했다.

"나는 너든 누구든 하찮은 인간 따위를 찾아온 것이 아니다. 내 딸을 안전히 집으로 데려가려고 온 것이다!"

아, 그렇군.

나는 벽을 붙잡고 있던 손을 놓고 몸을 꼿꼿이 세웠다. 이제 몸의 균형을 찾았기에 바람 앞에서도 그럭저럭 버틸 수 있었다. 내내 두려워했던 일을 해야 할 순간이었지만, 어차피 미룰 수 없다면 단숨에 해치워야 한다. 나는 숨을 깊이 들이쉬고, 어머니의 이글이글 타오르는 눈을 마주하고서 입을 열었다.

"어머니, 저예요. 제가 어벤추린이에요. 하지만 저는 집에 못 가요. 아시겠죠?"

나는 두 팔을 펼쳐 보이며 말을 이었다.

"인간의 몸으로 변해 버렸거든요."

어머니가 별안간 뒤로 몸을 확 뺐다. 급격한 움직임에 순간적으로 돌풍이 휘몰아쳐 나는 하마터면 고꾸라질 뻔했다. 비틀거리며 고개를 들어 보니, 어머니가 나를 향해 그 어느 때보다도 크게 입을 벌리고 있었다. 사람 셋쯤은 한꺼번에 삼킬 수도 있을 것 같았다.

"감히 내게 거짓말을 해ㅡ!"

그 즉시 다른 드래곤들도 기존의 대형을 흩트리고 앞으로 날아들어 시계탑 주위를 둘러쌌다. 그들 모두가 한 몸처럼 꼬리를 휘두르며 포효하는 소리가 사방에서 파도처럼 우리를 덮쳐 왔다. 소피아 공주가 아래층으로 내려가는 출입문 쪽으로 내뛰었다.

"안 되겠어! 내려가서 말할⋯⋯."

"잠깐만!"

나는 그녀의 망토를 붙잡아 멈춰 세웠다.

"아직 늦지 않았어요. 내가 설명만 하면⋯⋯."

"역시 인간들은 늘 거짓말만 하는군!"

할아버지가 으르렁거렸다. 뜨거운 입김이 훅 끼쳐 오자 소피아가 혼비백산해서 외마디 소리를 내질렀다.

"딸아, 인내심을 가지고 임해야 한다. 인간들에게서 바른말을 끌어내려면 시간이 꽤 걸릴 게야. 정직이나 신의 따위는 이해하지도 못하는 생명체들이니!"

내게서 벗어나려고 버둥거리던 소피아가 그 말에 멈칫하더니 발끈해서 뒤를 돌아보았다.

"뭐라고? 저 드래곤이 방금 우리한테 뭐라고 한 거야?"

그때 시트린 언니가 도도하게 앞으로 나서면서 어머니를 옆으로 밀쳤다.

"제가 말해 보죠."

언니의 파란색과 은색 비늘들이 햇살 속에서 아른아른 빛났다. 언니는 머리를 수그려 차가운 눈길로 우리를 평가하듯 내려다보며 말했다.

"보잘것없는 인간들이여, 너희가 처한 상황을 설명해 주겠다. 우리는 너희 도시를 통째로 불태워 없앨 수 있을 뿐만 아니라, 이 일대를 완전히 파괴해서 너희 종이 섭취할 양식을 절대로 기르지 못할 폐허로 만들어 버릴 수도 있다. 그러면 한때 이 땅에 존재했던, 그러나 우리의 분노를 산 탓에 멸망해 버린 비운의 왕국에 대한 전설만 남아 수백 년쯤 전해질 테지. 그러니……."

언니가 고개를 한쪽으로 젖혔다.

"너희가 그런 화를 면하고 싶다면, 내 어리석은 여동생을 풀어 주기만 하면 된다. 그 아이가 해를 입지 않고 무사히 돌아오면 우리는 너희를 용서할 것이야. 하지만 내 인내심을 시험하지는 않기를 바란다. 그랬다가는 너희가 틀림없이 후회하게 될 테니 말이야."

언니가 상냥한 어조로 말을 맺었다.

듣고 있던 소피아 공주가 눈을 휘둥그레 뜨곤 중얼거렸다.

"저건 딱 우리 언니 말투데."

나는 맞장구를 쳤다.

"그러게 말이죠."

나는 팔짱을 끼고 시트린 언니를 올려다보았다. 늘 저런 식이다. 언니는 항상 내게 이래라저래라 한다. 그리고 지금 누가 누구더러 '어리석다'고 하는 건가? 나는 언니에게 마주 고함쳤다.

"그런데 언니, 나는 언니가 전혀 안 무서운걸. 우리가 계속 버텨서 언니 인내심이 끊어지면, 뭐 어쩔 건데? 서사시라도 한 편 쓰시게? 아, 하긴 내가 언니 서사시를 끔찍하게 싫어하긴 하지! 그리고 지금 말해 두겠는데, 언니 생각이야 어떻든 간에 약강 오보격으로 시 쓰는 법 같은 한심한 규칙 따위는 아무한테도 필요 없어!"

시트린 언니의 길쭉한 동공이 확 줄어들었다 다시 팽창했다. 언니가 연기를 컥, 내뱉으며 중얼거렸다.

"어벤추린?"

어머니가 쏘아붙였다.

"저건 어벤추린이 아니야! 그냥 봐도 인간이잖니!"

시트린 언니가 주둥이를 내 얼굴에 닿을 만큼 가까이 들이댔다. 나는 꿈쩍도 하지 않았다. 고개를 숙이지도 않았다. 자욱한 연기에 휩싸여서도 기침 한번 하지 않았다.

"뭐야?"

내가 살짝 쉰 목소리로 한 마디 뱉자, 시트린 언니가 으르렁거렸다.

"어벤추린과 같은 냄새가 나요. 성격도 딱 어벤추린처럼 건방지고 고집불통이군요."

투르말린 이모도 내 왼편에 다가와 냄새를 맡았다.

"그리고 보니 정상적인 인간의 눈동자가 금색일 수도 있나?"

그 말에 대답한 것은 소피아 공주였다.

"아뇨."

소피아는 두 팔로 자기 가슴을 안은 채 한눈에 보기에도 뻣뻣한 자세로 서 있었다. 하지만 두려움보다도 분노가 더 커서 한마디 하지 않고는 못 배기는 모양이었다.

"전혀 정상이 아니죠. 이 애에겐 정상적인 구석이라고는 단 하나도 없다고요."

나는 어머니의 발톱에 여전히 걸려 있는 비늘 옷을 가리키며 말했다.

"그리고 그 천은 누가 색칠한 게 아니에요. 제가 변신 마법에 걸렸을 때 몸에 남은 껍질이 그거였어요."

"마법?"

할아버지가 질겁해서 목을 쭉 뻗으며 뒤로 물러났다.

"그럼 그렇지! 인간들이 너를 속여서 망가뜨렸구나! 그러게

309

내가 인간은 절대로 믿지 말라고 하지 않던? 내 불쌍한 손녀 야⋯⋯."

"어벤추린."

어머니가 생전 처음 듣는 무시무시한 음성으로 나를 불렀다. 공기를 쉭, 하고 뜨겁게 가르는 그 목소리는 벌써부터 피비린내 나는 복수를 예고하고 있었다. 최면을 걸듯 나를 주시하는 어머니의 황금빛 눈동자를 마주하고 있으니 온몸으로 복종해야 할 것 같은 압박감이 들었다.

"누가 네게 이런 짓을 했느냐? 말해 보렴."

나는 무겁게 한숨을 내쉬었다.

"요리 마법사요. 하지만 복수하기에는 너무 늦었어요. 사라진 지 오래니까요. 게다가⋯⋯."

나는 뒤이어 하려던 짜증스러운 말을 삼키려고 이를 갈았다. 하지만 불쾌감에도 불구하고 결국에는 그 한 마디를 덧붙이지 않을 수 없었다.

"그 마법사는 잡아먹히지 않으려고 그랬을 뿐이에요."

인정하고 싶지는 않았지만, 사실 나는 요즘 들어 그 마법사의 입장이 이해가 됐다.

어머니가 휘두르는 꼬리에 근처 건물의 굴뚝 하나가 맞아 부러져서 땅으로 횡 날아갔다.

"그러니까 내가 뭐라고 했니, 산을 떠나지 말라고 했잖아!"

그러자 시트린 언니가 한숨을 짓더니 특유의 얄미운 어조로

310

말했다.

"오, 어머니. 어벤추린은 평생 누구의 말도 안 들었잖아요. 저러다가 언젠간 큰일이 나고야 말 거라고 제가 누누이 말했는데, 아니나 달라요? 애가 아예 못쓰게 망가져 버렸네요. 이게 다 어머니가 애를 단속하지 못한 탓이에요. 어머니가 잘만 했으면……."

"그만해!"

나는 부르르 떨며 소리쳤다.

"내 말 좀 들어 봐. 여러분 모두 들으세요! 평생 한 번이라도 좀 들어 보라고요!"

나는 주먹을 불끈 쥔 채 숨을 헐떡이며 그들을 노려보았다.

"나는 망가지지 않았어요. 못쓰게 된 것도 아니에요! 드디어 내 사명을 찾았다고요."

"뭐라고?"

다섯 드래곤이 일제히 되물음과 동시에 그들의 입에서 후끈한 열기가 불어 나왔다. 저마다 앞다투어 뭐라고 말을 하려 했지만 할아버지가 그 모두를 제치고 나서서 물었다.

"그게 무슨 뜻이냐, 사명을 찾았다니? '여기'서 말이냐?"

할아버지가 어처구니없다는 듯 콧김을 뿜었다.

"인간들은 진정한 학문을 이해하지 못한다는 것을 너도 알지 않느냐. 인간들의 조그마한 뇌로는 지적인 아름다움을 조금도 헤아리려야 헤아릴 수가 없어!"

듣다 못한 소피아 공주가 또 발끈했다.

"아니, 이보세요……."

하지만 그녀의 말을 끝까지 들어 줄 여유가 없었다. 나는 내 앞에 있는 모든 이를 향해 선언했다.

"인간들에게는 학문보다 더 멋진 것이 있어요. 초콜릿 말이에요."

내 말에 가족들 모두가 입을 다물었다. 아무도 무슨 말인지 알아듣지 못한 듯 하나같이 어리벙벙한 눈으로 나를 쳐다보고만 있었다. 그 광경을 보고 있자니 나는 그야말로 인간처럼 헤벌쭉 웃지 않을 수가 없었다. 가족들이 내게 저런 반응을 보이는 것은 처음이었다. 언니조차 모르는 무언가를 내가 알게 된 것도 난생처음이다. 나는 의기양양하게 말했다.

"조금만 기다려요. 보여 드릴 테니."

23
장

새로운 손님들이 왔다는 소식에 마리나가 내심으로는 놀랐을지도 모르겠다. 어쨌거나 실케와 병사 세 명이 그녀를 데리러 〈초콜릿 하트〉로 간 지 한 시간도 채 안 되어, 마리나는 적어도 겉으로는 무덤덤한 표정으로 호르스트와 함께 도착했다. 그때쯤에는 시청 앞의 드넓은 광장이 우리 가족들을 위해 완전히 비워진 상태였다. 물론 병사들까지 다 철수한 것은 아니었다. 그들과 더불어 불만에 찬 전투 마법사들 모두가 혹시 모를 사태를 대비해 시청 안에서 대기하고 있었다. 왕과 첫째 공주, 그리고 시장은 정문 앞에서 애써 우아한 미소를 지으며 서 있었다.

소피아 공주는 그들의 곁에 없었다. 그녀는 드래곤들 무리 한가운데에 서서 낯을 찡그리고 격하게 팔을 휘두르며, 인간들의 학문이 얼마나 가치 있는가 하는 문제로 우리 할아버지와 토론하느라 여념이 없었다. 공주라는 사람이 케케묵은 철학책 따위에 관심이 있을 줄이야 누가 알았겠는가? 재스퍼 오빠가 여기 없어서 유감일 뿐이었다. 저 토론에 오빠도 참가했다면 아주 좋아했을 텐데.

광장으로 이어지는 먼 길모퉁이 너머에서 나타난 마리나는 주위를 쭉 훑어보더니…… 그저 어깨를 으쓱하고는 우리를 향해 성큼성큼 걸어왔다. 그녀의 얼굴에는 여느 때처럼 별다른 감정이 드러나지 않았다.

그녀를 뒤따라오는 호르스트와 실케, 병사들은 모두 갖가지 그릇이며 식기가 든 무거운 자루들과 보온기 따위를 등에 지고 있었다. 반면 마리나가 든 것은 엄청나게 커다란 냄비가 들었을 법한 보따리 하나뿐이었다. 온기가 날아가지 않도록 수건으로 둘둘 감아 놓은 모양을 보니, 그 냄비 안에 뭐가 들었을지 알 만했다.

"어이, 도제."

내가 달려 나가 그녀를 맞이하자 마리나는 그렇게 운을 뗐다. 그녀의 눈길이 내 가족들의 거대한 비늘투성이 몸을 훑고는, 굳은 미소를 띠고 서 있는 왕, 첫째 공주, 시장의 얼굴까지 닿았다.

"이렇게 하면서까지 내게 왕족들 시중을 들게 하고 싶었어?"

나는 실실 비어져 나오는 미소를 도저히 참기가 힘들었다.

"어쨌든 오셨잖아요. 이번에는 얼어붙지도 않고, 뜸 들이지도 않으셨네요."

"흐으음. 그건 이미 충분히 많이 했으니까. 게다가……."

마리나가 묘하게 의미심장한 눈빛으로 나를 보면서 말을 이었다.

"아까 네가 만든 핫초콜릿을 먹고 나니 무엇이든 할 수 있겠다는 자신감이 들었단다. 내가 지금 얼마나 자신만만한지 알면 너도 깜짝 놀랄걸."

그 말을 들으니 어쩐지 등줄기가 간질거리는 이상한 감각이 들었다. 그녀의 말투인지, 목소리인지, 아무튼 어디엔가 의미심장한 여운이 맴돌았다……. 하지만 지금은 무슨 뜻이냐고 자세히 캐물을 시간이 없었다. 왕이 우리를 부르고 있었다.

"우리 초콜릿 장인이 도착했소이다!"

왕이 광장 전체에 울려 퍼질 만큼 큰 소리로 외치자, 내 가족들의 거대한 머리가 마리나 쪽으로 휙 돌아갔다. 마리나는 나와 함께 침착하게 드래곤들을 지나쳐 왕에게로 걸어갔다. 호르스트도 우리 뒤를 바짝 따라왔다.

"마리나 선생, 이쪽은 우리의, 음, 귀빈들이시오."

왕이 초조한 손짓으로 내 가족들을 가리켰다.

"이분들이 그대의 유명한 핫초콜릿을 맛보고 싶다고 하셨소. 그대의 초콜릿이 우리 도시에서 최고라는 명성을 듣고 오셨다오."

그 말에 시장이 뭐라고 알아들을 수 없는 혼잣말을 어물거렸다. 붉으락푸르락해지다 못해 거의 보라색이 된 그의 얼굴을 보니 통쾌하기 그지없었다.

"여부가 있겠습니까! 국왕 전하께서 각별히 친애하는 손님들을 모시는 것은 저희에게도 큰 영광입니다."

호르스트가 왕, 첫째 공주, 시장을 향해 넙죽 절한 다음 내 가족과 소피아 공주에게도 절했다. 광장을 가득 채운 거대한 드래곤들을 보는 그의 얼굴은 평소보다 심하게 경직되었고 눈의 흰자위가 유난히 두드러져 보였지만, 사업가다운 미소는 그 순간에도 흐트러지지 않았다.

"그럼 저희가 준비한 것들을 내올까요?"

왕의 명령에 따라 병사 둘이 시청 안으로 서둘러 들어가더니 그 안에 있던 긴 나무 테이블을 가지고 나왔다. 또 다른 병사 셋은 호르스트와 실케를 도와서 짐과 보온기를 풀고 그 안에 있던 모든 것을 먹음직스럽게 차려 놓았다. 우아하게 휘어진 모양의 높다란 유리잔들에 담긴 초콜릿 푸딩, 은접시에 늘어놓은 초콜릿 타르트들, 거대한 그릇들에 넘치도록 담은, 커다란 아몬드 모양의 초콜릿 캐러멜들…… 그리고 아마도 내가 없는 사이에 마리나가 개발한 듯한 새로운 음식들도 있었다. 오로지 초콜릿만이 낼 수 있는 환상적인 향기가 물씬 풍겨 알싸한 가을 공기에 섞여 들자, 드래곤들 모두가 고개를 들고서 그 냄새를 들이마셨다.

다섯 쌍의 황금빛 눈이 번뜩 빛났다. 그들의 열띤 시선이 테이블 위에 붙박였다.

 마지막으로 마리나가 앞으로 걸어 나와서 높이가 60센티미터쯤 되는 초대형 은빛 냄비를 감쌌던 두꺼운 수건을 풀었다. 그녀는 테이블 한가운데에 냄비를 올려놓고는 호르스트를 향해 히죽 웃었다.

 "거봐, 이 냄비가 결국은 쓸모가 있잖아. 내가 빌렌에서 여기까지 이걸 가져오겠다고 했을 때 너는 나더러 미련하다고 했지만 말이야!"

 그녀가 나를 돌아보고는 두 손을 탁탁 털었다.

 "자, 어벤추린. 이번에는 네가 손님분들께 직접 대접해 보는 게 어떠냐?"

 오, 그걸 마다할 내가 아니지!

 냄비 옆에는 빈 그릇 다섯 개가 늘어 놓여 있었다. 나는 그동안 주방 일을 하면서 키운 근육을 아낌없이 활용해, 그 커다랗고 묵직한 냄비를 두 손으로 잡고서 그릇 위에 천천히, 조심스럽게 기울였다. 거무스름한 핫초콜릿이 졸졸 흘러내리면서 김이 모락모락 피어올랐다.

 핫초콜릿 냄새가 공기 중에 번지는 가운데 드래곤들의 쉭쉭거리는 숨소리가 온 광장에 울려 퍼졌다. 나는 핫초콜릿을 따르면서 숨을 깊이 들이쉬며 그 안에 섞인 재료 하나하나를 떠올렸다. 바닐라, 육두구, 그리고…….

 "칠리를 특별히 많이 넣었단다. 네 가족분들도 너처럼 그 맛을 좋아하실 것 같아서 말이야."

마리나가 말했다.

첫 번째 그릇은 당연히 할아버지께 내드렸다. 그런데 두 번째 그릇을 어머니 앞의 땅에 내려놓으려니 어쩐지 가슴이 먹먹해졌다. 나는 어머니의 반응을 유심히 살피며 말했다.

"맛만 보세요. 이해가 되실 거예요."

'제발 이해해 주세요.'

나는 마음속으로만 그렇게 덧붙였다. 자존심 때문에 차마 입 밖으로 꺼낼 수는 없는 말이었다. 다만 나는 어머니가 맛을 볼 때까지 그 자리에 가만히 서서 기다리기로 했다. 아직 핫초콜릿을 받지 못한 다른 가족들도 덩달아 기다려야 하겠지만.

어머니는 나를 오래도록 내려다보았다. 그 낯익은 눈빛 앞에 서니 주먹을 꽉 말아 쥐지 않을 수 없었다. 이전에도 백 번쯤 겪어 본 상황이었다. 내 공부에 얼마나 진척이 있었는지 어머니에게 평가받는 시간인 것이다. 어머니는 내게서 뜻밖의 결과를 발견하고 놀라기를 바라겠지만…… 그런 일이 실제로 벌어지리라고는 기대하지 않을 터였다.

이윽고 어머니가 주둥이를 내리더니 기다란 혀를 입 밖으로 내밀었다. 끝이 두 갈래로 갈라진 혀가 핫초콜릿 그릇으로 조심스럽게, 우아하게 뻗어 내려갔다.

어머니가 핫초콜릿을 마시는 동안 광장에 있는 모두가 침묵을 지켰다. 어머니의 혀가 몇 차례 그릇을 들락날락하는가 싶더니…… 어느새 그릇이 텅 비었다. 어머니가 커다랗게 확장된 황금빛 눈동자로 나를 돌아보았다. 어머니의 이런 얼굴은 난생처음 보았다.

"네가 이걸 만들 수 있단 말이냐?"

"만들 수 있지요."

내 뒤에 있던 마리나가 대신 대답했다. 어머니에게만 온통 신경이 쏠려 있던 나는 마리나가 내게 다가왔는지도 몰랐다. 그녀는 마냥 차분하고 침착하게 말하면서도, 손으로는 내 어깨를 으스러지도록 힘껏 감싸 쥐었다.

"제가 이제껏 가르쳤던 도제들 중에서 따님처럼 훌륭한 경우는 없었습니다."

시트린 언니가 대뜸 되물었다.

"어벤추린이? 하지만……."

그러나 어머니가 꼬리를 휘둘러 언니의 말을 막았다. 한 차례 돌풍이 일어나 광장을 휩쓸고 지나갔다.

"조용히!"

어머니가 내 앞에서 언니에게 저런 말을 한 적이 한 번이라도 있었던가? 기억나지 않았다.

"조용히 하고 초콜릿부터 마셔 봐라."

언니의 눈이 새초롬해졌다. 하지만 일단 내게서 핫초콜릿을 건네받고 나서는 군말을 하지 않았다. 언니는 단숨에 그릇을 다 비웠다.

내 평생 최고로 맛있는 순간이었다. 멀찍이서 이 광경을 지켜보며 빙글빙글 웃고 있는 소피아 공주를 보니, 그녀도 내 심정을 십분 이해하는 듯했다.

마리나가 〈초콜릿 하트〉에서 가져온 초콜릿 디저트들을 내 가족들이 몽땅 먹어 치우는 데에는 오랜 시간이 걸리지 않았다. 실케는 왕족들에게도 꼭 맛을 보여 줘야 한다며, 과장스럽게 우아한 몸짓으로 그들에게 음식을 가져다주었다. 첫째 공주는 초콜릿 캐러멜을 세 개 연속으로 먹으면서 눈썹을 점점 더 높이 치켜세웠고, 핫초콜릿을 한 모금씩 천천히 음미하는 소피아 공주의 얼굴에서는 황홀경에 가까운 행복이 엿보였다.

물론 시장은 배가 고프지 않다며 사양했지만, 왕이 의미심장하게 눈치를 주자 마지못해 뚱한 표정으로 초콜릿 푸딩 잔을 집어 들었다. 그러면서도 결국에는 푸딩을 끝까지 다 먹은 것도 모자라, 유리잔 바닥에 거의 있을까 말까 한 찌꺼기까지 스푼으로 싹싹 긁어 먹은 것을 보면 우리에게 박수갈채보다도 더 확실한 찬사를 보낸 셈이었다.

할아버지가 마지막 그릇까지 뚝딱 비우고는 만족스러운 숨을 내쉬었다. 그분의 입김이 따스한 바람처럼 불어와 내 치맛자락을 나부꼈다. 할아버지는 주둥이에서 가느다란 연기를 흘리며, 자애로운 눈으로 나를 내려다보며 말했다.

"이것 참. 내 손녀야, 이제 보니 혼자서도 네 앞길을 제법 잘 헤쳐 왔구나."

에메로드 이모가 말했다.

"이런 걸 만들 수 있는 가족이 있으면 집안에 얼마나 큰 보탬이 되겠어요!"

투르말린 이모도 맞장구를 쳤다.

"아무렴, '맛있는' 보탬이 되겠지!"

"하지만 저는 집에 돌아갈 수 없어요. 다들 이해하시지요?"

내 말에 할아버지가 눈을 가늘게 뜨더니, 주둥이를 내려뜨리며 말했다.

"애야, 네가 본래의 몸을 잃기는 했어도, 그건 인간들의 전형적인 협잡에 당했기 때문일 뿐……."

이 대목에서 할아버지의 음성이 낮아지면서 으르렁거리는 소리가 섞여 나왔다. 그러자 저편에서 우리 대화를 듣고 있던 왕이 움찔하는 것이 얼핏 보였다.

"……그래도 너는 엄연히 우리 가족이 소중히 지키고 보살펴야 할 자손이다. 그런데 우리가 너를 여기에 두고 떠나기를 바라는 것이냐? 낯선 인간들 사이에서 아무 보호도 받지 못한 채 살도록 두라고?"

"여기는 이제 제 영토인걸요. 그리고 이 사람들은 제게 낯설지 않아요. 사실 드래곤들과 그다지 다를 것도 없더라고요."

그때 왕이 날카롭게 헛기침을 하면서 앞으로 걸어 나왔다.

"음…… 아가씨, 그대가 우리 도시에서 위안을 찾았다니 참으로 기쁘오만, 그래도…… 그러니까, 만약 어르신들께서 진정으로 그대의 귀가를 원하신다면······."

어머니가 불쑥 끼어들었다.

"아니. 저 애는 집에 돌아와서는 안 돼요."

이번에는 왕이 아니라 내가 움찔했다. 하지만 아주 잠깐 위축되었을 뿐이었다. 나는 재빨리 턱을 치켜들고 얼굴에 최대한 매서운 표정을 띠고서, 어차피 나도 집에 가고 싶지 않았다고, 딱 내가 원한 바였다고 되새겼다. 가슴 시린 서운함은 억지로 삼켜 버렸다.

"괜찮아요. 제가 어머니의 바람대로 행동하지 않았다는 것은 저도 알아요."

"애야······."

어머니가 푸른빛과 금빛으로 반짝이는 기다란 목을 광장 위로 쭉 뻗어서 그 커다란 황금빛 눈을 내 눈 바로 앞으로 가져왔다.

"여태 내 말을 한 마디도 듣지 않았던 게야? 나는 늘 네가 사명을 찾기만을 바랐단다. 이제 겨우 그 바람이 이루어졌는데, 네게서 그 사명을 빼앗는 잔인한 짓을 내가 왜 하겠니?"

아아.

불현듯 목이 메어 왔다. 가슴속에서 차오르는 이 감정의 정체가 무엇인지 알 수 없었다. 나는 조그맣게 물었다.

"화나지 않으셨어요? 또 실망하셨다든가······."

어머니가 거대한 머리를 가로저었다. 그러면서도 어머니의

322

시선은 줄곧 흔들림 없이 나만을 향하고 있었다.

"내 평생 누군가가 이토록 자랑스러웠던 적이 별로 없단다."

그 말에 속에서 뜨거운 것이 왈칵 솟구쳤다.

내가 눈물을 삼키려 애쓰는 동안, 내 뒤에서 마리나가 어머니에게 말하는 소리가 들렸다.

"걱정 마세요. 우리가 따님을 잘 보살필 테니."

그러자 할아버지가 코웃음을 치며 나지막이 목구멍을 그르렁 울렸다.

"우리가 정말로 아무 보호책도 없이 떠날 줄 알았는가? 우리 자손이 정녕 이 도시에 남아야 한다면, 이제부터 우리가 이곳을 예의주시하지 않을 수 없지."

"그러실 겁니까?"

왕이 창백한 얼굴로 되물었다. 목소리가 갈라지다 못해 끽끽거리는 소리에 가깝게 들렸다. 할아버지가 위협적인 기운을 풍기며 꼬리를 휘저었다.

"아무렴. 어느 나라의 어느 군대든 이 도시를 공격할 생각이라도 품었다가는, 우리 자손에게서 반경 100킬로미터 이내에 접근하기도 전에 마음을 바꾸게 될 것이오. 내 확실히 보장하지!"

왕이 눈을 빠른 속도로 껌뻑거리더니, 입을 벙긋 벌리고 함박웃음을 지었다.

"오, 오! 그런 거라면…… 여러분의 가족과 저희가 동맹을 맺는다는 뜻이로군요. 기꺼이 찬성입니다!"

첫째 공주는 강대한 무기나 다름없는 내 가족들의 몸을 새삼 쓱 훑어보며, 태연한 미소를 띤 채로 말을 보탰다.

"실로 그렇습니다. 또한 자제분이 새로운 터전에서 편안히 지낼 수 있도록, 저희 왕실에서도 각별히 보호하겠다고 약속하지요."

"에헴……."

그때 실케가 능청스럽게 헛기침을 하며 말했다.

"하지만 〈초콜릿 하트〉가 박해와 헛소문을 못 이겨서 폐업하게 된다면 마리나, 호르스트, 어벤추린은 모두 이 도시를 떠날 수밖에 없지 않을까요?"

그 말에 모든 드래곤이 일제히 그녀에게로 머리를 돌렸다. 으르렁 소리가 벼락처럼 공기를 갈랐다. 할아버지가 실케에게 따져 물었다.

"그게 무슨 소리냐? 폐업? 박해? 헛소문?"

"아닙니다!"

왕이 두 팔을 마구 휘저으며 앞으로 나섰다.

"아하하, 아니, 아닙니다. 절대로 아니에요. 아무 걱정도 안 하셔도 됩니다, 나의 친애하는…… 친구 여러분. 〈초콜릿 하트〉의 핫초콜릿이 이 도시 최고라는 명성이 자자한데 도대체 왜 폐업을 하겠습니까? 과거에 오해가 조금 있었다고는 하지만……."

왕이 가슴을 크게 부풀리며 말을 이었다.

"이제부터 제가 친히 〈초콜릿 하트〉를 후원할 겁니다. 그
러면 다른 공방들은 절대로 넘보지 못할 영예를 얻는 거지요!
〈초콜릿 하트〉는 머잖아 이 도시에서 최고로 훌륭할 뿐만 아니
라 최고로 번창한 초콜릿 공방이 될 거라 확신합니다!"

"으흠, 어허험……."

시장이 소리 죽여 신음을 내뱉었다. 그러자 첫째 공주가 그
를 가만히 쳐다보더니 부드럽게 물었다.

"경께서도 동의하시겠지요? 그래야 우리의 새로운 동맹분들
께서도 안심하시지 않을까요?"

시장이 어깨를 축 늘어뜨리고는 가슴이 오르락내리락 움직
이는 것이 보일 만큼 무겁게 한숨을 쉬었다. 그 커다란 챙 모자
도 제 주인과 같이 한숨짓는 것만 같았다. 결국 그는 퀭한 얼굴
로 미소 지으며 우리 모두에게 말했다.

"그럼요. 〈초콜릿 하트〉는 저희 시 당국의 전폭적인 지지를
받을 것입니다."

어머니가 그에게 음산한 어조로 을렀다.

"알겠소. 그러면 우리가 지금부터 정기적으로 이 도시를 방
문해 직접 확인하도록 하리다."

그러자 왕의 얼굴이 하얗다 못해 파랗게 질렸다. 대단히 곤
란한 눈치였지만 자기 목에 맨 매듭만 공연히 손으로 잡아당길
뿐 뭐라 말을 꺼내지 못하고 있었다. 하지만 첫째 공주가 뭔가

묘안이 생각난 듯 눈을 반짝이며 앞으로 나서더니, 무역 협정이라든지 안전한 이동로 확보 등의 문제를 거론하며 매끄럽게 반대 의견을 펼쳤다. 그러자 시트린 언니가 다시 반박에 나섰고, 곧 둘 사이에 섬세하고도 정중한 논쟁이 벌어졌다. 어머니와 할아버지는 길게 이어지는 토론에 유심히 귀를 기울이는 한편, 이모 둘은 자기들 외에는 아무도 알아듣지 못하는 언어로 서로 속닥거리며 대화를 나눴다.

나는 실케와 마리나와 함께 광장 한편에 서서 그 모든 광경을 뿌듯한 마음으로 지켜보았다.

"다음 광고 문구는 뭐라고 써야 할지 벌써 감이 오는걸."

실케가 전단지를 내보이듯 두 손을 내밀며 말했다.

"드라헨부르크를 구원한 초콜릿 가게! 드래곤의 심장마저 녹여 버린 바로 그 맛!"

마리나는 눈알을 굴리며 "또 시작이구먼."이라고 투덜거렸지만, 이내 우리 둘 모두에게 너그럽게 웃었다.

"우린 이제 슬슬 집에 돌아가도 되지 않을까? 할 일이 많거든."

한 시간 뒤 〈초콜릿 하트〉의 주방에 도착한 내 눈에 가장 먼저 들어온 것은 아까 만들었다가 조리대에 놔두었던 핫초콜릿 포트였다. 그런데 내가 포트를 집어 들고 개수대로 건너가려

하자 마리나가 나를 불러 세웠다.

"잠깐만. 마셔 보지 그러니? 아직 한 잔은 충분히 나올 만큼 남았는데."

나는 얼굴을 찡그렸다.

"하지만 이젠 다 식었을 텐데요. 식은 핫초콜릿 맛을 본다고 해서 뭐 배울 게 있나요?"

마리나는 수수께끼 같은 표정으로 나를 응시했다.

"글쎄다, 꽤 많은 것을 배울 수 있을걸. 멀리 갈 것도 없이, 얘만 봐도 말이야."

마리나가 실케를 고갯짓하며 말을 이었다.

"아까 저 애가 씨부렁거렸던 말 기억나지?"

실케가 의자에 털썩 앉으면서 대꾸했다.

"저기요, 저는 '씨부렁거린' 적이라곤 한 번도 없는데요! 가끔 말을 길게 하기는 하지만, 늘 재미있는 이야기만 하고……."

"어벤추린이 만든 핫초콜릿에 대해 했던 이야기 말이다. 너는 그걸 마시고 나니 이 공방을 꼭 살리고 싶어졌다고 했지. 원래는 발을 뺄 생각이었는데도."

"아아, 그거요."

실케는 어깨를 으쓱하더니 두 주머니에 손을 꽂아 넣었다.

"음, 그건 진심이었어요."

"흐으음."

마리나가 나를 돌아보았다.

"글쎄, 나는 네가 처음 만든 핫초콜릿을 마셨을 때는 그런 심경의 변화는 없었다. 하기야 나는 안 그래도 내 공방을 살리고 싶었으니까. 그런데 호르스트는 네 타르트 맛에 열광을 했지. 다 타서 재 맛만 나야 정상일 텐데도 말이야. 이제 와 생각해 보면 나도 그때 타르트 맛을 볼 걸 그랬다 싶어. 왜냐하면……."

마리나가 초콜릿 포트를 가리키며 말을 이었다.

"아까 저 핫초콜릿을 마셔 보기 전에, 나는 사실 많이 낙담하고 있었어. 드래곤들이 잔뜩 몰려들어 도시를 태워 없앤다고 하지…… 그러든 말든 우리 가게는 어차피 망하게 생겼지…… 게다가 나는 이 친구를 행복하게 해 주기 위해서 저질스러운 레시피로 초콜릿 커스터드를 만들어야 하기까지 했으니."

마리나는 호르스트가 서 있는 문간 쪽을 어깻짓으로 가리켰다. 그러자 호르스트가 격하게 머리를 흔들었다.

"에헴! 그건 저질 레시피가 아니었어! 난 좋았다고!"

"그래, 행복했겠지."

마리나가 팔짱을 꼈다.

"아무튼 그랬는데, 저 핫초콜릿을 두 모금 마시고 나니 갑자기 생각이 바뀌었어. 평생 그 어느 때보다도 자신감이 솟았거든. 정말로 대단한 일이지. 내가 하겠다고 작정한 일은 뭐든 할 수 있겠다는 생각이 들었어. 아니, 할 수 있다는 것을 그냥 '알' 수 있었어. 그래서 왕이 나를 불렀을 때도 단 한 순간도 주저하지 않았던 거야. 왕이 먹을 초콜릿을 만드는 일까지도 나는 얼마든지 할 수 있을 테니까."

등줄기에 전율이 흘렀다.

"무슨 말씀이세요?"

마리나는 찬찬히 말을 이었다.

"내 말은, 네가 저 핫초콜릿을 만들 때 정확히 무슨 생각을 했는지가 매우 궁금하다는 뜻이란다."

"저는……."

나는 도리질을 쳤다. 기억을 돌이키려니 현기증이 일었다. 그때로부터 아주 오랜 시간이 흐른 것만 같았다.

"그때 저는 아마…… 내가 원하는 무엇이든지 될 수 있다는, 그런 생각을 하고 있었던 것 같아요. 드래곤일 수도 있고, 인간 소녀일 수도 있고. 그 둘 모두 나라는 생각요."

마리나가 고개를 끄덕였다.

"으흠. 그 비슷한 생각일 줄 알았다."

그러고는 자기 앞의 벽에 걸린 도자기 잔들 중 하나를 빼내서 내게 건넸다.

"자, 한잔 따라서 마셔 보렴. 하지만 밖에서 마시는 편이 좋을 것 같구나. 혹시 모르니까."

나는 머릿속이 웅웅거리는 상태로 그녀에게서 잔을 받아 들었다. 핫초콜릿을 잔에 따르고 있으니 근처에서 실케가 뭐라고 흥분해서 떠드는 소리가 희미하게 들려왔지만 한 마디도 알아들을 수 없었다. 아무런 생각도 할 수 없었다. 아니, 생각하고 싶지 않았다. 마리나의 말을 받아들이기가 겁이 났다. 차마 믿기가 무서웠다…….

마음이 얼음 덩어리처럼 단단하고 잠잠해진 느낌이었다. 나는 핫초콜릿이 한가득 채워진 도자기 잔을 넘치지 않도록 조심스럽게 받쳐 들고서 주방에서 홀로 나간 다음, 마침내 〈초콜릿 하트〉의 정문을 밀어젖히고 밖으로 걸어 나갔다. 늘 붐비던 길거리는 모처럼 텅 비어 있었고 늦은 오후의 쌀쌀한 공기만이 나를 맞았다. 다들 아직 다리 밑이나 집 안에 숨어서 바깥이 안전해지기만을 기다리고 있는 것이리라.

보는 사람이 아무도 없어서 다행이었다.

그게 왜 다행스럽게 느껴지는지는 깊이 생각하고 싶지 않았다. 그저 잔을 입가에 가져가서 첫 모금을 마셨다. 차갑고, 달콤하고, 매콤한 맛이었다. 나머지도 단숨에 쭉 들이켰다.

폭발하는 듯한 칠리 맛과 함께 입속 가득히 불꽃이 터져 올랐다. 나는 눈을 감았다. 따스하고 순수한 확신이 내 안에 흘러넘치고 있었다. 너무나 경이로워서 입이 저절로 벌어졌다.

'바로 이거야. 이게 나야. 어떻게 한 순간이라도 의심할 수가 있었을까?'

그런데 한편으로는 또 이런 생각도 들었다.

'정말로 이런 것이 여태껏 내 안에서 나를 기다리고 있었단 말이야?'

몸 양옆에서 날개 한 쌍이 터져 나오는 순간 나는 고개를 뒤로 젖히고 환성을 내질렀다. 언제나처럼 넓고 강하고 완벽한 날개였다. 손에서는 발톱이 솟구쳤고, 몸이 갑자기 무럭무럭 부풀어 올라 내 안의 나만큼이나 커졌다.

온기가 나를 감싸고, 힘이 나를 채웠다.

나는 길고 날카로운 발톱들을 구부리며 눈을 떠보았다. 저 아래에 내 두 번째 가족들이 보였다. 호르스트는 가게 창문 안에서 입을 벌린 채 나를 쳐다보고 있었고, 실케는 내 옆에서 팔짝팔짝 뛰며 신나게 웃고 있었다.

"어벤추린! 너 엄청 크다!"

〈초콜릿 하트〉의 열린 문간에 서 있던 마리나는 흡족한 미소를 지으며 고개를 끄덕였다.

"그래, 됐구나. 그럼 그다음은? 너는 드래곤일 수도 있고, 인간 소녀일 수도 있다지 않았니?"

오. 깜빡 잊을 뻔했다. 하지만 인간 소녀로서의 나는 여전히 내 안에서 아주 또렷하고 밝게 빛나고 있었다. 나는 눈을 감고 정신을 집중해 보았다.

그리고 다시 눈을 떠 보니…… 아니나 다를까, 내 앞에 다시금 인간의 손이 보였다. 조그맣고 기민한 손가락 열 개.

사실 드래곤의 발톱으로는 제대로 된 요리는 결코 할 수 없을 것이다.

실케가 내 손을 잡고 와, 하며 환호성을 질렀다. 두 주 전이었다면 그녀에게 붙들린 손을 빼냈겠지만, 지금의 나는 인간으로서의 손가락으로 기꺼이 그녀의 손을 힘껏 감싸 쥐었다. 그리고 기쁨에 한껏 취한 채 마리나를 올려다보며, 벌써부터 드라헨부르크에 다시 찾아올 궁리를 하고 있는 어머니를 생각했다.

내게 새로운 집이 생겼다니. 그런데 예전 집도 그대로라니…… 돌이켜 보면 나를 처음 변신시켰던 요리 마법사는 자신이 의도한 것보다 더 큰 선물을 내게 준 셈이었다. 이제 나는 내 안에 접어 둔 날개를 언제든 필요할 때마다 펼칠 수 있게 되었다.

감당하기 벅찰 만큼 큰 행복이었다. 하지만 드래곤이면서 또 인간 소녀인 나는 그 모든 행복을 거머쥘 수 있을 만큼 강하다는 것을 알고 있었다.

호르스트가 머리를 설레설레 흔들며 미소 짓더니 가게 밖으로 나왔다. 그는 마리나의 어깨에 한 팔을 두르고서 다른 쪽 손으로 이웃 건물들을 가리켰다. 그러고 보니 이 길거리의 건물들 창문이 죄다 활짝 열려 있었고, 그 안에서 사람들이 우리를 멀거니 내다보고 있었다.

"아무래도 이번 주엔 우리 공방에 재미있는 일이 아주 많을 것 같군. 그리고 직원도 더 뽑을 때가 된 것 같아."

호르스트가 말했다.

24
장

"이건 너무 불공평해."

재스퍼 오빠가 내게 투덜거렸다. 지난 여섯 주 동안 이미 수없이 한 말이었지만, 앞으로도 한동안은 계속 투덜거릴 듯 했다.

그럴 때마다 나는 내심 고소했다.

오빠는 한숨을 쉬면서 주둥이에 묻은 핫초콜릿을 마저 핥아 먹고는, 아늑한 금화 더미 위에서 몸을 뒤척였다. 동전들이 동굴 바닥에 짤랑짤랑 굴러 떨어졌다.

"너는 애초에 인간들에게 관심도 없었잖아! 그런데 이제 넌 마음만 먹으면 인간이 될 수 있단 말이야? 정작 나는 너를 만나러 거기 갈 수도 없다고. 어머니가 아직 안전하지 못할 것 같아서 안 된다잖아!"

나는 오빠를 달랬다.

"안전해. 그건 믿어도 좋아. 그 나라 왕실에서 우리 심기를 거스르지 않으려고 얼마나 조심하고 있는데. 자기네 수도를 드래곤이 지켜 주게 됐으니 당연하지 않겠어? 모든 이웃 나라의 부러움을 사고 있을뿐더러, 무역에도 큰 도움이 되고 있다고."

"흐으음."

오빠는 울적한 듯 발톱으로 금화들을 쓸면서 말했다.

"소피아라는 그 공주 말인데, 드래곤의 학문과 인간계 학문의 차이에 대해 흥미로운 이론을 세우고 있더라. 맨날 편지만 주고받기보다는 직접 만나서 대화해 보면 재미있을 텐데."

"원한다면 하루 이틀 정도 오빠를 인간으로 변신시켜 줄 순 있는데, 해 줄까? 이제 그 마법엔 꽤 능숙해졌거든."

내가 그 무시무시한 요리 마법사가 되었다는 사실을 떠올려도 이제는 몸이 움츠러들지 않았다. 내가 초연해지니 마리나 역시 전혀 신경 쓰지 않게 되었다. 만약 마법만 믿고 일을 게을리한다면 문제가 되겠지만, 그럴 일은 절대로 없을 것이다. 내가 무엇을 할 수 있는지를 알고 나니 오히려 전보다 더욱 나 자신을 철저히 다스리게 되었다. 자칫 잘못했다가는 예전처럼 다른 사람들의 마음을 내 멋대로 조종하는 사태가 벌어질 수도 있으니까.

실케는 내 마법의 첫 번째 희생자가 된 것에 개의치 않는다고 했다. 어쨌든 자신이 우리 공방을 돕겠다고 나선 덕분에 보통 사람들은 평생 가도 못 먹을 만큼 많은 초콜릿을 먹을 수 있게 되었으니까. 게다가 호르스트의 조수로 일하면서 짭짤한 봉급을 받게 된 것도 그녀에게는 행운이라고 했다. 온종일 한 장소에만 박혀서 일하는 건 체질에 맞지 않는다며 하루에 정해 진 몇 시간만 일하긴 했지만, 그래도 그 시간 동안 실케는 훌륭한 종업원 노릇을 착실히 해내고 있었다. 또한 그녀가 만드는 광고 전단 덕분에 가게를 찾는 손님은 나날이 늘어만 갔다.

그러니까, 나는 내가 처음으로 사귄 진정한 친구에게 마법을 썼던 일에 죄책감을 느끼지는 않았다. 다만…… 아주 조심해야 한다는 교훈은 얻었다.

하지만 재스퍼 오빠에게 그런 사실을 곧이곧대로 알려 줄 필요는 없지 않을까?

나는 오빠에게 빙긋 웃어 보이며 역겨울 만큼 달콤한 목소리로 말했다.

"설마하니 내가 오빠에게 줄 핫초콜릿을 끓이면서 정신을 딴 데 팔기야 하겠어? 그랬다가 오빠가 달팽이로 변신하기라도 하면 어떡해."

나는 오빠에게 시선을 고정한 채로 온몸의 근육을 긴장시키며 말을 이었다.

"……그런데 뭐, 달팽이가 된대도 지금이랑 별 차이는 없지 않을까?"

"으아아아!"

오빠가 입에서 연기를 뿜으며 나를 향해 몸을 날렸다.

하지만 나는 이미 움직이고 있었다.

정확히 내 예상대로 오빠는 내가 앉아 있던 곳 바로 뒤의 보석 더미 위에 날아가 떨어졌다. 삐죽빼죽한 다이아몬드며 에메랄드 위에 처박힌 오빠는 재채기를 하며 머리를 휘휘 흔들더니, 더더욱 크게 고함을 지르며 내게 덤벼들었다. 도망치려던 내 등 위에 올라탄 오빠는 콧김을 씩씩 내뿜으며 나를 깔아뭉갰다.

바닥에서 엎치락뒤치락하는 우리 둘과, 우리 주위의 허공으로 어지럽게 날아다니는 왕관이며 보석 등을 본 어머니가 버럭 고함쳤다.

"얘들아!"

어머니는 동굴 안으로 막 들어서던 참이었다. 어머니가 반짝이는 거대한 몸을 동굴 입구로 들이밀고 기어들어 오면서 한숨을 푹 내쉬었다.

"너희 둘이 좀 사이좋게 지낼 수는 없는 거니?"

어머니는 고개를 가로저으며, 들고 있던 고깃덩이를 우리 앞에 툭 떨어트렸다.

"자, 이번 사냥에서 잡아 온 음식이다. 둘이 나눠 먹으렴."

나는 재스퍼 오빠를 뿌리치고 고깃덩어리에 달려들어 한쪽을 덥석 입에 물었다. 오빠도 부리나케 고기의 반대쪽 끝을 물고 늘어졌다. 맛있는 특식을 사이에 두고 우리는 완벽한 평형을 이룬 채 서로를 마주 보며 씩 웃었다.

물론 인간 고기는 아니었다. 우리 가족은 인간에 대해 새로운 규칙을 세웠다.

인간을 꼭 피할 것까지는 없다. 하지만 절대로 잡아먹어서는 안 된다

드래곤은 자기 가족을 반드시 지키는 법이니까.

한 시간 뒤 나는 도시로 떠날 채비를 마쳤다. 한 발톱에는 빈 핫초콜릿 포트 손잡이를 걸고, 또 다른 발톱에는 초콜릿 간식들을 넣어 가져오는 데 썼던 자루를 걸었다. 동굴을 나서려는 내게 어머니가 아주 엄한 표정으로 말했다.

"잘 다녀오렴. 우리에게 자랑스러운 딸이 되어야 한다. 그리고 다음 오후 휴가 때 꼭 돌아오는 것, 잊지 말고!"

"그럴게요. 늘 돌아오잖아요."

산을 빠져나가는 긴 통로를 기어 올라가는 내 뒤에서 재스퍼 오빠가 외치는 소리가 들렸다.

"내 편지, 까먹지 말고 공주에게 꼭 전해 줘!"

내가 마침내 동굴 밖의 지상으로 나가자, 그 자리에서 나를 기다리던 할아버지가 고개를 흔들며 혼잣말을 중얼거렸다.

"오, 내 손주들아. 둘 다 이게 어찌된 일인지……."

하지만 그러면서도 할아버지는 언제나처럼 거대한 앞발을 내게 내밀었고, 나는 기꺼이 그 따뜻한 가슴에 다가가 안겼다.

할아버지는 나를 두 앞다리로 안전하게 감싸 안고서 하늘로 날아올랐다.

이윽고 할아버지의 너른 날개가 저 높은 상공으로 너울너울 솟구쳐 올랐다. 나는 할아버지에게 안긴 채, 황혼 녘의 맑고 시린 하늘을 날아서 드라헨부르크로 향했다.

몇 년 뒤면 나도 산과 도시 사이를 혼자서 날아다닐 수 있을 것이다. 어쩌면 어머니 말대로 30년은 더 지나야 가능할지도 모르겠지만. 아직도 그만큼이나 더 기다려야 한다니, 생각해 보면 답답해할 만한 일이었다. 예전에는 내 날개를 자유자재로 쓰지 못하게 하는 어른들 때문에 너무 화가 났었다. 그런데 많은 일을 겪고 난 지금은……

사실 지금 나는 전혀 아무렇지도 않았다. 어둑해져 가는 하늘을 가로지르는 할아버지의 튼튼한 두 날개 아래, 그 커다란 발톱 안에 고이 안겨서 산과 나무들을 내려다보고 있으니 오히려 기분이 좋기만 했다. 저 아래로 뻗어 내려가는 산등성이들 중에서 언젠가 내 삶이 완전히 뒤바뀌었던 바위투성이 땅도 보였다. 아, 만약 그 악랄한 요리 마법사를 다시 보는 날에는……

음, 물론 그에게 고마워하지야 않을 것이다. 나는 드래곤이지, 벌레가 아니지 않은가! 하지만…… 그렇다고 불을 뿜지도 않을 것 같다. 지금 나는 그 무엇과도 바꾸고 싶지 않은 삶을 얻었으니까.

〈초콜릿 하트〉에서 가장 가까운 거리에 있는 광장은 나와 할아버지가 언제든지 쓸 수 있게 비워져 있었다. 할아버지는 그곳에 나를 내려놓고 다시 날아갈 터였다. 하지만 그러고 난 뒤에도 나는 가족들과 떨어져 지내는 것이 쓸쓸하지 않을 것이다. 겨우 일곱 날만 지나면 또 오후 휴가를 받아서 옛 고향 집으로 돌아가게 될 테니까. 그때까지는……

'으으음.'

나는 눈을 감고서 오늘 밤 내가 인간의 몸으로 〈초콜릿 하트〉의 주방에 들어갔을 때 나를 맞아 줄 카카오 씨앗 볶는 냄새를 상상했다. 마리나는 공기 중에 가득한 그 냄새에 둘러싸인 채 화덕 앞에 서서, 내게 새로운 레시피를 가르칠 준비를 하고 있겠지.

할아버지의 발톱 안에서 쉬면서 새 집으로 가는 길 내내 나는 초콜릿 꿈을 꾸며 행복한 콧김을 불었다.